S.B. Sasori

# SEANS SEELE

-

*Schlangenfluch 03*

2. Auflage
Copyright © 2015 Swantje Berndt
Alle Rechte vorbehalten
Impressum: Swantje Berndt c/o Berndt & Berndt
Theaterstraße 16a, 14943 Luckenwalde
www.swantje-berndt.de
www.swantjesgeschichten.wordpress.com
Bildmaterial: depositphotos.com, nelka 7812
Lektorat: Sophie R. Nikolay
Covergestaltung: Swantje Berndt
Bibliografische Information der Deutschen Nationalbibliothek:
Die Deutsche Nationalbibliothek verzeichnet diese Publikation in der Deutschen
Nationalbibliografie; detaillierte bibliografische Daten sind im Internet über
http://dnb.dnb.de abrufbar.
Herstellung und Verlag: BoD – Books on Demand, Norderstedt

ISBN: 9783739220406

# INHALTSVERZEICHNIS

»Probiere mich«, flüsterte Raven. »Wenn ich dir schmecke, nimm mich. Behalte mich dann aber auch.«

# PROLOG

Zweige knackten. Rechts und links flatterten erschrockene Vögel aus den Büschen. Raven schloss die Augen und konzentrierte sich auf jedes Geräusch.

Ein ungleichmäßiges, angestrengtes Atmen wurde lauter, kam näher. Das Mädchen war ihm demnach gefolgt. Es war ihre Entscheidung. Mit keinem Wort, mit keiner Geste hatte er sie dazu getrieben. Am Bootssteg, auf dem Weg zum Haus, selbst im Garten hatte sie auf ihn gelauert. Ihre Blicke verschlangen ihn und ihr Seufzen war unüberhörbar.

Hielt sie ihn für einen Vampir? Träumte sie sich in ihrem Wahn in seinen Arm, um sich vollkommene Schönheit und ewige Jugend in den Hals beißen zu lassen?

Das Gegenteil wäre der Fall.

Raven setzte sich an den Fuß der Mauer. Noch streiften ihn rotgoldene Sonnenstrahlen, doch bald würde sich die kalte Dunkelheit der Herbstnacht über den Resten der Kapelle ausbreiten. Und über den leblosen Körper einer jungen Frau.

Das Mädchen kannte sein Schicksal noch nicht. Leichtsinnig, dem Tod nachzulaufen, statt panisch die Flucht zu ergreifen.

Die zögernden Schritte wurden lauter. Eine sommersprossige Hand schob die Zweige auseinander, die den schmalen Fußpfad versteckten.

Raven drückte sich tiefer in den Schatten der Ruine. Das Mädchen stammte aus Morar. Ein, zwei Gespräche hatte es ihm aufgezwungen und ihn dabei mit Fragen überschüttet. Sie hieße Nancy, wollte Journalistin werden und würde bald nach Glasgow ziehen, um zu studieren. Warum er stets eine Sonnenbrille trug, warum er nur während der Dämmerung das Haus verließ, ob es ihn störte, dass so viel Unheimliches über seine Familie erzählt würde.

Nein, das störte ihn nicht. Er war das Unheimliche seiner Familie. Nancy ließ ihren Blick über die Mauerreste schweifen. Ihre Lippen glänzten feucht vom ständigen Benetzten mit der Zunge.

Sie war nervös. Roch nach Angst. Kein unangenehmer Duft, aber es gab bessere. Das Aroma frischer Pfirsiche oder die herb rauchige Komposition, die Samuels Schuppenhaut entströmte. Weder das eine noch das andere stand ihm jemals wieder zur Verfügung. Doch Nancy tat es.

Raven löste sich aus dem Schatten. Das Mädchen zuckte erschrocken zusammen, ging einen Schritt zurück, stolperte und verfing sich in den Zweigen.

»Du hast nach mir gesucht?« Er streckte ihr die Hand entgegen. Das Mädchen ergriff sie und ließ sich aus dem Dickicht ziehen. Ein buntes Blatt hatte sich in ihren braunen Haaren verfangen. Es zierte sie wie ein seltener Schmuck.

»Sie haben mir neulich gesagt, Sie hätten nichts gegen meine Gesellschaft.« Ihr aufgesetztes Lächeln täuschte nicht über ihre Nervosität hinweg.

»Falsch. Ich sagte, ich hätte nichts gegen deine Nähe.« Wenn sie nicht sofort floh, würde er ihr nah sein bis zum Tod. Wäre er in der Lage, sie gehen zu lassen? Oder würde er ihr hinterhersetzen wie ein Raubtier seiner Beute?

Blau schimmernde Venen pulsierten unter der hellen Haut. Versprachen Frieden, lockten mit der Aussicht, die Einsamkeit für einen Augenblick vergessen zu können.

Mit einem Ruck zog er sie zu sich. Der Angstgeruch wurde stärker. Er fasste ins schmale Genick, strich fest über die angespannten Halssehnen. »Was genau willst du von mir?«

Nancy schnappte nach Luft. »Sie.« Ihr Gesicht färbte sich dunkelrot. »Seit ich Sie zum ersten Mal gesehen habe, faszinieren Sie mich. Sie sind immer allein. Wenn sie am Ufer spazieren gehen, wenn Sie den See betrachten, als hätte er Ihre Seele verschlungen. Mit diesem Blick, der ...«

»Du lügst.« Ohne Sonnenbrille setzte er keinen Schritt vors Haus. Nancy konnte seine Blicke weder sehen noch interpretieren. Davon abgesehen besaß der See nicht seine Seele. Sie war mit Samuel nach London geflohenen. Sie hasste ihn. Ebenso wie ihn sein Bruder hasste.

Ohne Seele war ein Mord aus Leidenschaft ein Kinderspiel. Und Leiden würde er schaffen. Gleich nach der Lust. Er würde Nancy mit beidem überschwemmen, die ihren eigenen Tod ansah, als wäre er das Wunder dieser trostlosen Welt.

Langsam, damit sie sich daran gewöhnen konnte, zog er die Brille ab. Das erschrockene Keuchen erstickte er mit einem harten Kuss.

Zappeln? Wozu? Das Mädchen brauchte nichts tun, als stillzuhalten. Er fuhr ihr mit der Hand unter die Fleecejacke. Wanderte höher, bis er das ängstlich trommelnde Herz fühlte.

Nancy stöhnte in seinen Mund, krallte sich an ihm fest. Sie wollte seine Lippen nicht hergeben, versenkte ihre nasse Zunge in seinem Mund.

Ungeschickt und plump. Nicht zu vergleichen mit der sinnlichen Stimulation, die ihm Samuel mit jeder Liebkosung geschenkt hatte.

*Du musst noch viel lernen, Nancy. Bedauerlich, dass du keine Gelegenheit mehr dazu haben wirst.*

Ob fähig oder nicht. Ihr Blut rauschte heiß und schnell und weckte ein gieriges Ziehen in ihm. Zuerst würde er die Zähne in ihrem Fleisch versenken, dann sich selbst.

Er befreite seine Lippen von Nancys unerfahrener Zudringlichkeit und presste sie auf den schlanken Hals. Der fremde Puls pochte an seinem Mund, verriet ihre fahrige Lust.

Kaum hörbar, das Reißen der Haut.

Nancy stöhnte auf, drängte stärker an ihn, während sich seine Zähne in sie gruben.

Eine Nacht, prall gefüllt mit den sinnlichsten Träumen, einem Rausch, der ihre Lustempfindungen über alle Grenzen hinweg schleudern würde – nur um anschließend qualvoll zu sterben und in einem Loch verscharrt zu werden.

*Ich werde dich halten, bis es vorbei ist.*

Das war alles, was er noch für sie tun konnte.

# SPEZIES S78

Das Weibchen war tot. Auch die vier Jungtiere und der Zuwanderer von vorletztem Frühjahr. Er hatte die Führung an sich gerissen und für frisches Blut gesorgt. Wusste der Teufel, wo er plötzlich hergekommen war, doch Chen Sun hatte gejubelt vor Glück.

Die Alte, die mit den tiefen Narben am Unterarm, und ein Tier mit graubraunen Schuppen hatte es ebenso erwischt.

Isabell zoomte das Bild näher heran. Blutungen aus Mund und Nase, zerfetzte Haut. Das nannte Sun ein Problem? Das war eine Katastrophe. Großer Gott! Die gesamte Population des Tian-Chi-Sees hatte es dahingerafft.

Mit zitternden Händen kämpfte sie mit dem Verschluss der Wodkaflasche. Nicht die Nerven verlieren. Sie hatte bisher alles überlebt. Die Armut in den Favelas von Bogotá, den hassenswerten Vorschlag ihrer vom Schicksal kleingehaltenen Mutter, nach Moskau auszuwandern und auch die stickigen Container, in die sie die Schleuser hineingepfercht hatten.

Und Stanislaw.

Isabell zerrte die Erinnerung an diesen Mann aus einem dunklen Versteck. Oh ja. Sie hatte Stanislaw überlebt. Nur er würde sie nicht überleben.

Ob sein Kartell hinter dem Massenmord steckte?

Sie füllte das Glas bis zum Rand. Nach drei großen Schlucken entspannte sich ihr Magen etwas. Niemand wusste von der Spezies S78. Es sei denn, Chen Sun hätte geplaudert. Aber warum? Er war nicht lebensmüde, lediglich verrückt. Der Grund seines Irrsinns lag nebeneinander aufgereiht auf kahlen Felsen dicht unter dem Himmel.

Was hatte der dürre Chinese ins Handy geschluchzt! Kaum ein Wort hatte sie verstanden.

Unsinniges Gerede von Traditionen, Generationen, Familienstolz und der erhabenen Pflicht, sich rund um die Uhr um nicht einmal zwei Hände voll Viecher zu kümmern, die von der Evolution ohne die Familie Sun längst ausradiert worden wären.

Gewürm hätschelte man nicht. Man zertrat es. Normalerweise. Doch Spezies S78 war die glorreiche Ausnahme.

Spielsüchtig und verschuldet war Sun angekrochen gekommen, hatte ihr mitten in einem Kasino in Shenyang seinen Plan vorgestellt, die Droge des Jahrhunderts zu kreieren. Was er dazu brauchte? Ihr Geld, ihren Schutz und ihr Vertrauen.

Nun lag ihre Investition in der Gegend herum und blutete aus sämtlichen Körperöffnungen.

»Schwesterherz!« Luis schlenderte in ihr Büro. Ein zufriedenes Grinsen auf dem Gesicht.

Isabell drehte den Laptop so, dass ihr Bruder Suns gemailte Fotos nicht sehen konnte. Auf diesen Schock musste sie ihn vorbereiten.

»Sieht nach einer guten Ernte aus. Die kleinen Felder geben eine Menge her.« Seufzend setzte er sich zu ihr und leerte mit wenigen Schlucken ihr Glas. »Das Team funktioniert hervorragend. Vor allem Sean. Du hast nicht übertrieben mit seinen Führungsqualitäten.«

Sie übertrieb nie. Der Ire kam aus dem Dreck, hatte ihn überlebt. Ebenso wie sie. Das machte ihn zwingend zu einer starken Persönlichkeit.

Luis zog das Hängeregister näher und pickte sich Seans Personalakte heraus. »Stricher mit siebzehn. Wie kommt ein Ire nach Bangkok?« Kopfschüttelnd blätterte er sich durch die wenigen Seiten, die sie mit Stichworten aus Seans Leben gefüllt hatte. Er war nicht sehr gesprächig gewesen, doch ohne Hintergrundinformation bekam keiner bei ihr einen Job.

»Sein Zuhälter hieß Onkel Bob?« Luis lachte. »Bei dem gab es Aufstiegsmöglichkeiten für die Jungs. Respekt.«

Vom Stricher zum Personalmanager eines kriminellen Unternehmens. Sean passte perfekt ins Team. Wer Strichjungen motivieren und vor problematischen Kunden retten konnte, kam auch mit ihren Arbeitern zurecht. Außerdem war Sean ein guter Schütze.

»Ist er loyal?«, fragte Luis über den Rand der Akte hinweg. »Oder sticht ihn übertriebener Ehrgeiz?«

»Jeder Straßenköter leckt die Hand, die ihn füttert.« Sie fütterte ihre Köter überreichlich. Sie sollten keinen Grund haben, auch nur über ein Abwerbungsangebot der Konkurrenz nachzudenken.

»Henry ist begeistert von ihm. Er ist sicher, dass Sean mit links besser schießen kann, als Bruno mit rechts.«

»Hat er bewiesen.« Sonst säße sie nicht hier. Litt sie an Paranoia, dass sie hinter dem Mordanschlag ebenfalls Stanislaw vermutete?

Luis goss sich nach und schwenkte versonnen die klare Flüssigkeit im Glas. »Baxters kleines Spielzeug missfällt mir dafür umso mehr.«

»Tom?« Es war ein Freundschaftsdienst gewesen, ihn ins Team aufzunehmen.

Luis nickte. »Er ist ein Kriecher, der mit keinem von uns klarkommt. Dein Lieblingsmongole faselt etwas von Dämonenbalg, wenn er an ihm vorbeigeht.«

»Timur hält jeden für besessen.« Selbst in ihrer Nähe spuckte er über die Schulter. Solange er ihr Geld nahm und seinen Job erledigte, durfte er sich von Dämonen umgeben wissen, wie er wollte. Dass Luis jedoch ein Problem mit Tom hatte, war kein Wunder. Ihr Bruder war ein attraktiver Mann und liebte alles Schöne. Tom hingegen war entstellt, wie sie es damals gewesen war.

Automatisch griff sie zum Schminkspiegel. Nur dünne, helle Linien zogen sich über Wangen und Nase.

Baxter hatte sie gerettet. Vor dem Hohn der Welt. Er würde auch den Jungen retten, doch bis dahin gehörte er zum Team. Ob es Luis passte oder nicht.

Luis nahm ihr den Spiegel aus der Hand. »Wenn wir mit Snaky Tears Erfolg haben, schuldest du niemandem irgendetwas. Pjotr ist hingerissen von den Kostproben. Als ich den Preis nannte, hat er gelacht. Er will es als neue Superdroge in seine Klubs einführen. Reine Natur!« Er kicherte – noch. Würde er die Bilder sehen, würde sich das ändern.

»Die Vorstellung, dass das Zeug von seltenen Kreaturen stammt, die in keiner ernst zu nehmenden Suchmaschine auftauchen, hat ihn geradezu begeistert. Auch wenn er nach wie vor der Meinung ist, wie würden mit einer Unterart der Kugelfische experimentieren.«

»Warum? Hat es ihm die Beine weggehauen?« Pjotr war einflussreich, skrupellos und beneidenswert reich. Doch offensichtlich mangelte es ihm an Bildung.

»Irgendwie schon.« Luis Fingerkuppe glitt sanft über den Glasrand. »Du hättest ihn hören sollen, wie er geschwärmt hat. Snaky Tears muss seine kleine Privatfeier ungemein aufgemischt haben. Er will einen exklusiven Vertrag mit uns. Dass wir vorerst nur Kleinstmengen produzieren können, stört ihn nicht. Er plant, die Larven der neureichen Moskauer Szene damit anzufüttern. Wohldosiert und direkt aus seiner Hand.«

»Er kann niemanden mit Snaky Tears anfüttern.« Die Produzenten der Superdroge lagen hingemetzelt auf zweitausend Höhenmetern am Rand eines Kratersees und würden spätestens am nächsten Tag zu stinken anfangen.

Langsam drehte sie den Laptop zu ihm. »Diese Bilder schickte mir Chen Sun vor etwa einer Stunde. Ob es ein Anschlag war oder die Dämlichkeit eines Fischers weiß er nicht.«

Luis stellte das Glas weg. Mit zusammengekniffenen Augen rutschte er samt Stuhl näher zum Tisch. »Scheiße.«

»Denkst du nicht, dass diesem Desaster ein originellerer Titel gebührt?«

Er fuhr sich über den Mund. Seine Lippen blieben fahl. »Sind das alle?«

»Nicht ein einziges Exemplar hat überlebt.« Sun hatte ihr diese Tatsache ins Ohr geschrien.

»Dann sind wir tot.«

Wie sie unreflektierte Aussagen hasste. Auch wenn sie von ihrem eigenen Bruder stammten.

»Mit Pjotr spielt man nicht. Er will etwas, er bekommt es. Weißt du, wie weit seine Kontakte reichen?« Seine Stimme driftete ins Schrille ab. »Der hat Kumpel, die tummeln sich im Kreml genauso oft wie auf den Jahresabschlussversammlungen diverser Drogenkartelle!«

»Kein Grund zum Schreien.« Pjotr war schon ihr Stammkunde gewesen, als Snaky Tears noch eine Idee in Suns Kopf gewesen war. »Er wird sich mit den regulären Opiumlieferungen begnügen müssen.«

Luis' hysterisches Lachen klingelte in ihren Ohren. »Pjotr interessiert dein Opium nur, wenn es als Trägersubstanz für dieses gottverdammte Gift dient! Er will die Geilheit! Er will die Zügellosigkeit! Nicht bei sich, sondern bei der Brut seiner zwielichtigen Freunde, die er anschließend mit der Sucht ihrer missratenen Kinder erpresst!«

»Dann sag Sun, er soll sich nach Ersatz umsehen. Die Erde ist groß. In irgendeinem Loch wird eines dieser Viecher schon noch herumkriechen.« Und Gnade ihnen Gott, wenn nicht. Pjotr schuf nicht nur Chancen, er zerquetschte sie auch zwischen seinen dicken Fingern zu Staub. Den Traum von Reichtum und Macht ließ sie wegen dieses Desasters nicht bröckeln. Sun musste handeln, und zwar schnell.

»Du fliegst nach Moskau zurück und beschaffst mir dort etwas, in dem Chen Sun arbeiten kann.«

15

Luis blähte die Wangen. »Von was reden wir? Eine Datscha oder eine verlasse Fabrik?«

»Etwas dazwischen. Im Zentrum, aber dennoch verborgen vor neugierigen Blicken.« In Zukunft würde sie die Zucht von S78 persönlich überwachen. »Ein Seegrundstück wäre passend.« S78 benötigte Wasser. »Es muss sich einzäunen lassen und Platz für das Team und mindestens fünf ausgewachsene Tiere liefern.«

»Mir ist zwar nicht schlüssig, wo Sun ein komplettes Rudel auftreiben soll, aber bitte.« Schulterzuckend schrieb sich Luis ihre Wünsche aufs Handy. »Nur nebenbei. Von Pjotr weiß ich, dass Stanislaw für ein paar Tage in Moskau ist. Zur Beerdigung seiner Tante. Hast du Lust, seine eigene dranzuhängen?«

Die Ruhe in seiner Stimme täuschte. Er war angespannt. So wie sie. Luis hatte sie nach Stanislaws Spezialbehandlung gefunden. Er wusste, warum sie den Russen tot sehen wollte.

*Wer nicht hören will, fühlt.* Stanislaw hatte ihr den Kopf in den Nacken gezogen und ihr diese Weisheit ins Gesicht geschnitten.

Konnte sich Kälte gut anfühlen, wenn sie nach und nach den Körper umklammerte? Unter einer Eisschicht schlug ihr Herz hart und fordernd. Es forderte sein Recht. Genau das würde es bekommen. In Fesseln. Geknebelt. Wimmernd vor ihr kniend. Diesen Anblick war ihr Stanislaw schuldig. »Gib mir zwei Tage. Dann komme ich mit dem Team nach. Und lass ihn nicht entwischen.«

»Kein Problem.« Luis lächelte hinreißend grausam. »Pjotr meint, Stanislaw sei mindestens die ganze Woche über bei seiner Familie.«

Dann sollte er seine Lieben genießen.

Jemand klopfte zaghaft an der Tür.

»Herein!«

Dünn und mit gesenktem Kopf betrat Tom das Büro. »Du wolltest Tee, Isabell?«

Richtig, sie hatte ihn völlig vergessen.

Die Tasse klapperte gegen die Kanne und Tom brabbelte eine Entschuldigung.

»Stell es auf den Tisch, bevor du alles verschüttest, und verschwinde.« Sie musste allein sein, um sich gedanklich in Stanislaws Blut zu suhlen.

»Wenn du noch etwas brauchst, Isabell ...«

Das Tablett fiel scheppernd zu Boden.

Idiot! »Reichen dir die Narben bis ins Hirn?«

Zitternd und bleich starrte Tom auf den Bildschirm.

Verdammt, Luis hatte vergessen, das Foto der Tian-Chi-Population zu minimieren.

~*~

Raven lehnte die Stirn an die Fensterscheibe und bildete sich ein, dass der Nebel auf der anderen Seite des Glases seine Wangen kühlte. Wie eine klamme Daunendecke lag es auf dem See und schluckte nicht nur die Schemen, sondern auch die Geräusche der Männer, die das Westufer absuchten.

Hofften sie eine weitere Wasserleiche zu finden? War das Glück ihnen hold, konnte das geschehen. Davenports kopfloser Körper und sein rotgesichtiger Handlanger steckten noch irgendwo in den Eingeweiden des Sees. Es grenzte an Ironie, dass die Polizei ausgerechnet Dr. Hendrik Johannson gefunden hatte, an dessen Tod weder Samuel noch er Schuld trug. Die Lokalpresse hatte sich mit der Sensation Tag für Tag geschmückt. Deutscher Kryptozoologe tot im Loch Morar gefunden! Todesursache noch unklar. Weiter unten in den Artikeln erschien regelmäßig ein Hinweis auf Mhorag. Die Leute in Morar jubelten. Endlich lief ihr heimisches Seeungeheuer Nessi den Rang ab.

Raven legte die Hand auf die Scheibe. Mhorag war Samuels und sein Vater und längst tot. Was die Leute wohl sagen würden, wenn sie das wüssten?

Vielleicht bildete er sich auch alles ein. Vielleicht hatte es nie einen Mann mit Schuppenhaut und Schlangenaugen gegeben und seine Mutter war nie von ihm verführt worden. Dann wären auch Samuel und er nur eine Einbildung inklusive ihres seltsamen Lebens. Ein guter Gedanke, der seine Einsamkeit mit einschloss und ebenfalls zu einer Illusion werden ließ.

Ein müdes Lächeln verzerrte seine Mundwinkel. Davids Gift hatte ihm ganz offensichtlich das Hirn zersetzt.

Raven trennte sich von der Kühle, glitt die Wand hinab, umklammerte seine Knie. Wenn er hier unten sitzen blieb, übersah ihn vielleicht der Rest der Welt.

Vorsichtig fühlte er über den Unterarm. Er war bedeckt mit kleinen Narben. Die jüngsten Bisswunden waren schon fast verheilt. Noch ein, zwei Tage konnte er aushalten, aber dann musste er wieder zu David, um sich seine Portion Glück und Vergessen zu holen. Von Mal zu Mal vertrug er das Gift besser. Bedauerlicherweise wurden jedoch die Abstände zwischen den Bissen kürzer. Anfangs hatte er zwei Wochen ohne ausgehalten. Inzwischen war das ein Albtraum.

Ewig konnte er die Kreatur, die er bloß aus Gewohnheit David nannte, nicht einsperren. Er musste sie erlösen. Am besten mit einem Kopfschuss. Danach war er selbst an der Reihe. Warum nicht? Sonderlich stark hatte er nie an seinem Leben gehangen, doch jetzt wurde es unerträglich.

Von giftigen Träumen zusammengeklebter Ballast, der nicht nur seine Seele nach und nach tötete, sondern auch Unschuldige gefährdete. Nancy ruhte sechs Fuß tief in silbernem Sand. Ob ihre Familie sie vermisste?

18

Er leckte über den Arm, schlug seine Zähne ins eigene Fleisch. Nur eine Illusion. Sie brachte keinerlei Befriedigung.

»Raven?« Finley klopfte an die Tür. »Ich habe etwas zu essen dabei. Darf ich hereinkommen?«

*Lieber nicht, alter Mann aber du wirst dich nicht aufhalten lassen.* Sein Magen boykottierte allein bei dem Gedanken an Erins Hausmannskost.

»Raven? Wo bist du?«

»Hier unten.«

Finley kam um das Bett herum, auf seinem Handteller wackelte ein Tablett. »Warum sitzt du auf dem Boden?«

»Mir war danach.«

»Meinetwegen.« Ächzend ließ er sich auf ein Knie nieder und stellte das Tablett neben ihm ab.

Quark, eine Banane, Zwieback. Dazu ein Becher Kamillentee. Offensichtlich hielt ihn Erin für sterbenskrank.

Finley musterte ihn, zog seine Augenbrauen noch enger zusammen, als er die zerbissenen Arme bemerkte.

Verdammt, die Narben! Raven zog die Ärmel seines Pullovers bis über die Handgelenke.

Nur langsam entknautschte sich Finleys Stirn. »Samuel hat mich vorhin angerufen. Er fragte nach dir und ich habe ihn angelogen. Zum wiederholten Male übrigens.«

»Inwiefern?« Raven tunkte den Zwieback in den Tee. Wenn die Kante abbrach, würde er Essen von seiner To-do-Liste streichen.

»Ich behauptete, dir ginge es gut. Aber ich denke, er hat's mir nicht geglaubt.« Sein Blick auf den aufgeweichten Zwieback sprach Bände.

Raven legte ihn auf den Teller zurück. »Hat er gesagt, wann er gedenkt, seinem Elternhaus einen Besuch abzustatten?« Wie er rhetorische Fragen hasste. Vor allem, wenn er die Antwort längst kannte. Samuel hatte ihn angebrüllt, ihn niedergeschlagen und ihm klar und deutlich zu verstehen gegeben, dass er nie wieder etwas mit ihm zu tun haben wollte.

Ian hatte es nur beim Anbrüllen gelassen, doch geflohen war er ebenfalls. Die abstoßende Wirkung auf seine Brüder war nicht von der Hand zu weisen. Nur, weil er sich von dem Geliebten des einen hatte vögeln lassen und dem anderen gestanden hatte, der Mörder seines Vaters zu sein. Bedauerlicherweise hasste ihn Ian wegen einer Lüge.

David lebte. Allerdings hätte ihn Ian nicht mehr erkannt.

»Dein Bruder wohnt bei Laurens. Scheint ihm dort gut zu gehen. Von Zurückkommen war keine Rede. Ist auch ein bisschen viel verlangt. Immerhin hast du dir mit ihm einiges geleistet.« Finley brach ein Stück von der Banane ab und hielt es Raven vor die Lippen. Als sie geschlossen blieben, steckte er es sich seufzend selbst in den Mund.

Ermutigend, wenn ein eingebildeter Lichtschein in der Dunkelheit versank. Ein Versöhnungsversuch mit Samuel hätte diesen grauen Tag gerettet.

Finley versuchte sein Glück mit dem Tee. Raven schlug ihm die Tasse aus der Hand. Das pissgelbe Zeug sickerte in den Flickenteppich, während der Alte sein Repertoire an gälischen Flüchen aufsagte.

 Warum noch warten? Es war ein guter Zeitpunkt für Davids Gift. Ein Tag früher, ein Tag später. Es spielte keine Rolle mehr. »Gibt es etwas, was ich in den nächsten achtundvierzig Stunden erledigen muss?« Nach dem Biss ging nichts außer im Bett liegen und träumen. »Wenn nicht, lass mich in Ruhe.«

»Was ist im Keller, Junge?«

»Geht dich nichts an, Finley.«

»Wo sind die Schlüssel?«

»Ich habe deinen Schwur.«

»Scheiß drauf!«

»Wir wissen beide, dass du dein Versprechen halten wirst.« Finley war vom alten Schlag. Seine Familie hatte jeher den Mac Lamans gedient, sie geschützt, war für sie gestorben. Lange bevor sie ihr Blut mit einem Seeungeheuer gekreuzt hatten. Ein Eid bedeutete Finley so viel wie seine Seele. Er war eine Tatsache wie der See und der Horizont über dem Meer.

»Danke fürs Essen, grüße Erin und wir sehen uns übermorgen wieder.« Raven erhob sich. Die Kellerschlüssel klimperten unter seinem Pullover. Finley war schwerhörig und würde es nicht bemerken.

Für sein Alter ungewöhnlich schnell packte ihn Finley am Kragen und zog ihn dicht vor die rot geäderte Nase. »Hör mir mal genau zu, Junge. Seit Samuel gegangen ist, hast du jeden Halt verloren. Du siehst aus wie ausgekotzt. Schau dich an!«

»Einen Teufel werde ich und nun lass mich los oder willst du mich erwürgen?«

Finleys Miene verzog sich, als hätte er plötzlich Zahnschmerzen bekommen. »Du gehst jeden Tag da hinunter. Und wenn du wiederkommst, bist du nicht ansprechbar.«

Das war falsch. Nach den Biss-Tagen brauchte er eine Pause, was für David Diät bedeutete. Doch auch sonst benötigte sein Stiefvater wenig. Grünzeug, Fisch, sein Blut. Andere fütterten Kaninchen, er sein Monster.

Endlich nahm Finley die knochigen Finger weg. »Gib mir die Schlüssel oder ich breche die Tür auf.«

»Dann breche ich dir das Genick.«

Finley zuckte zusammen. »Das hast du nicht gesagt.« Die ausgestreckte Hand zog sich wieder zurück. Ohne Schlüssel. Als Raven nichts erwiderte, stand Finley auf. »Mir kommt gerade der Gedanke, dass du das ernst meinen könntest.« Er ging – schweigend und mit hängenden Schultern.

*Tut mir leid, alter Mann. Aber niemand außer mir rührt David an.*

~*~

Fuck! Fast wäre ihm das kitschige Döschen aus der Hand ge-
rutscht. Sean setzte sich auf eine der Kisten, die vor Nippes und
Holzwolle überquollen, und wischte sich mit dem Ärmel den
Schweiß vom Gesicht. Seine Hand zitterte vor Müdigkeit und die
Augen fielen ihm beinahe zu. Schlafen wäre es gewesen. Aber seit er
diesem Kerl den Hinterkopf weggeschossen hatte, war das so eine
Sache.

Der Typ war zusammengefallen wie eine Marionette, der auf einen
Schlag sämtliche Fäden gekappt worden waren. Was musste er auch
mit einem Messer auf Isabell losstürmen?

Beim Zielen war es in Seans Brust ganz ruhig gewesen. Geflattert
hatte es erst, als sich der schmutzige Asphalt um den Körper rot
gefärbt hatte. Isabell hatte ihn in Ruhe kotzen lassen. Danach hatte
sie sich bei ihm in ihrer kühlen Art bedankt.

»Kuschlig. Nicht wahr?« Timur grinste sein Mongolengrinsen und
riss ihn damit aus blutigen Erinnerungen. »Sei froh, dass der Sommer vorbei ist. Sonst würden wir in diesem Blechkasten nicht nur
dämpfen, sondern kochen.« Er fuhr sich über den geschorenen
Kopf und schleuderte den Schweiß von seiner Hand. »Warte nur ab.
Mit den Jahren siehst du an Isabells Seite die halbe Welt.«

»Ja, aber nur die Hälfte, die nichts taugt«, brummte Henry hinter
ihnen und rückte ein paar Kisten zurecht. »Und von der kennt Sean
bereits eine Menge. Oder denkst du, ich hätte ihn aus einem seide-
nen Bett entführt?«

Henry konnte sich sein Grinsen sparen. Es hatte genug seidene
Betten in Seans Leben gegeben. In manchen hatte er sich sauwohl
gefühlt und wäre gerne geblieben. Doch damals gehörte er zur Kategorie: bespiel- und bezahlbares Material. Nach dem Job wurde so
was fortgeschickt.

Mittlerweile nahm er nur noch Arbeiten an, die mit ficken lassen nichts zu tun hatten. Leute abzuknallen rangierte weiter oben in den Charts der beliebtesten Jobs, als Arsch hochhalten. Das hatte er bei Onkel Bob gelernt. Leicht fiel es ihm deshalb immer noch nicht.

Timur sah zur Schiebetür, die jeden eventuell erfrischenden Lufthauch aus der Containerlagerhalle fernhielt. »Wetten, gleich kommt der Boss?« Er streckte die Nase in die Luft. »Das Böse kann ich riechen.«

»Na und?« Wichtiger als die Tatsache, dass Isabell sie in diesem Drecksloch beehrte, war die Frage, wieso niemand auf die Idee kam, die Tür aus der Verankerung zu reißen. Wenn er noch länger in dieser Hölle brüten musste, würde er es tun und scheiß auf Isabells Anweisungen.

Die Hölle oder Connacht, hatte sein Großvater gesagt, und dabei gelacht. Wahrscheinlich hatte er nie eine chinesische Containerhalle von innen gesehen.

Wie er Irland vermisste. Elf Jahre weg von der schönsten Insel der Welt. Tasche packen und hin? Irgendwann. Noch diesen Job bei Isabell. Zwei, vielleicht drei Jahre. Dann hätte er mit dreißig ausgesorgt. Keine schlechte Vorstellung.

»Heimweh?« Timur zeigte auf Seans Brust. »Du hast deine Hand auf das Tattoo gelegt.«

»Immer.« Mit Heimweh ging er ins Bett, mit Heimweh stand er auf. Unter dem Wappen von Connacht schlug sein Herz. Die linke Hälfte eines Adlers und ein rechter Dolch-Arm.

*Echte Connacht-Männer tragen die Seele eines Adlers in sich. Aber für schwule Grünschnäbel bleibt nur ein schäbiger Spatz.* Das Lachen des alten Mannes klang ihm im Ohr. Besser einen Spatz als gar keine Seele. Auch wenn es dem Vogel miserabel ging, seit er Irland verlassen hatte.

»Achtung, der Dämon!« Timurs breites Gesicht verlor jeglichen Ausdruck, bevor er ein höfliches Lächeln auf seinen Mund zwang.

23

Warum Timur dem Boss seelentechnisch misstraute und Isabell für mindestens besessen hielt, verriet er nicht.

Schon ratterte die Tür zur Seite. Mit vorgeschobenem Becken und spitzen Stilettos durchschritt Isabell die Lagerhalle. Mit den raspelkurzen schwarzen Haaren und dem kantigen Gesicht sah sie aus wie Grace Jones in weiß.

Hinter ihr lief Bruno. Mit einer Grimasse, als hätte er gerade zwischen seinen Kiefern etwas Kleinem das Genick gebrochen. Isabells Wachhund war eine Plage in Form einer sprechenden Presswurst, die jemand in zu enge Jeans und ein noch engeres Hemd gestopft hatte.

Tom bildete das Schlusslicht. Isabells Neuzugang. Fahrig und dünn schien er mehr zu huschen, als zu gehe. Seitdem er vor zwei Monaten hier aufgetaucht war, fungierte er als Mädchen für alles. Sein Blick ruckte nervös hin und her und ständig fielen ihm die Haare ins vernarbte Gesicht. Ein alter Kerl mit Hängebacken hatte ihn angeschleppt und ihm beim Abschied den Kopf getätschelt. Diese schlichte Handlung stieß Tom die Karriereleiter bis ins vierte Untergeschoss hinunter.

Im Team wurde nicht getätschelt. Von niemandem.

Was hatte Tom verbockt? Grundlos kroch keiner bei Isabell unter.

»Bist du von ihrem Dämonenblick erstarrt?« Timur rammte ihm den Ellbogen in die Seite. »Ich will die Arbeit nicht allein machen.« Er hielt ihm eine der bauchigen Achat Schnupftabakdosen hin.

Bevor er sie entgegennahm, legte er einen Bogen Seidenpapier auf den Packtisch. Timur sah kopfschüttelnd zu, wie er die Dose aufs Papier setzte und sie einhändig damit umwickelte. Das Ganze steckte er in eine Schachtel, stopfte eines der Brokattäschchen und einen Knochenlöffel dazu und versenkte alles in Holzwolle.

»Keinen Schimmer, weshalb dich Isabell ins Team geholt hat.« Timur nagelte die volle Kiste zu und gönnte ihm einen spöttischen

Seitenblick. »Muss an deinem Gesicht liegen oder an den Locken. Vielleicht auch an deinem Schwanz. Ist der genauso hübsch?«

»Hübscher als deiner garantiert.« Leider war er trotzdem einsam.

Timurs Kichern erstarb, als Henry sich räusperte. Schwanz-Themen erstickte er prinzipiell im Keim. Vor allem, wenn es um Seans Schwanz ging.

»Stapelweise Schwachsinn für online Mongolen-Shops.« Fast zärtlich streichelt Timur über das Holz. »Mit dem gewissen Etwas.«

Eine nette Bezeichnung für die Rohopiumpäckchen, die sie in einigen der Schnupftabakdosen versteckten. Die Kisten waren markiert und landeten nach ihrer Reise in den Händen diverser Zwischenhändler. Einige wurden nach Baishan verschickt, und wenn sie wiederkamen, steckte in der Holzwolle kein mit Opium bereicherter Kitsch, sondern kleine braune Fläschchen. Snaky Tears. Ein alberner Name für krasses Zeug. Ein paar Tropfen in den Mund träufeln, dann fest auf die Zunge beißen, bis sich der Blutgeschmack mit der bitteren Flüssigkeit mischte.

Anfangs hatte ihm Isabell regelmäßig kleine Portionen Nirwana zugestanden, weil er vor Phantomschmerzen fast geheult hätte. Es war jedes Mal fantastisch gewesen. Schmerz, Angst und sämtliche Erinnerungen seines schiefgelaufenen Lebens hatten sich in süßen Träumen und lustvollen Empfindungen aufgelöst. Ab und an hatte er sich im Rausch an Henry herangemacht. Die schwarze Glatze war sexy. Henry hatte ihn rasch eines Besseren belehrt. Für ihn waren sie nur Freunde. Wenn auch sehr gute.

Henry heuchelte Fleiß, indem er einer der Arbeiterinnen die Opiumpäckchen vom Tisch räumte und sie zu ihnen brachte. »Seht ihr den Schweiß in Isabells Haaren?« Sein eigener Schädel glänzte nass. »Wenn sie ein Dämon wäre, könnte sie nicht schwitzen.«

»Lass dich nicht täuschen«, wisperte Timur. »Dämonen sind Meister der Tarnung.« Er wartete, bis Isabell vorbeigegangen war, tastete die Taschen seiner speckigen Steppweste ab und zog eine

25

Streichholzschachtel hervor. »Ich habe mich vor ihr geschützt. Hiermit.« Vorsichtig schob er die Schachtel auf.

Ein Stück Finger. Braungrau und an manchen Stellen grün schillernd.

Tief in Seans Magen blinkte eine Alarmleuchte. Als eine fette Schmeißfliege anschwirrte, drehte er sich weg. Hatten die Fliegen auch seinen Arm umkreist, als er in den Blecheimer gefallen war?

»Den hat Isabell einer der Pflückerinnen abgeschnitten.« Timur klang geradezu begeistert. »Das Mädchen hatte sich beim Anritzen der Mohnkapseln ungeschickt angestellt.«

»Ist wenig sinnvoll, ihr dann noch die Hand zu verstümmeln«, bemerkte Henry sachlich. »Wahrscheinlich hatte der Boss einen miesen Tag.«

Ob diese Tatsache das Mandschu-Mädchen getröstet hatte, als es am nächsten Morgen nicht nur den oxidierten Mohnsaft abkratzen durfte, sondern auch gleich sein geronnenes Blut?

Henry schüttelte den Kopf. »Das ist kein Schutzzauber, das ist nur eklig.« Er nahm Timur die Schachtel samt Inhalt ab und warf sie in den nächsten Müllbeutel. »Apropos.« Sein Blick fiel auf Tom, der wie ein geprügelter Hund an Isabells Seite schlich. »Ich habe unsere Gesichtsbaracke gestern zugedröhnt aus einer Kloschüssel ziehen müssen. Mann, hat Tom einen Mist gelabert.« Er spuckte aus, einen Fingerbreit neben Seans Schuh. »Sorry, Kleiner. Die Rotze gilt nicht dir. Das weißt du. Ich habe nur schlecht gezielt.«

Niemand hatte ihn anzuspucken. Nicht vor die Füße, nicht ins Gesicht. Henry wusste das. Warum spuckte er überhaupt aus? Diese Angewohnheit war widerlich.

Ein schrilles Aufheulen ließ die Arbeiterinnen zusammenzucken. Henry verdrehte die Augen und zog Sean ein Stück von der glibberigen Pfütze weg. »Kann der Boss nicht eine seichte Melodie einstellen wie andere auch? Ihr Klingelton erinnert mich an eine Sirene.«

»Luis«, bellte Isabell ins Handy. »Sag mir, dass du Stanislaw gefunden hast.« Ihr knallrot geschminkter Mund verzog sich zu einem Strich. Plötzlich wurde es still in der Halle, als hätte es das Rascheln von Papier und Holzwolle nie gegeben.

»Gut.«

Was auch immer gut war, ihre Mundwinkel zogen sich in die Höhe.

»Kümmere dich um die Einladungen und die Visa für Sean und Tom. Ich will am Flughafen keine Schwierigkeiten.« Mit einem tiefen Seufzen reichte sie das Handy Bruno. Sie sah zufrieden aus wie ein Hai, dem ein Surfer vor der Nase entlang paddelte.

»Wer ist Stanislaw?« Den Namen hatte er bisher noch nicht gehört.

»Ein Kerl, mit dem sie noch eine Rechnung offen hat.« Henry spuckte erneut aus. »Sie wird meine Hilfe brauchen.«

In einem Roman hatte Sean einmal den Satz gelesen: *Dunkelheit umwölkte seine Stirn* und sich schlapp gelacht. Dunkelheit umwölkte in diesem Moment Henrys Stirn und es war ganz und gar nicht witzig. Von welcher Art Hilfe sprach er?

»Hey Sean!« Kichernd zeigte ihm Timur auf die Nase. »Da seilt sich ein Tropfen ab. Der baumelt schon.«

Sean wischte sich übers Gesicht. Jeder von ihnen schwitze, jeder von ihnen stank. Dabei hatte er sich geschworen, nie wieder zu stinken. Weder nach Schweiß noch nach faulem Fleisch.

Die Maden hatten in der Wunde gesessen, die ihm ein besoffener Freier in den Arm gestochen hatte. Nur weil ihm Seans Ansage nicht gepasst hatte, dass er nicht mehr anschaffte.

Aus dem Rinnstein hatte ihn Henry gefischt, mit seinen bloßen Händen, obwohl Sean von Kopf bis Fuß mit verpisster Scheiße voll gewesen war. Brauchst du einen Job?, hatte er gefragt und die Nase gerümpft. Sean hatte kaum nicken können, doch Henry hatte das Stöhnen für ein Ja gelten lassen, ihn sich über die Schulter geworfen und mitgenommen. Im Krankenhaus hatte er zuerst Sean auf den Tresen der erschrocken fiependen Nachtschwester gelegt, dann ein dickes Bündel Geldscheine.

Ein freundlich lächelnder Arzt hatte Sean in gebrochenem Englisch etwas erklärt, das er allein wegen des Wundfiebers nicht verstanden hatte. Dann war es dunkel geworden. Am nächsten Tag war er ohne rechten Arm aufgewacht. Allerdings nicht ohne Schmerz. Der kam und ging, wie es ihm passte.

Er hätte die Krankenhausrechnung bei Henry abgearbeitet. Kein Problem. Henry war ein Hüne mit einem hünenhaften Schwanz, aber Sean hätte es schon ausgehalten. Doch Henry hatte bei diesem Vorschlag laut gelacht und ihn frisch gewaschen und sauber eingekleidet Isabell vor die Füße gelegt. Sein einziger Kommentar zu ihr war gewesen: Sei vorsichtig mit dem Jungen, der hat eben noch an Schläuchen gehangen.

Isabell hatte genickt und sich die Frage verkniffen, was zur Hölle sie mit einem einarmigen Krüppel sollte. Stattdessen hatte sie ihm den besten Whisky seines Lebens eingegossen.

Er war Ire. Er kannte sich damit aus. Seitdem sprang er nach ihrer Pfeife und lebte nach Henrys Regeln.

*Regel Nummer eins: Tu, was der Boss dir sagt, auch wenn du deine Seele in Gefahr wähnst. Regel Nummer zwei: Bleib unter meinen Fittichen, denn dort wird dir keiner etwas tun, es sei denn, er ist lebensmüde. Regel Nummer drei: Niemanden im Team hat zu interessieren, dass du auf Männer stehst und deinen Arsch für einen amerikanischen Hurensohn verkaufen musstest.*

Der Hurensohn war Bob. Er hatte ihm anfangs unter die Arme gegriffen aber schnell erkannt, dass Seans Qualitäten eher im Anlernen und Motivieren der Jungs lagen, als darin, alten Säcken die Schwänze zu lutschen. Preise, Arbeitsbedingungen, Konflikte zwischen den Jungs und Bob oder ihren Kunden, alles wurde von Sean gemanagt. Onkel Bob hatte seine Ruhe und zahlte in Dollars. Die Jungs konnten stressarm arbeiten und revanchierten sich mit kleinen bis großen Liebesdiensten. Wäre der Messer-Mann nicht dazwischen gekommen, hätte Sean den Job noch jahrelang machen können.

»Lohnabzug!« Brunos scheppernde Stimme, die in keiner Weise zu seinem Körperumfang passte, lärmte über jedes Geräusch hinweg. Mit der Fußspitze scharrte er in einem Scherbenhaufen und grinste dabei eine der Arbeiterinnen an. Die Dose musste dem Mädchen aus der Hand gerutscht sein.

»Die Dinger bringen hundertfünfzig Pfund pro Stück. Ohne die berauschende Zugabe.« Sein Grinsen wurde hinterhältig. »Was ist, Kleine? Zahlen oder lieber gegen eine Nacht mit mir tauschen?« Er spielte mit einer weiteren Dose, warf sie hoch, fing sie nicht auf. »Offenbar wird die Nacht länger.«

Konnte ihm nicht jemand das Maul stopfen?

»Wisch dir die Rebellion aus dem Gesicht, Ire«, knurrte Henry. »Du bist nicht zu Hause und das Mädchen geht dich nichts an.«

Scheiß drauf! Es sah so erschrocken aus, als ob es gleich in Tränen ausbrechen wollte. »Bruno! Du lässt die Arbeiterin in Ruhe!«

»Sagt wer?« Der Mistkerl musterte ihn, als ob er Dreck unter der Schuhsohle wäre. »Henrys Schützling?«

»Der Schützling schlägt dir gleich die Zähne ein. Und zwar mit links. Mal sehen, ob dir das Grinsen dann immer noch Spaß macht.«

»Klappe, Sean! Was schert dich dieses Weib?« Henry wollte ihn festhalten, doch Sean schlug seine Hand weg. Wie oft hatte er wegen Kerlen wie Bruno Schulden abarbeiten müssen. Der Arsch hatte ihm geblutet.

Henrys Arm rankte sich wie ein Tentakel um seinen Brustkorb. »Halt die Luft an. Das Mädchen hat sein eigenes Schicksal.«

»Das hatte ich ebenfalls und du hast mir trotzdem geholfen.« Die Kleine war höchstens fünfzehn und musste garantiert eine siebenköpfige Familie ernähren.

»Du willst ihr helfen?« Timur zupfte an dem Witz von Kinnbart. »Dann geh hin und sag Isabell, das Mädchen soll ihre Schulden bei dir begleichen.«

Henry lachte trocken. »Sean soll Anspruch auf die Kleine erheben?«

»Warum nicht?« Timur war von seiner Idee offenbar begeistert. »Sean ist ein Krüppel. Denen schlägt nicht mal Isabell was ab. Mit der Gesichtsbaracke geht sie auch behutsam um.« Er kicherte, als hätte er den Scherz des Jahrhunderts gerissen.

Bruno umschlich das Mädchen und grinste zu Isabell.

Die zuckte nur die Schultern.

Der Mistarsch würde sie kriegen und das Schlimmste war, dass er beim nächsten Mal wieder Erfolg mit seinen Machtspielchen haben würde. Und wieder, und wieder. Jemand war stark, zog sein Ding durch und bekam, was er wollte. Sean hatte diese Spielchen so satt, dass ihm in Henrys Klammergriff schlecht wurde. »Lass mich los. Ich will das Mädchen.«

»Glaube ich dir nicht.«

»Ist mir egal.«

Noch einmal wurde Henrys Griff fester, dann ließ er ihn frei.

Sean räusperte seinen verkrampften Kehlkopf locker. Nur Mut. Isabell würde ihm nicht den Kopf abreißen.

Trotzdem legte sein Herz einen Zahn zu, als sich der Boss zu ihm herumdrehte. Ihr kalter Blick schleuderte ihn innerlich zurück. Kaum zu glauben, dass sie ihn mochte, doch was bedeutete es schon, von einer Teufelin geschätzt zu werden?

»Die dreihundert Pfund ist sie mir wert.« Dank Isabell quoll sein Konto über. Er konnte den Zaster verschleudern, wofür er wollte.

Isabells abschätzender Blick streifte zuerst das Mädchen, dann Sean. »Du willst sie?«

Nicht auf dieselbe Weise wie Bruno aber eine Runde Mah-Jongg mit ihr wäre sicher nett. Vielleicht spielte sie auch Schach.

Timur trat einen Schritt vor. »Gib dir einen Ruck, Boss. Immerhin hat er dir diese Ratte vom Hals geknallt. Du bist ihm was schuldig.«

Isabell lächelte dünn. Sie war sicher nicht traurig darüber, noch am Leben zu sein. Mit einer knappen Geste stoppte sie den nächsten Wortschwall, der schon in Brunos hässlichem Mund wartete. »Nimm sie dir, Sean. Ich will dein Geld nicht. Hauptsache du bist morgen früh fit, wenn wir aufbrechen.«

Nur für Bruno warf sich Sean in die Brust. Die Kleine gehörte für diese Nacht ihm, auch wenn sie nur blöde Comics gucken würden.

Bruno schnaubte vor Wut.

Das Mädchen wirkte nach wie vor nervös. Sean hätte ihr gern gesagt, dass sie sich den Stress sparen konnte.

»Ich brauche eine Pause. Bin gleich wieder da.« Er musste an die frische Luft.

Isabell reagierte nicht, sondern schien etwas zu suchen. War ihr Tom abhandengekommen? In der Halle war er nirgends zu sehen.

Sean schleuderte sich den Schweiß aus den Haaren und tastete nach seiner Zigarettenschachtel. Sie war so feucht wie sein Hemd.

»Wo willst du hin?«, blaffte Henry hinter ihm her. Sean hielt die Packung hoch und Henry nickte ab. Sein Beschützerding in allen Ehren, aber manchmal nervte es. Mit sechsundzwanzig war er kein Küken mehr. Hätte Henry ihn nicht in diesem erbärmlichen Zustand gefunden, wäre er nie auf die Idee gekommen, einen Mann wie ihn bemuttern zu müssen.

Die Sonne stand bereits weit unten. Ihre Strahlen trafen auf ein paar alte Tonnen, die neben dem Hintereingang lagerten. Sean lehnte sich gegen eine von ihnen und schloss die Augen.

Grüne Wiesen, der Duft frisch gefallenen Regens, Wind, Felsen. Eines Tages musste er zurück nach Irland, sonst fraß ihn das Heimweh auf. Niemand würde ihn dort wiedererkennen. Er könnte sich ein Landhaus kaufen. Irgendwo in Connacht.

Mit dem Mund zog er eine Zigarette aus der Schachtel, steckte die Packung weg und fischte das Feuerzeug aus der Hosentasche. Wieder wollte seine verschwundene Hand zugreifen. Es war, als legten sich unsichtbare Finger um den Filter, um ihn für einen Augenblick aus den Lippen zu ziehen.

Wann gewöhnte sich sein Körper endlich daran, ein einarmiger Bandit zu sein? Neulich hatte ihm Henry eine geschälte Orange zugeworfen. Einfach so, quer über den Tisch. Sie war auf den Boden geklatscht, weil Sean versucht hatte, sie mit rechts aufzufangen. Blöd nur, dass es die rechte Hand nicht mehr gab.

In einem Haus, weit ab vom Schuss, würde ihm niemand etwas zuwerfen. Da spielte es keine Rolle, ob er ein oder zwei Arme besaß. Solange es Turnschuhe mit Klettverschlüssen gab, kam er klar.

Hinter einer der Tonnen rührte sich etwas. Tom saß auf dem vor Dreck starrenden Asphalt und verbarg das Gesicht in der Armbeuge.

Sean klemmte sich die Zigarette in den Mundwinkel und tippte ihn auf die Schulter. »Verkriechst du dich vor Isabell?«

Tom tauchte aus seinem Versteck auf. Seine Augen waren verquollen und aus der Nase lief Rotz. »Verschwinde! Geh zu Henry und erzähl ihm, dass das Fratzengesicht heult.«

»Das interessiert ihn nicht.« Der Junge nahm sich zu wichtig. »Eine Pause zum Rauchen ist okay. Eine zum Heulen ist Zeitverschwendung.« Er schüttelte eine Zigarette aus der Packung und hielt sie Tom hin.

Der sah ihn erstaunt an, steckte sie sich aber zwischen die Lippen. Er wartete, bis Sean die Schachtel mit dem Feuerzeug getauscht hatte, und ließ sich von ihm Feuer geben.

Verwöhntes Bürschchen.

»Was ist mit deinem Gesicht passiert?« Zigarette gegen Information. Ein fairer Tausch.

»Geht dich nichts an.«

Was fragte er auch. »Gut, zweiter Versuch einer vernünftigen Unterhaltung. Warum bist du hier?« Wahrscheinlich schmetterte Tom diese Frage ebenso ab.

Tom starrte an Seans Bein vorbei auf einen Ölfleck. »Ich glaube, die professionelle Bezeichnung heißt *versuchter Mord*.«

Den Pfiff durch die Zähen konnte sich Sean nicht verkneifen. Deshalb hatte ihn Baxter bei Isabell zwischengeparkt.

»Aber Baxter holt mich bald zu sich zurück.« Tom zog die Nase hoch. »Er hat mir geschrieben, dass die Polizei die Suche nach mir aufgegeben hat und meinen Anschlag als Partyscherz abtut.« Ein kleines, schüchternes Lächeln. Seine linke Gesichtshälfte machte es schöner, seine rechte hässlicher. »Von Isabell habe ich neue Papiere. Auf denen heiße ich Yanis Lennox. Und wenn Baxter erst mit meinem Gesicht fertig ist, läuft mein Leben endlich wieder geradeaus.«

Tom brachte einem alternden Arzt mit perversem Hang zu körperlich Entstellten eine Menge Vertrauen entgegen.

Kaum hatte Baxter damals Isabells Büro verlassen, hatte er Sean gemustert wie ein Stück Beefsteak, dem bereits die Kräuterbutter aus den angeschnittenen Rändern quoll. Versehrte würden ihn inspirieren, insbesondere dann, wenn sie ein so engelsgleiches Gesicht besäßen.

Er hatte Sean ein Angebot unterbreitet, üppig und saftig. Trotzdem hatte er sein beschissenes Geld vor sich auf die Erde rieseln sehen; brennend und in Flockenform.

Was für ein geiles Gefühl, wenn einem der eigene Arsch allein gehörte.

»Glaubst du an Ungeheuer?« Tom betrachtete die Glut seiner Zigarette.

»Weniger.« Nur weil er Ire war, hieß das nicht zwangsläufig, dass ihm Feen im Hirn herumsprangen.

»Ich schon. Isabell übrigens auch und du wirst es auch bald tun.«

»Quatsch keinen Mist.«

Tom wies auf seine zerfurchte Wange. »Das hier verdanke ich einem Wesen, von dem du nicht zu träumen wagst.«

Die Wesen, von denen Sean träumte, waren an den wichtigsten Körperregionen sorgfältig rasiert und rochen an mindestens einer Stelle betörend nach Moschus.

»Ist egal.« Tom zeigte ihm diesmal nur seine lächelnde Schokoladenseite. »Danke für die Zigarette. Du bist nett. Ganz anders als der Rest des Teams.« Mit einem Zwinkern schnippte er die Kippe zwischen die Fässer und verschwand in der Blechhalle.

Er war früher ein hübscher Kerl gewesen. Das mit den Narben war wirklich ein Jammer.

~*~

Wie lange war er diesmal weggetreten? Lange genug, um zu stinken, fast zu verdursten und dringend aufs Klo zu müssen. Raven setzte sich langsam auf. Die Kopfschmerzen waren zu ertragen, der Schwindel nicht.

Im Bad war es kalt. Statt heißer zu werden, begann die Heizung nur schneller zu bollern, als er das Ventil aufdrehte. War Finley in einen Streik getreten? Dann hatte er ihm den angedrohten Genickbruch übel genommen.

Aus dem Spiegel blickte ihm ein ausgemergelter Mann mit matten grüngelben Augen entgegen. Sein Teint tendierte ins Fahlgraue. Hatte es David übertrieben? Die frischen Bisswunden auf seinem Unterarm nässten.

»Das war das letzte Mal.«

Sein Spiegelbild nickte gehorsam zu dieser Lüge. Für moralische Quälereien war später noch Zeit. Zuerst musste der Gestank durchgeschwitzter Nächte fortgespült werden.

Irrtum. Zuerst musste er pinkeln, ob die Klobrille rotierte oder nicht. Raven stützte sich an der Wand ab. Hoffentlich traf er die Toilettenschüssel. Erin nahm Sauereien persönlich.

Angenehm, ein knappes Pfund leichter zu sein. Doch die Spülung rauschte zu laut und dem Wasserstrudel zuzusehen, schürte das schwammig-diffuse Gefühl in seinem Kopf. Erst nach dem Duschen wurde es besser.

Solange er klar denken konnte, musste er funktionieren. Rechnungen bezahlen, Erin und Finley beruhigen, sich umhören, ob jemand eine junge Frau vermisste und vor allem David etwas zu essen bringen.

Raven zog sich an, putzte die Zähne und heuchelte Normalität. Sein Spiegelbild sah danach weniger blass, allerdings keinesfalls glücklicher aus. »Heul doch ein bisschen.«

Sein Konterfei verzog angewidert den Mund. »Würde ich ja gern. Aber nicht allein.«

Seelische Zusammenbrüche hatte er früher mit Samuel geteilt. Sie hatten sich im Arm gehalten und die pechschwarzen Schicksalswellen über sich hinwegschwappen lassen.

Nähe. Das war es, was er brauchte. Das Gefühl, in der Umarmung eines anderen geborgen zu sein. Keine vorgetäuschte Glückseligkeit, die ihm David unter die Haut biss.

*Scheiße, Samuel! Ruf doch einfach an.* Das Display seines Handys zeigte keinerlei eingegangenen Nachrichten. Und wenn er es tat? Die Nummer seines Bruders wählen und den Mut finden, das erste Wort zu sagen. Und dann? *Komm zurück und lass dich beißen, denn außer dir verträgt leider niemand mein Gift und in der Lage, es diszipliniert zu dosieren bin ich schon lange nicht mehr.*

Der Mann im Spiegel drehte sich von ihm weg und knallte die Tür hinter sich zu. Mit diesem Verhalten befand er sich in bester Gesellschaft.

»Finley?« Nirgends war ein Fluchen oder Schimpfen zu hören. »Erin?« Wo steckten die beiden?

Die Küche war leer und ausgesprochen aufgeräumt. Am Kühlschrank klebte ein Zettel.

*Wir besuchen deine Mutter in der Klinik und hängen ein Schlösser-und-Gärten-Wochenende in Glasgow dran. Essen für 3 Tage ist im Kühlschrank. Wollten dich nicht während deines Trips stören. Du bist sowieso lieber allein. Gruß Finley.*

*P.S.: Drohst du mir noch einmal, Junge, ziehe ich den Schlappen aus und versohle dir deinen trübsinnigen Arsch! Wenn wir zurück sind, erwarte ich einige Antworten von dir. Sonst setzt es was!*

Raven riss die Nachricht ab und knüllte sie zusammen. Für die nächsten drei Tage konnte er sich das Versteckspiel sparen und David mitten am Tag füttern.

Die Türglocke schepperte. Raven nahm sich einen Apfel und biss hinein. Weder war es seine Aufgabe, zu öffnen, noch würde jemand etwas von ihm wollen.

Es klingelte wieder. Laut genug, um seine Nerven zum Flattern zu bringen. So wie es aussah, musste er den penetranten Störenfried vom Grundstück jagen.

Nach dem unerwünschten Damenbesuch im Sommer hatte Finley einen Spion eingebaut. Raven schob das Metallplättchen zur Seite. Rote Wangen, eine grotesk voluminöse Stirn mit schokoladenbraunen Strähnen und eine riesige Nase. Ohne die Verzerrungen war der Mann wahrscheinlich eine Augenweide.

»Kann ich helfen?« Raven fragte, während er die Tür öffnete.

Der Braunhaarige lächelte trainiert, starrte ihn an, schnappte dann nach Luft. Unsicher bewegte sich seine Hand auf Ravens Gesichtshöhe, nur um zu erstarren. »Ihre Augen ...«

Verflucht. Er hatte die Sonnenbrille vergessen.

»Kontaktlinsen?« Die Frage kam zögernd und hoffnungsvoll.

Raven nickte sie ab und der Mann lächelte erleichtert.

»Ich bin hier, weil ich Unterschriften für eine Petition sammele. Zum Schutz der heimischen Flora und Fauna. Es gibt zahlreiche seltene Arten, die durch die Touristenströme jedes Jahr gefährdet werden.« Aus einem braunen Aktenkoffer fischte er einen Hefter samt Kuli.

Er stand zu nah. Der Geruch nach Schweiß und einem zu wuchtigen Aftershave mischte sich mit dem Eigenduft süßer Mandeln und Zimt, der mit dem Apfelaroma aus Ravens Mund verschmolz.

»Wie heißen Sie?« Nancys Namen hatte er auch gekannt.

»Neal O'Rian. Ich arbeite für die ...« irritiert beobachtete er Raven, wie er schnuppernd die Luft einsog. »Geht es Ihnen gut?«

»Noch nicht.« Doch das würde sich gleich ändern. Raven trat einen Schritt zur Seite und Neal folgte seiner einladenden Geste in den schattigen Eingangsbereich. Sein Herzschlag war beinahe zu hören.

Raven nahm ihm den Hefter aus der Hand, drehte dabei das Gelenk nach oben. »Darf ich?« Er küsste über den Puls.

Der Zwang, zuzubeißen sprang ihn an, brachte sein Herz zum Beben. Warum sollte Nancy allein in ihrem Grab liegen? Einsamkeit war furchtbar.

Nur ein kleines, unbedeutendes Zittern durchfuhr Neals Köper, als sich die Zähne in der zarten Haut versenkten. Neal schrie nicht. Ließ sich von ihm behutsam auf den Boden legen und als Raven seine wachsende Lust streichelte, spreizte Neal gehorsam die Beine. Nur sein Blick verriet, dass ihn die Situation maßlos überforderte. Seine Lippen öffneten sich, suchten nach Worten, doch da waren keine mehr.

Raven leckte über den Hals, bis der störende Geruch des Aftershaves verschwand. Neals Seufzen wurde zu einem rauen Stöhnen, als ihm Raven die Jeans aufknöpfte und die Finger um die steinharte Erektion schloss.

Erneut versuchte sein Gast, ein Wort über die bebenden Lippen zu bringen. Raven verschloss sie mit einem harten Kuss. Neal wurde nicht gierig wie Nancy. Er gab sich hin, verzichtete auf jede Initiative.

Die schönsten Momente seines Lebens, das war Raven diesem Mann schuldig und er würde sie ihm überreichlich bescheren.

Um seine eigene Jeans abzustreifen, genügte ihm eine Hand.

Neal keuchte erstaunt auf, als Raven seinen Schwanz verschlang und ihn nass vor Speichel in die Luft ragen ließ.

Raven hockte sich darüber, platzierte ihn an seinem Eingang und senkte sich hinab. Immer tiefer drückte er sich die fremde Härte in den Leib.

Neal verdrehte die Augen, stöhnte ihm seine Erregung entgegen. Den süß-würzigen Duft küsste ihm Raven von den Lippen, folgte ihm über die Wange bis hinunter zum Hals. Als der Schmerz nach ihm griff, biss er zu.

Neal bäumte sich unter ihm auf.

Raven drückte ihn zurück, saugte stärker. Welch Genuss, sich gehen lassen zu dürfen.

Neal würde ihn mit dem Leben bezahlen.

~*~

Trostlose Gegend.

Sean kaute einen Zahnstocher fransig, während er nach draußen starrte. Die bunte Leuchtschrift des Nachtklubs blinkte nur bei der Hälfte des Wortes. Dafür flackerte die der Bar gegenüber doppelt so schnell.

Moskau. Aber nicht dort, wo Isabell normalerweise residierte. Warum hatte sie ihnen nichts Netteres zum Schlafen gesucht? Ein Hotel mit angemessen gefüllter Minibar und sauberer Bettwäsche zum Beispiel. Stattdessen diese verlauste Absteige. Die Tapete staubte, als er mit dem Fuß an die Wand trat. Fehlte noch, dass Kakerlaken-kadaver darunter hervorkrümelten.

Timur schien sich vor keinem Insekt zu fürchten, auch nicht vor Bettwanzen. Er lümmelte auf der fleckigen Matratze und zappte sich durch sämtliche Programme. Ab und zu lachte er auf oder kicherte albern.

Sean war nicht nach Lachen. Ihm war nach einem sauberen Bett inklusive eines sauberen Mannes, der sich in sauberen Laken rekelte. Das sehnsüchtige Seufzen schluckte er hinunter. Das wäre es. Ein sanfter Ritt. Nichts Wildes. Dazu hatte er erstens zu lange keinen Sex mehr gehabt und zweitens einen Arm zu wenig. Aber wie sollte er in einem Land, dessen Sprache er bis auf ein paar Worte nicht beherrschte, einen Typ zum Vögeln finden? Stricher gab es garantiert reichlich. Und die würden bei entsprechender Bezahlung auch nicht vor einem Krüppel zurückschrecken.

Allein bei dem Gedanken wurde ihm kalt. Nie wieder. Weder zahlen noch bezahlt werden. Dann lieber Askese, obwohl sie langsam wehtat.

»Wie war's mit dem Mandschu-Mädchen?« Timur gönnte seinen Schlitzaugen eine Bildschirmpause. »Hat euch Bruno gestört?«

»Nein, hat er nicht.« Henry hatte sich ihnen angeschlossen. Poker war genau sein Ding. Mit dem Messer hatte er die Plastikumrandung des Tisches gelöst und so Sean zu einem Kartenhalter verholfen.

»Gut. Dann hattest du ja Spaß mit der Kleinen.« Schon hingen Timurs Augen wieder am Schirm.

Sean spuckte den Zahnstocher aus dem Fenster. »Das Mädchen war nett.« Sie hatte Henry und ihn ausgenommen, wie Weihnachtsgänse. »Sehr trickreich.«

Timur grinste zufrieden, fischte eine Packung Gebäckringe aus der Einkaufstüte und verteilte den Inhalt auf seinem Bauch. »Isabell wird heute Nacht Stanislaw gegenüber kein nettes Mädchen sein. So viel ist klar.« Er stopfte sich eines der Gebäckstücke in den Mund.

»Der Kerl hat ihr damals das Gesicht zerschnitten. Ein Stümper hat sie zusammengeflickt aber es muss furchtbar ausgesehen haben. Rate, wer sie wieder glattgebügelt hat?«

»Woher soll ich das wissen?«

»Baxter. Der Sugar-Daddy unsers Anhängsels Tom.« Timur grinste. Offenbar machte es ihn glücklich, Isabells Vergangenheit auszugraben. »Baxter war gut. Du siehst ihre Narben nur noch, wenn du dicht vor ihr stehst.«

Schön für Tom. Dann hielt er seinen kleinen Arsch wenigstens nicht umsonst hin.

Von der Straße drang das Motorenbrummen von Isabells Audi Q3. Zuerst stieg Tom aus, um Isabell die Tür aufzuhalten. Seine Bewegungen waren schleppend, als hätte er sich etwas eingeworfen.

Henry verließ als Letzter das Auto. Die Flecken auf seinem Hemd sahen selbst von hier oben nach Blut aus. Hoffentlich war es nicht seines. Timur trat neben ihn und schüttelte den Kopf. »Wenn unser Großer diese eingefrorene Miene aufsetzt, krümele ich für den Rest der Nacht lieber Luis' Bett voll.«

»Was denkst du, hat ihn Isabell machen lassen?«

»Sieh ihn dir an. Dann weißt du genug. Um die Details reißt du dich ohnehin nicht. Glaub mir.« Er packte seinen Kram zusammen, und als er die Tür öffnete, stand Henry bereits davor.

Was braun in seinem Gesicht hätte sein sollen, war grau. Dafür klebte ihm getrocknetes Blut an den Wangen.

»Ist das deines?«

Henry winkte ab. »Keine Angst. Stammt alles von Stanislaw. Mann, habe ich dem zusetzen müssen. Ich dachte, der krepiert nie.«

Unwillkürlich schüttelte es Sean von oben bis unten. Hoffentlich kam Isabell nie auf die Idee, ihn auf ihre Feinde anzusetzen. Bei Bob war es meist beim Prügeln geblieben.

Henry versuchte, das besudelte Hemd aufzuknöpfen, aber seine Finger zitterten zu stark.

»Lass nur, ich helfe dir.« Mittlerweile war Seans linke Hand geschickter, als es die rechte je gewesen war.

Henry ließ die Arme sinken und wartete, bis er ihm das Hemd abgestreift und den Gürtel geöffnet hatte.

»Bequemer?«

»Danke.« Henry plumpste aufs Bett und starrte trübsinnig vor sich hin. »Isabell wollte eigentlich dich mitnehmen und nicht Tom. Ich habe ihr gesagt, dass du keine Belehrung brauchst, weil du ohnehin loyal bist.«

»Welche Belehrung?« Sean zog ihm die Schuhe aus.

»Der Boss demonstriert den Neuen ganz gern mal, was mit Verrätern passiert. Hinter Stanislaw war sie schon jahrelang her. Sie gibt nicht auf, bis sie einen hat.« Mit einem tiefen Seufzen streckte er sich aus und legte sich die blutbeschmierten Hände auf den Bauch. »Tom wird das Team irgendwann verlassen. Sie will, dass er weiß, was ihm blüht, wenn er auch nur ein Wort von all dem hier ausplaudert. Aber du bleibst ja.« Zufrieden mit dieser Feststellung schloss er die Augen.

Er blieb? Für immer? Sean musste unbedingt das Kleingedruckte seines Arbeitsvertrages nachlesen. Sein Leben lang würde er sich von Isabell nicht zwischen China, Russland und Thailand hin- und herzerren lassen.

»Kurz bevor Stanislaw über den Jordan ist, hat ihn Tom an den Haaren gezerrt und ihn Samuel genannt.« Henry schnaubte angeekelt. »Der kleine Arschficker, der elende. Ich bin froh, wenn wir den wieder loswerden.«

Ein bisschen Arschfickerei würde Henry im Augenblick körperlich und seelisch ausgesprochen guttun doch mit diesem Vorschlag brauchte er ihm nicht kommen. Blieben noch die Damen aus dem Nachtklub gegenüber. »Willst du zur Entspannung eine Frau? Müsstest dich nur schnell duschen.« Auf blutbesudelt standen die Mädels sicher nicht.

»Ist mir nicht nach. Reich mir den Wodka. Das muss genügen.«

Fair von Timur, die angebrochene Flasche hiergelassen zu haben.

Zwei Zigarettenlängen später fielen Henry die Lider zu. Blutig, stinkend und mehr und mehr schwitzend lag er in ihrem gemeinsamen Bett.

Das nächste Mal würde Sean auf ein Einzelzimmer bestehen.

Sein Arm zog. Wie jedes Mal, wenn er sich über etwas aufregte. Hätte er ihn massieren können, wäre das Ziehen sicher verschwunden aber Luft massierte sich schlecht. Wirklich heftige Attacken, die ihm die Beine weghauten, hatte er lange nicht gehabt. Sie fielen mit Vorliebe über ihn her, wenn er aufgewühlt war. Angst war besonders schlimm, weshalb er sich dieses Gefühl unter Isabells Fuchtel abgewöhnt hatte.

Er verließ leise das Zimmer. Vielleicht kam er bei Luis und Timur unter. Neben Henry würde er kein Auge zubekommen.

Auf dem Flur stürmte ihm Luis entgegen. »Lust auf einen neuen Job?« Er wedelte glücklich mit einem dünnen Stapel Papiere. »Komm mit, sonst muss ich den Kram zweimal erklären.« Er schob ihn vor sich her zu Isabells Zimmer und öffnete ohne zu klopfen die Tür. »Gute Neuigkeiten, Boss.«

Sie musterte zuerst ihn, dann Sean. »Und die wären?« Nebenbei streifte sie einen ihrer Pumps ab.

Luis räusperte sich und warf sich in die Brust. »Du bist ab heute die stolze Besitzerin von Kovalenko.« Der Papierstapel landete auf ihrem Bett. »Ein ehemaliges Forschungsinstitut mitten in Kuzminki. Inklusive Park und angrenzendem See, der allerdings der Öffentlichkeit zugänglich ist.«

»Schlecht.«

»Weswegen ich ein Bauunternehmen beauftragt habe, ein Zuflussrohr aufs Grundstück zu legen und so ein mittelgroßes Bassin zu speisen.«

»Sehr gut.«

»Weiß ich. Das Schmiergeld war entsprechend hoch, doch Schweigen hat seinen Preis.«

Von was redeten die beiden?

»Ich hätte gern Sean und Timur, um aus der verseuchten Bude eine nette Unterkunft für uns herzurichten.« Vergnügt blinzelte er Sean zu.

»Ich erinnere dich ungern daran, Luis, aber ich bin einarmig.« Auf Bruchbude-Entrümpeln hatte er keine Lust.

Luis' Grinsen schwelgte in Schadenfreude. »Euch steht ein Beräumungs-Team zur Verfügung und für den Notfall werde ich auch dort sein. Ein paar verweste Tierkadaver dürfen dich nicht abschrecken. Kovalenko war bis 2003 ein ...« er schnappte sich die Papiere und blätterte darin. »Von 1918 bis 2003 war Kovalenko das Forschungsinstitut für experimentelle Veterinärmedizin. Stichpunkte: Recycling der Kadaver mit hochgefährlichen Chemikalien.«

»Muss ich den Job annehmen?« Bruno wäre dafür besser geeignet.

»Ja«, kam es prompt. Solltest du schimmlige Skelette und Fellreste finden, stopf sie in Tüten und entsorge sie bitte im Sondermüll.«

»Hervorragende Arbeit, Luis.« Huldvoll klopfte Isabell ihrem Bruder den Rücken. »Jetzt muss nur noch Chen Sun zu uns stoßen. Er war von Toms Bericht überaus begeistert.«

Was hatte Tom mit dem Drogen brauenden Chinesen zu tun?

»Habe schon alles beantragt.« Luis stopfte die Hände in die Hosentaschen. »Allerdings will Pjotr mehr Geld für seine Gefälligkeiten und die Typen in der Botschaft werden auch immer gieriger.«

»Das werden wir alle.« Isabell schraubte eine Wodkaflasche auf und prostete ihnen zu. »Luis, wir haben heute Nacht nicht nur einen Grund zum Feiern. Sean, du kannst gehen. Morgen fährst du mit Timur nach Kovalenko und machst dich nützlich.«

Damit war er entlassen. Nett. Sollte er Timur gleich die prickelnde Botschaft überbringen? Dann hatte er es wenigstens hinter sich.

~*~

Lichter tanzten über die dunklen Wände, die Kommode, die verstaubten Porträts längst verblichener Mac Lamans.

Raven setzte sich auf. Er musste auf Neal eingeschlafen sein. Lebte er noch? Sein Gesicht fühlte sich kühl an. Keine Beulen, und soweit er es im Dämmerlicht erkannte, auch keine roten Flecken. Allerdings auch keinen Puls. So schnell hatte er noch nie getötet. Dem friedlichen Gesichtsausdruck nach war Neal frei von Schmerzen und Angst gestorben. Ein Schock? Dann hatte er entweder extrem empfindlich auf das Gift reagiert, oder es hatte an Wirksamkeit gewonnen.

Zu den Lichtern gesellte sich ein lauter werdendes Motorenbrummen. Finley und Erin kamen zurück.

Wohin mit der Leiche? Draußen klappten bereits Autotüren.

Der Keller! Raven zerrte sich die Schlüssel vom Hals, schloss mit fliegenden Fingern die schwere Tür auf. Einfach die Treppe hinunterstoßen? Nein, das hatte Neal nicht verdient. Raven fasste ihn unter die Achseln, zog ihn Stück für Stück ins Dunkle. Sein Herz hämmerte vor Anstrengung dermaßen heftig, dass er kaum hören konnte, was im Eingang geschah. Waren die beiden bereits im Haus? Hier unten war es still wie in einem Grab. Zu still.

Er hielt den Atem an. Kein Wimmern, kein Stöhnen. Dabei musste David Hunger haben.

Raven legte Neal ab, lauschte in den Gang. Nichts. Mit jedem Schritt näher zu Davids Verlies pochte sein Herz stärker. War er tot? Seine Seele jubelte, sein verseuchtes Hirn schrie auf.

Knarrend öffnete sich die Tür. Bis auf dieses nervenaufreibende Geräusch war nichts zu hören.

Verdammt! Licht! Es ging nicht an. Unter seinen Sohlen knirschte es. Glasscherben?

~*~

44

Verrücktes altes Weib. *Ich mach mir Sorgen um den Jungen, Finley. Komm, lass uns zurückfahren. Er braucht uns.* Das Einzige, was Raven brauchte, war eine Tracht Prügel.

Wenigstens hatten sie Mia besucht. Sie befand sich auf dem Weg der Besserung, durfte die Klinik jedoch nicht verlassen. Der Arzt bildete sich tatsächlich ein, dass ein Berg Pillen eine gemarterte Seele heilen würde. Auf seinen Einwand, dass er da lange warten könnte, hatte der Kerl pikiert den Mund verzogen und behauptet, dass er das anders sehen würde.

Sollte er. Nur um Mia war's ein Jammer.

Finley half Erin aus dem Wagen. Wie angestochen eilte sie zum Haus.

»Nur die Ruhe, Mädchen! Dein Raven liegt im Bett und fantasiert sich durchs Leben!« Seit Wochen tat er nichts anderes.

Erin reagierte nicht, sondern nahm direkten Kurs auf die Küche. Finley schloss den Wagen ab und folgte ihr ins Haus.

Nanu? Die Kellertür war angelehnt. Aus dem Spalt drang kein Licht. Dann musste er sie auch nicht aufbrechen und verstieß gegen kein Versprechen.

Jetzt oder nie. Raven durfte nicht länger in sein Unglück tappen. Und da unten lauerte es. Jeder Nervenknoten im Kreuz sagte ihm das.

Weit hinten knarrte eine Türe. Aus dem Gang, der zur geheimen Kammer führte? Dort hatte Gregory Mac Laman 1692 aufsässige Clanleute vor den Handlangern der britischen Krone versteckt. Das waren noch Zeiten gewesen. Da hatten die jungen Tunichtgute Besseres zu tun gehabt, als die Freunde ihrer Brüder zu besteigen. Sei's drum. Musste an der düsteren Musik liegen, die Samuel und Raven hörten. Das wirkte auf die Seele, machte sie schwammig und melancholisch und dann kam so was bei heraus.

Verdammt, was war das denn? Im letzten Moment fing er sich. Etwas lag im Weg. Verflixte Dunkelheit! Wo war der Lichtschalter? Da. Na bitte.

Ein Mann. Tot. Oder? Wie fest durfte man eine Leiche treten, um herauszufinden, ob sie eine Leiche war?

Der Kerl rührte sich nicht. Finley holte aus, trat erneut zu. Immer noch nichts. Wieso, in Dreiteufelsnamen, lag im Keller eine Leiche herum?

Wie lange hielt Raven die Tür verschlossen? Seit Wochen! Dafür sah das Kerlchen mit den braunen Haaren noch beneidenswert frisch aus.

Was wollte Raven mit ihm? Machte er furchtbare Experimente und sah deshalb aus wie ausgekotzter Apfelbrei? Nachher schuf er ein Monster. Genauso wie Frankenstein. Weil er einsam war. Weil er seine Brüder vermisste. Gott oh Gott. Das musste es sein. Dieser Unsinn hörte jetzt auf!

Vom Ende des Ganges drang ein dumpfes Poltern. Jemand schrie. Raven? Was zur Hölle ...

Finley rannte, bis ihm alles wehtat. Hinter der Eichentür fauchte jemand. Nein, das war kein Mensch. Niemals.

Er riss die Tür auf. Etwas Schuppiges, Großes beugte sich über Raven, hielt ihn an der Kehle, drückte ihn zu Boden.

Mhorag!

»Na warte, du Biest!« Wollte das Monster nicht hochsehen? Wollte es nicht verdammt noch mal von Raven ablassen?

Ein Stein! Oder eine Stange! Irgendetwas, das er auf den krummen Rücken schmettern konnte. »Ich komme, Junge! Ich helfe dir!«

Raven trat dem Ding in den schuppigen Bauch. Schleuderte es von sich.

»Ja, hau ihm die Visage platt!«

Das Vieh schnaubte, starrte Finley an.

Gott! Was waren das für Augen? Grüngelber Hass schlug ihm entgegen. Er spürte ihn bis in die Knochen.

Raven kämpfte sich auf die Beine, wollte gegen das Ding anrennen, doch es duckte sich und sprang auf ihn zu, riss ihn erneut zu Boden.

Scheiße! Immer noch nichts in der Hand, um dem Jungen zu helfen. *Du Tattergreis! Tu was!*

Eimer, Teller, ein Käfig. Ein Käfig? Egal. Leere Wasserflaschen, die Jagdflinte von Wilson. Das war es! Hoffentlich steckte in dem Ding Munition.

Raven keuchte, das Vieh biss nach ihm, kratzte.

»Na warte, du Teufel!« Finley rannte, schnappte sich das Gewehr.

Ein Knäuel, es rollte durch Staub und Schutt. Raven oben, dann unten. Herrgott! Wenn er nicht aufpasste, würde er dem Jungen den Schädel wegknallen. Näher heran. Noch näher.

Das Vieh bäumte sich auf, begrub Raven unter sich.

Was nun? Wollte es ihn schlagen? Beißen? Mit seiner Klaue holte es aus. Es würde Ravens Kehle zerfetzen!

Nur ein Zucken des Fingers. Mehr war es nicht.

Finley hatte nie auf irgendetwas geschossen.

Draufdreschen! Wenigstens das.

Er packte das Ding am Lauf, ließ es auf den zackigen Rücken krachen.

Die Kreatur jaulte auf, ließ von Raven ab und hechtete in eine Ecke. Aus den Reptilienaugen starrte ihm Angst entgegen.

Finley knallte die Tür zu, stellte sich davor. Zu Erin durfte dieses Monster auf keinen Fall. »Verschwinde!« Er stieß mit dem Gewehr Richtung Schacht. Der war für viele Flüchtlinge die letzte Rettung gewesen. »Lauf und lass dich hier nie wieder blicken!«

Endlich begriff es, sprang zu dem Loch, schlängelte sich hindurch.

Von unten platschte und gluckerte es.

Finley rutschte die Flinte aus der Hand. »Sag nicht, dass das dein Vater war!« Mia hätte sich nie in so ein Biest verguckt.

Raven rappelte sich mühsam auf. Sein Körper war mit Kratzern und Bisswunden überzogen. »Das war David.«

»Verarsch mich nicht! Du hast David in den Tod gebissen. Erin hat's mir erzählt.«

»Hat nicht geklappt. Daher der Käfig.«

Gott im Himmel! »Und wieso war das Vieh dann frei?«

»Der Schlüssel.« Raven zog die Beine an und ließ den Kopf auf die Knie sinken. »Nach dem letzten Biss muss ihn mir David abgenommen haben. Ich war benommen. Schon während seine Zähne in mir steckten. Vielleicht hat er mich näher zu sich gezogen. Manchmal machte er das.«

Raven ließ sich von Mhorag beißen? Nein, nur von seinem Stiefvater, der wie Mhorag aussah. Hol's der Teufel. »Erkläre mir das oben. Aber haarklein.« Er fasste Raven unter, zog ihn auf die Beine. »Warum hast du dich mir nicht anvertraut? Ich hätte dir geholfen!« Wie auch immer, doch ihm wäre etwas eingefallen. »Und deinem Bruder hast du es ebenfalls verheimlicht, ist es so?«

Raven nickte, stützte sich am Türrahmen ab. Er atmete wie eine Dampfmaschine. »Danke«, keuchte er. »Finley, ich ...«

»Ach, halt den Mund! Tot hättest du sein können!« Apropos. »Ich muss was entsorgen.« Es war besser, Erin erfuhr nichts von der Leiche.

Raven folgte ihm. Half ihm schweigend dabei, den Fremden in die geheime Kammer zu ziehen. Auch als sie ihn gemeinsam in den Schacht stopften, sagte Raven kein Wort.

Hoffentlich verfing sich der Körper irgendwo da unten. Vielleicht fraß ihn auch Wilson auf. Hauptsache er schwamm nicht irgendwann für jeden Dorfpolizisten sichtbar auf dem Loch herum.

Verdammt! Er schnappte sich Ravens Schultern, schüttelte ihn. »Ich helfe dir beim Leichenverstecken. Sag mir gefälligst, weshalb ich das tun muss!«

»Brüll ruhig lauter, Finley. Dann haben wir ganz schnell Erin zur Gesellschaft.«

»Raven! Du hast gemordet!« Gott, das hatte er wirklich.

»Liegt mir im Blut.« Der Junge sank in sich zusammen wie ein nasser Waschlappen. »Pack deine Sachen, schnapp dir Erin und verschwindet von hier. Ich mache dasselbe. Und schon können die braven Bürger von Morar wieder in Frieden vor sich hinvegetieren.«

Finley holte aus. Die klatschende Ohrfeige weckte ein Echo in dem alten Gemäuer. »Wir haben gerade ein Ungeheuer durch diesen Schacht gescheucht. Es schwimmt da draußen herum. Ist lebendig, stinksauer und nebenbei eine tödliche Gefahr. Und du willst abhauen?« Zum Teufel noch mal!

Raven schlug den Hinterkopf an die Wand. »Darren. Beinahe Laurens. Nancy. Neal. Und das ist nicht das Ende. Ich bin das Ungeheuer, Finley! Und es ist nicht nur der Sex ...«

»Du poppst die auch noch?« Diesmal war die andere Wange dran. Finley Handfläche zwiebelte, doch Raven blinzelte nur.

»Du kannst dir nicht vorstellen, was es für ein Gefühl ist, wenn sich ein Mensch im Giftrausch hingibt. Als würde er ein Teil von mir, der mir immer gefehlt hat.«

»Das hört jetzt auf.« Mias Söhne durften sein, was sie wollten. Seinethalben auch schwule Monster. Aber niemals Mörder. Er zerrte Raven auf die Füße und stieß ihn vor sich her die Treppe hinauf. »Zu Erin kein Wort von diesem Mann. Nur über Wilson darfst du beichten.« Einen Herzinfarkt wollte er dem alten Mädchen ersparen.

Zwischen Teekochen und Wundenreinigen bekreuzigte sich Erin mehrfach, während Raven Rede und Antwort stand.

Er hockte am Tisch wie hingerotzt und sah nicht einmal auf, als sie ihm eine Tasse hinstellte.

Pfefferminze. Pfui Teufel. Finley holte den Whisky fürs Grobe aus dem Schrank. Das Zeug ließ Büschel hinter den Ohren wuchern. Die konnten sie im Moment alle drei gebrauchen.

Raven kippte den guten Tropfen wie Wasser hinunter und ließ sich das Glas zweimal nachfüllen. Als er aufstand, schwankte er. »Ich muss ins Bett. Schließt die Türen ab. Ich will nicht daran denken müssen was passiert, wenn David zurückkommt.«

»Ich begleite dich.«

Raven sah ihn aus schweren Lidern an. »Wozu?«

»Wir müssen reden.«

»Nein, müssen wir nicht.«

»Oh doch.«

~*~

David war fort. Der Gedanke streifte um ihn herum, ließ sich jedoch nicht einfangen. Der hasserfüllte Blick, die unfassbare Wut, mit der er sich auf ihn gestürzt hatte. Raven konnte es ihm nicht einmal übel nehmen.

»Ich werde Samuel bitten, hierherzukommen.« Finley klopfte ihm auf den Rücken. »Ihr müsst euch aussprechen.«

Ravens Herz raste. Er stolperte zu dem Alten, packte ihn an den knochigen Schultern. »Wag es nicht und locke meinen Bruder hierher!« Er hasste ihn auch so schon genug.

»Vor Kurzem hast du noch sehnsüchtig nach ihm gefragt!«

»Ich will ihn nicht sehen.« Es tat weh. Die Worte und die Gedanken, die dahinterstanden.

Finley wischte Ravens Hände von sich. »In meinem Leben habe ich zu oft weggesehen. Das werde ich nie wieder. Samuel kommt.

Ob es dir gefällt oder nicht. Du brauchst ihn. Das hast du mir heute bewiesen.«

*Ich brauche ihn mehr, als du denkst.* Dennoch durfte er nicht herkommen.

Raven wurde schwindelig. Wo war die Stufe? Er trat ins Leere. Das Fallen kribbelte für einen winzigen Augenblick in seinem Magen, dann umschlangen ihn Arme, zogen ihn zurück.

»Dummer, bekloppter Junge du! Ich will dir helfen!«

»Das hast du längst getan.« Er drehte sich in Finleys Griff, küsste die alten Lippen, die intensiver nach Whisky schmeckten als seine eigenen.

»Lass den Quatsch!« Finley drückte ihn von sich. »Ich könnte dein Vater sein, Herrgott noch mal!«

Dann wäre sein Leben besser verlaufen. »Warum hasst du mich nicht?«

Entgeistert sah ihn Finley an. »Schwer zu sagen.« Er kratzte sich über das stoppelige Kinn. »Ich liebe Mia wie meine Tochter. Also habe ich auch dich und Samuel ins Herz geschlossen. Ich kann dir nur nicht den Mist verzeihen, den du ständig verzapfst.«

»Und wenn ich dich darum bitte?« Samuel würde es niemals können, sollte er von Nancy und Neal erfahren. Wenn Finley ihm nicht verzieh, wer sonst?

»Stoß dich nicht selbst von der Klippe.« Eine kurze Umarmung, dann drehte sich der Alte um und schlurfte den Flur entlang zur Treppe.

Raven sackte an der Wand hinab. Er musste sich nicht stoßen, er fiel bereits.

~*~

Was für irre Träume. Sean gähnte den halb blinden Spiegel an. Lauter dunkles Zeug. Zwischendurch hatte er einen Mann ohne

Gesicht geküsst. Das Ergebnis war eine fantastisch pralle Morgenlatte gewesen, um die sich leider niemand kümmern würde.

Er schäumte sich Wangen und Kinn ein. Seine Schulter sah einsam aus. Wie abgeschnitten. War sie immerhin auch. Ob er sich irgendwann an den Anblick gewöhnen würde?

»Bist du endlich fertig? Ich muss ins Bad.« Tom klopfte an die Tür, betrat den fensterlosen Raum, ohne auf eine Antwort zu warten. Kurz trafen sich ihre Blicke im Glas, dann glitt Toms über Seans Rückseite. Erst erstaunt, schließlich eindeutig beeindruckt. Sean trainierte nicht umsonst seine Muskeln.

Tom leckte sich über die Lippen und seine Augen begannen zu glänzen. Als er merkte, dass Sean ihn beobachtete, senkte er den Blick. »Ich wollte nicht ... ich wusste nicht, dass du ...«

»Ist schon gut. Bin gleich fertig.« Pervers oder nicht. Für den Kleinen war es ebenso schwierig wie für ihn. Sehnsucht nach einem Menschen, der wenigstens den Körper verwöhnte. Von Liebe ganz zu schweigen. In einem Haufen von Kerlen, die untereinander mit ihren Weibergeschichten prahlten, war das schwer auszuhalten.

Fairerweise hätte er sich ein Handtuch umbinden müssen. Pech, dass es nicht funktionierte. Er rasierte sich zu Ende, während Tom sein Waschzeug auf die Ablage stellte. Doch er zog sich nicht aus, dabei hätte er unter die Dusche gekonnt, sie war frei. Stattdessen beobachtete ihn Tom, wie er sein Gesicht wusch, sich abtrocknete und Aftershave auftrug, was jeden Morgen wieder eine Herausforderung darstellte. Den Deckel abzuschrauben ging noch einhändig. Dann musste er die Tube von oben greifen, sie kurz auf den Kopf stellen und zudrücken, bis die richtige Menge Balm in seine Handfläche kleckste. Mit flüssigem Aftershave war er kläglich gescheitert. Schon beim Abstellen der Flasche war es ihm von der Handfläche gelaufen.

»Du bist sehr geschickt mit deiner Hand.« Tom lächelte und seine rechte Gesichtshälfte verzog sich dabei zu einer Fratze.

In seinen Augen stand der Wunsch, von eben dieser Hand berührt zu werden. »Ekelst du dich vor mir?« Sein Blick bettelte um ein Nein.

»Wieso sollte ich?« Er war der Krüppel mit den hässlichen Narben. Gut, Tom auch. Doch sie befanden sich bei ihm nicht überall. Einige Stellen an ihm waren garantiert makellos schön.

Tom näherte sich, legte den Kopf in den Nacken. »Ich werde es niemandem aus dem Team verraten.« Seine Fingerspitzen wanderten Seans Schenkel hinauf bis zu seinem Schwanz. Sie strichen auf und ab, kitzelten an der Spitze. »Gefällt dir das?«

»Sehr.« Er war lange nicht mehr auf diese Weise berührt worden. »Aber wenn du mir etwas Gutes tun möchtest, dann pack fester zu, bevor der Nächste ins Bad will.« Bei diesen Feenberührungen würde ihm auch nach Stunden keiner abgehen.

Toms kleiner Knackarsch ließ sich gut greifen. Der Junge kickste überrascht, als Sean ihn mit dem Becken an sich drückte. Ob er für eine schnelle Nummer bereit war?

Tom presste sich mit glasigem Blick an Seans Oberschenkel, rutschte langsam hinab, bis er vor ihm kniete. Mit der einen Hand massierte er Seans Hoden, mit der anderen krallte er sich in seinen Hintern.

Sean lehnte sich ans Waschbecken. Was Tom lieferte, war mehr als passabel.

»Du riechst gut.« Seufzend rieb Tom sein Gesicht an Seans Lenden. »Nach Kräutern.« Schon verschlang er Seans Schwanz.

Kräuter? Seinetwegen. Hauptsache Tom nahm ihn so tief wie möglich.

Der Junge würgte, als Sean seinen Rachen vögelte.

»Bleib locker Kleiner. Du machst es nicht schlecht. Kotz mich nur nicht voll. Und wenn es mir kommt, brav schlucken.« Er streichelte die verkrampfte Kehle. »Hier musst du dich entspannen. Dann kannst du mich tiefer nehmen.«

Tom gehorchte. Seine vorwitzigen Finger wanderten zwischen Seans Backen und verwöhnten ihn auch dort.

Sean schloss die Augen, sonst würde es zu lange dauern und Tom entweder ersticken oder Timur ohne ihn nach Kovalenko aufbrechen. Luis war ohnehin schon vorgefahren. Der Kerl brauchte anscheinend keinen Schlaf.

Toms Zuwendungen wurden dreister. Zeit für ein bisschen Kopfkino. Luis? Oder Henry? Keiner von beiden würde sich vögeln lassen. Sie waren klassische Tops.

Der gesichtslose Mann aus seinen Träumen löste sich aus dem Schatten der stockigen Duschkabine und stieß Tom beiseite. Es schmerzte, als er seinen Mund aufs Seans Lippen presste. Er verschlang ihn. Mit einem einzigen, unglaublich sinnlichen Kuss, stieß er Sean in glühende Ekstase.

Tom würgte. Es ließ sich nicht ändern. Ebenso wenig sein eigenes Keuchen, das immer lauter wurde. Zum Teufel mit den andern. Sollten sie sich die Ohren zuhalten. Die Lust zerrte an ihm, drängte ihn in einen heißen Abgrund. Sterne tanzten vor seinen Augen. Er ergoss sich schubweise in Toms Mund, krümmte sich über ihm zusammen und presste das blasse Gesicht noch stärker gegen seinen Unterleib. Jedes Schlucken verlängerte das schönste Gefühl der Welt.

Erst als Tom gegen ihn ankämpfte, gab er ihn frei. »Danke Kleiner.« Mann war er heiser. »Bist ein echter Held.« Sein Schwanz war nicht klein. Tom hatte tapfer durchgehalten.

Tom kam auf die Beine, wischte sich keuchend die Lippen. »Das war mein Part. Jetzt kommt deiner.« Er zwickte ihn so fest in die Brustwarzen, dass es wehtat. »Dreh dich um.«

Ein Witz? »Wozu das denn?«

»Ich werde dich ficken.«

Der Kleine besaß Humor. »Nimm es nicht persönlich. Aber ich lass mich nicht von Halbwüchsigen vögeln.

Außerdem muss ich los. Timur wartet.« Er sammelte seine Sachen zusammen und zwinkerte ihm zu, bevor er ihm das Bad überließ.

Tom sah ihm wutverzerrt hinterher.

Schade, fast hätte er ihn gefragt, ob er ihm beim Anziehen helfen könnte.

Timur saß bereits in einem der Renaults, die Isabell für das Team angeschafft hatte. Seine Finger trommelten ungeduldig auf das Lenkrad ein. »Was hat denn so lange gedauert? Bist du wieder nicht in deine Klamotten gekommen?«

»Das dauert bei mir halt ein bisschen.« Sean warf seine Tasche auf die Rückbank. »Außerdem hat mich Tom angepumpt.« Auf eine gewisse Weise entsprach das der Wahrheit. »Als er mehr wollte, habe ich Nein gesagt.«

»Und das hat er ohne rumzuheulen geschluckt?«

»Ziemlich problemlos.«

»Erstaunlich.«

»Warum?« Sean machte es sich auf dem Beifahrersitz bequem und schnallte sich an.

»Weil ihn Isabell ziemlich kurz hält. Sie sagt, im Team unterzuschlüpfen wäre Lohn genug.«

Das konnte man so oder so sehen.

Nach Kuzminki, viel dichter an das Herz Moskaus, war es ein weiter Weg. Die Boulevards wurden schöner und die Hausfassaden schnörkeliger. Hätten sie nicht hier ein Hotelzimmer nehmen können? Wahrscheinlich tötete es sich in einem heruntergekommenen Industriegebiet einfach leichter als zwischen Jugendstil Villen und Parks.

Durch einen dieser Parks fuhren sie, bis er immer ungepflegter und wilder wurde.

Schließlich hielten sie vor einem Sandweg. Er führte zu einem Grundstück, das von einem hohen Stahlzaun abgeschottet wurde.

»Willkommen in Kovalenko!« Luis kam ihnen grinsend entgegen, und erklärte dem Security auf Russisch, dass sie zum Team gehörten.

»Meine Fresse!« Timur lenkte den Wagen langsam durch das Stahltor und nickte dem Kerl mit der Uzi zu. »Plant Isabell ein zweites Fort Knox?«

»Wegen des Zaunes?« Hustend wuschelte sich Luis Staub aus den Haaren. »Nein, sie will nur neugierige Touristen fernhalten. Im Gegensatz zur Polizei sind die im Zweifeln nicht bestechlich. Stellt euch vor, die filmen hier und stellen das dann auf YouTube.«

»Na und?« Ein Zaun und von Unkraut überwucherte Wege waren unspektakulär. Vielleicht würde der Wachschutz ein paar Liker reißen doch das wäre es auch schon.

Luis stieg ein, zeigte nach vorn. »Hinter den Bäumen ist das Haus. Fahr los.«

Ein komplett verwilderter Garten wucherte bis zu den Mauern einer heruntergekommenen Villa. Timur parkte vor einem der Nebengebäude. Im Vergleich zum Haupthaus glich es einer Baracke. Einstöckig, mit lang gezogenen, schmalen Fenstern, die direkt unter der Regenrinne klemmten.

»Da drin sind die Labors.« Luis ging vor und warf sich gegen die Tür, die erst beim zweiten Anlauf aufsprang. »Muss alles noch geölt werden«, keuchte er und rieb sich die Schulter. »Hier will Sun Spezies S78 unterbringen und seine tausend Geräte für die Produktion von Snaky Tears einbauen. Zwei der vier Räume haben wir bereits entrümpelt.«

»Spezies S78?«, fragte Timur und wedelte eine Spinnwebe aus dem Weg. »Was soll das sein?«

»Das, was Suns Geheimzutat für Snaky Tears produziert.« Luis zwinkerte ihm zu und stieß die nächste Tür auf. »Ihr werdet einen

Nachkommen dieser wirklich extrem abgefahrenen Spezies bald kennenlernen. Zum Glück braucht sie keine keimfreie Umgebung, die können wir nämlich nicht liefern.«

Das, was Luis optimistisch ein Labor nannte, lag unter dicken Staub- und Schmierschichten. Hier konnte gar nichts untergebracht werden. Ob keimfrei oder nicht. Es sei denn, es ernährte sich von Schimmelpilzen.

Auf den weißen Blechtischen stapelten sich Reagenzhalter mit fraglichem Inhalt, zerbrochene Kolben und verkrustete Metallklammern.

»Der Container steht hintern Haus.« Luis riss eine Mülltüte von der Rolle und schüttelte sie auf. »Packt einfach alles da rein. Spätestens übermorgen wird der abgeholt, und wenn Sun ankommt, ist sein Arbeitsplatz picobello.«

Luis' Mangel an Realitätssinn war Sean bisher nie aufgefallen.

Auf einer halbhohen gefliesten Mauer standen Schraubgläser mit einer dunkelbraunen, öligen Flüssigkeit. Was immer das auch sein mochte, es sah eklig und mindestens giftig aus. Dasselbe galt für die langen Thermometer, die, teilweise zerbrochen, in einer halb herausgerutschten Schublade vor sich hin seuchten.

Timur pfriemelte die leuchtend blauen Knöpfe seines Flanellhemdes auf und krempelte die Ärmel hoch. Dann schnappte er Luis die Tüte aus der Hand und stopfte alles hinein, was nicht angeschraubt oder fest eingebaut war. »S78 klingt nach Einzeller. Vielleicht Algen, die eine bestimmte Substanz produzieren.« In der Schule hatten wir mal ... « Irritiert starrte er auf seinen Daumen, der plötzlich Blasen warf. Eine der zähen Flüssigkeiten war wohl tatsächlich giftig gewesen.

»Einzeller eher weniger.« Luis hielt Timurs Hand unter den Wasserhahn. Der wimmerte, als der gelbliche Strahl auf die wunde Haut traf. »Sun besteht darauf, das Team persönlich einzuweihen. Ich kann es ihm nicht verübeln. Die Sache ist heikel.«

Ein Typ in Blaumann und über die Stirn geschobener Staubmaske klopfte an die offene Tür. Er sagte Luis etwas in schnellem Russisch und Luis antwortete ebenso fix.

Sean verstand kein Wort. Verdammt, er musste sich unbedingt intensiver mit dieser Sprache befassen.

»Der Möbellaster ist da.« Luis trat den halb vollen Müllsack zur Seite und überließ es dem Russen, ihn wegzuräumen. »Übrigens riecht es im Hauptgebäude weniger streng. Und dort werden wir schlafen, und zwar in frisch angelieferten Betten.«

Timur schnaubte nur. Er fischte ein schmuddeliges Taschentuch aus den Tiefen seiner Weste und wickelte es sich um den Daumen. Vor sich hin murrend folgte er Luis und Sean nach draußen.

Die Packer waren bereits dabei, Bettgestelle und Matratzen ins Haus zu tragen. Mit dem Dreieckgiebel und den Säulen sah das Gebäude eher wie ein Tempel und nicht wie ein Forschungsinstitut aus.

Timur ruckelte an einem der Messingbettgestelle. Es wirkte alles andere als stabil. »Falls uns der Boss Damenbesuch gestattet, können wir den in diesen Quietschdingern nicht beglücken. Wo hat Isabell den Schrott nur her?« Er winkte einen der Packer zu sich und ließ sich den Lieferschein zeigen. Seine Wangen blähten sich beim Lesen immer weiter auf.

»Und?« Warum machte er es so spannend?

»Die kommen aus einem normalen Möbelhaus. Kein Problem. Was mich wundert, ist das da.« Er zeigte auf die unterste Spalte der langen Tabelle. »Betten und Regale, ein paar Tische und Stühle. Alles Dinge, die wir brauchen. Aber hier steht ein neuntes Bett. Und wir sind nur acht. Davon abgesehen, dass es aus dem Inventar eines staatlichen Krankenhauses stammt.«

Er redete kurz mit dem Packer, der mit einem Kollegen im Inneren des Hängers verschwand und nach kurzer Zeit mit einem in Folie verpackten Krankenbett auftauchte.

Am Bettrahmen befanden sich Gurte. Zwei in der Mitte, zwei am Fußende. Ein weiterer spannte sich einmal quer über die Matratze und selbst am Kopfteil waren Gurtschnallen angebracht.

Timur pfiff leise durch seine Zahnlücken. »Was immer Spezies S78 auch ist. Es ist groß und muss festgeschnallt werden.«

Damit schieden Einzeller aus.

~*~

Mann von Siamkatze angefallen, Kind entdeckt Wikingergold in Blechschatulle. Weder von einem Seeungeheuer noch von zwei vermissten Personen stand auch nur ein Wort in den Schlagzeilen. Die Zeitung flog zusammengeknüllt in den Kamin und zerfiel nach kurzem Aufglühen zu Asche. Morgen würde es drinstehen. Spätestens übermorgen.

Raven presste die Handballen auf die Augen. Trotz der Müdigkeit flimmerte eine entnervende Anspannung in ihm.

»Mach dir keinen Kopf.« Finleys dünner Finger glitt über die Polizeimeldungen. »Dein mutierter Stiefvater ist längst auf und davon.« Ohne hinzusehen, füllte er das Glas mit Whisky und schob es Raven hin. Seit sie in den Lokalblättern nach Hinweisen auf David suchten, teilten sie es sich bereits. Finley hatte über die Leiche kein Wort mehr verloren. Als Raven ihm gestanden hatte, dass er nicht versprechen könnte, dass Neal sein letztes Opfer gewesen wäre, hatte ihn der Alte bloß angefahren, seinen dummen Mund zu halten.

»Verdammt, tun mir die Füße weh!« Finley legte sie ächzend auf die Tischkante. »Wir haben den ganzen Tag das Ufer abgesucht und nichts gefunden.

Der ist durch den River Morar in den Atlantik geschwommen oder weiß der Teufel wohin abgetaucht. Vielleicht ist er ersoffen. Schön wär's ja.«

Erin hatte ebenfalls nichts von seltsamen Vorkommnissen erzählt, als sie vom Einkaufen gekommen war. Sollten sie David tatsächlich los sein? Für immer? Ein guter Gedanke und viel besser als der, dass er sich heimlich ins Gebäude schleichen könnte. Dennoch blieben die Türen zum Haus und zum Keller Tag und Nacht verschlossen. Ebenso das Gewölbe mit dem Schacht.

»Können wir uns darauf einigen, dass du für die nächste Zeit nicht mehr allein rausgehst und auch niemandem mehr die Tür öffnest? Finley musterte ihn über den Rand seiner Lesebrille hinweg. »Es wäre schade um den Milchmann und die Postbotin finde ich ebenfalls ganz nett.«

»Nimmst du es wirklich so gelassen?« Allein, dass Finley mit ihm ein Zimmer teilte, war mutig von ihm.

Der Alte schloss seufzend die Augen. »Du behauptest, das Töten läge dir im Blut. Du irrst. Es ist das Beißen und alles, was damit zusammenhängt. Der Tod ist eine Art Unfall. Oder Begleiterscheinung.« Müde streifte er die Brille ab und kniff sich fest in die Nasenwurzel. »Vielleicht liegt es an deiner Einsamkeit. Du hast es früher auch nie übertrieben. Immerhin lebt Samuel noch, und ich habe euch schon als Teenager dabei erwischt.«

»Wirklich?« Bisher hatte sich Finley darüber ausgeschwiegen.

»Sicher. Ich bin alt. Nicht bekloppt. Ich habe mir gesagt, dass das Erbe eures Vaters daran schuld ist. Niemand kann etwas für seine Gene. Aber niemand darf sich kampflos seinen Schwächen hingeben und von dir verlange ich einfach, dass du dagegen angehst.« Aus dem strengen Blick wurde ein dezent genervter.

»Zappele nicht mit den Beinen, wenn ich dir eine Moralpredigt halte. Jeder andere hätte dich zur Polizei geschleppt oder gleich erschossen.«

»Ich zappele nicht.« Doch. Genau das tat er. Er schlug die Beine übereinander, aber sofort tickerte sein Fuß. Auch seine Hände zitterten.

Finley verkorkte den Whisky. »Wir haben es mit dem Entspannungströpfchen übertrieben. Ab ins Bett mit uns und sieh zu, dass dich Erin nicht in diesem Zustand sieht.«

»Ist nicht meine Absicht.« Verdammt, er konnte seine Beine nicht stillhalten. Keinen Moment.

»Willst du vorher noch etwas essen?«

»Nein!« Nur der Gedanke daran war eine Zumutung für seinen Magen.

Finley ließ die Lider auf Halbmast fallen. »Fauch mich nicht an, Raven Mac Laman.«

Wollte er nicht. Aber Finley ging ihm plötzlich furchtbar auf die Nerven. Alles hier. Das Knistern des Feuers, seine Nervosität und der penetrante Whiskygeruch. »Ich leg mich hin. Wahrscheinlich bin ich nur müde.« Beim Aufstehen drehte sich die Bibliothek um ihn. Schwindel war nichts Neues. Nach einem Biss war er stets mit diesem Gefühl aufgewacht. Doch diesmal hatte ihn David nicht gebissen.

Zwischen seinen Schulterblättern bildete sich Nässe, rann ihm eiskalt den Rücken hinab. Sein Herz raste und er atmete viel zu schnell. Dennoch wuchs ein unerträglicher Druck in seiner Brust.

Raven taumelte zum Fenster. Er brauchte frische Luft.

Nein. Er brauchte Davids Gift. Aber er war weg und hatte seine Zähne dummerweise mitgenommen. Ob er zurückkam, wenn er ihn rief? Sein Lachen versuchte es erst gar nicht, sich aus der engen Kehle zu zwängen.

~*~

Von wegen, der Container würde abgeholt. Sean schleuderte die pralle Mülltüte in hohem Bogen auf den Berg, der bereits bedenklich über den Rand wackelte. Verdammt! Das Mistding rollte auf der anderen Seite wieder hinunter. Liegenlassen?

Scheiß der Hund drauf. Er hatte fast eine Woche im Müll geräumt, dann konnte er diesen Sack auch noch entsorgen.

Er ging um den Container herum. Auf der Rückseite begann ohne Übergang Gartenwildnis. Dank Luis' erfolgreicher Bestechung plätscherte sogar ein Bach durch die Wiese – inklusive Entenpaar. Die beiden schwammen gegen den trägen Strom Richtung Zaun.

Sean bückte sich unter den Zweigen entlang. Das Wasser quoll aus einem Betonrohr, das unterirdisch bis zur anderen Seite verlief. Die Enten verschwanden darin. Eine Handbreit Luft über ihnen reichte offenbar.

»Sean!« Timur winkte von der Terrasse. »Sie kommen. Isabell hat eben angerufen. Chen Sun hat ein Briefing angesetzt.«

Auch das noch. Sean folgte dem Mongolen ins Haus. So wie er stank, brauchte er vor Suns sicherlich detailverliebten Ausführungen eine Dusche. Das karg eingerichtete Badezimmer hatten Timur und er als Letztes geputzt. Ein Spiegel über dem Waschtisch war der einzige Luxus. Dafür zog sich das angeschlagene Porzellanbecken über die halbe Wand und besaß vier Wasserhähne. Die Dusche wies bis auf einen stockigen Plastikvorhang keinerlei Schnickschnack auf.

Sean riss ihn aus der Verankerung. Lieber das Bad unter Wasser setzen, als sich umgeben von Schimmel waschen. Dieser Ort war niemals dafür errichtet worden, um Hygiene entspannt zu genießen, sondern nur um sich etwas abzuwaschen, das wahrscheinlich vorher in einem anderen Körper drin gewesen war.

Er beeilte sich. Staub und Gestank mussten weg. Die Haare konnten nass bleiben. Isabell ließ man nicht warten.


Im Konferenzraum befanden sich bereits ein Beamer an der Frontseite und Thermoskannen und Tassen auf den Tischen. Auf dem vordersten lagen Notizblöcke und Stifte. Sollten sie bei Chen Suns Vortrag mitschreiben? Verdammt. Mit links fiel es ihm nach wie vor schwer, halbwegs erkennbare Sätze zu Papier zu bringen.

Timur betrachtete sein Werk und rieb sich die Hände. »Sieht professionell aus, was?«

»Die Kekse fehlen.« In Anwaltsfilmen standen die immer auf den Konferenztischen.

»Wirklich?« Er kratze sich über die schwarzen Stoppeln an seinem Kopf. »Ich glaube, wir haben gar keine. Ob ich noch einmal einkaufen gehe?«

Bevor er lostraben konnte, kam Isabell mit dem Rest des Teams. Henry nickte Sean zu und nahm sich im Vorbeigehen eine Tasse mit Tee. »Hat's Spaß gemacht, die Putzfrau zu spielen?« Grinsend setzte er sich zu ihm. »Ihr habt im Eingang ein paar Spinnweben vergessen. Links neben der Info-Tafel.«

»Echt witzig. Wo ist Chen Sun?« Auf den Chinesen war er gespannt.

»Da.« Henry wies zur Tür.

Ein schlanker Mann mit kurzen grauen Haaren, Rucksack und klassischer Outdoor Garderobe betrat den Raum. Er packte einen Laptop aus und wartete geduldig, bis Luis ihn an den Beamer angeschlossen hatte. Erst dann stellte er sich mit einer kleinen Verbeugung vor.

Arzt und Wissenschaftler in der fünfzehnten Generation?

Henry pfiff leise.

»Um eventuellen Überreaktionen vorzubeugen«, fuhr Sun in beinahe akzentfreiem Englisch fort, »... möchte ich euch einen grundlegenden Kenntnisstand der momentanen Situation vermitteln.« Er faltete die Hände und schaute sie der Reihe nach an. »Die zweite Komponente von Snaky Tears stammt aus den Giftdrüsen ungewöhnlicher Kreaturen, die sich bis vor Kurzem in meiner Obhut befunden haben. Es handelt sich um die Nachfahren der letzten Wasserdrachen dieses und wahrscheinlich auch jedes anderen Planeten.«

Sean würgte gerade noch einen Schluck Tee hinunter, bevor er auf dem Tisch landete.

Henry klopfte ihm auf den Rücken, den Blick unverwandt auf Sun gerichtet. Isabell rührte derweil Kirschmarmelade in ihren Tee, als ob der Chinese den Hongkonger Wetterbericht vorgetragen hätte. Warum grinste sie nicht? Der Witz war gut gewesen.

»Meine Worte mögen für euch erstaunlich klingen, doch das wird sich geben.« Sun wartete, bis sich Sean wieder gefangen hatte. »In China, vor allem in Tibet, gab es seit jeher kleine Rudel von drei bis maximal zwölf Individuen. Nach und nach starben sie aus. Zum Schluss lebte noch eine Population im Tian-Chi-See. Dann machte sich ein minderintelligenter Mensch den Spaß und fischte mit Dynamit.« Sun warf den Beamer an. »Spezies S78 ist extrem scheu, daher hat sie sich vor Menschen verborgen. Ich habe sehr lange gebraucht, um das Vertrauen dieser Gruppe zu gewinnen, obwohl ihr ältestes Mitglied bereits meinen Vater kannte und er mich behutsam an das Rudel herangeführt hat.«

Ziemlich groß, ziemlich grün, ziemlich schuppig. Krasse Augen. Wunderschöne, geschmeidige Bewegungen. An Land und im Wasser. Ein riesiger Kerl war dabei. Aber es gab auch kleinere Varianten. Und die Viecher konnten lächeln, oder warum bleckten sie die Zähne, wenn Sun mit ihnen sprach? Zum Antworten ließen sie sich allerdings nicht hinreißen.

Nur zu kehligen Wohllauten, wenn Suns Hand ins Bild kam und über die mit Hornpanzern überzogene Brust strich.

Von einem schlichten *Scheiße* bis zu diversen Flüchen in unterschiedlichen Sprachen war alles am Tisch zu hören.

Die Wesen waren auf jeden Fall humanoid. Und auch wieder nicht. Seans Magen begann zu flattern. Das hier war kein schräger Traum, sondern Realität.

Das nächste Bild zeigte blutige Leiber, die sauber aufgereiht in einer kargen Felslandschaft lagen. Im Hintergrund glitzerte tiefblaues Wasser. Schöner Ort, um zu sterben.

»Ich war untröstlich, als ich ihre Leichen im Himmelssee versenken musste. Vor allem dem Anführer der Gruppe war ich sehr zugetan.« Sun zückte ein Taschentuch und tupfte sich verschämt die Augen. »Er hat sich stets mühelos von mir melken lassen und ich habe mich respektvoll dafür bei ihm bedankt.«

»Bedankt?« Luis neigte den Kopf, als hätte er Sun nicht verstanden. »Wie? Hast du ihm die Brust gekrault?«

»Auch.« Ein verträumtes Lächeln glitt über das hagere Gesicht des Chinesen. »Ich habe mich von ihm lieben lassen. Ein eindringliches Erlebnis. S78 weist auch an den primären Geschlechtsmerkmalen Hornplatten auf, was beim Geschlechtsakt in ganz besonderer Weise stimulierend wirkt.«

Das raue Keuchen kam von Henry, das hysterische Luftschnappen stammte von Tom.

Sun vögelte Fantasiewesen mit schuppigen Schwänzen. Respekt. So tough sah der Kerl gar nicht aus.

Über die unterschiedlich lauten Verwunderungs- und Empörungsäußerungen lächelte Sun hinweg. »Ich hatte ihn *sanfter Krieger* genannt, weil er mir stets mit sehr viel Sanftmut und Zärtlichkeit begegnet ist.« Im Augenwinkel glitzerte eine Träne. Keine Frage. Sun glaubte an das, was er erzählte.

»Anfangs wollte ich mich geschlechtlich nicht festlegen. Die Weibchen haben mich ebenfalls begeistert, doch Sanfter Krieger hat mich ...«

Diesmal fiel Henrys Räuspern wie ein mittelprächtiges Gewitter aus. »Wollen wir nicht wissen, Sun. Ganz bestimmt nicht.«

Als ob dieser Umstand für ihn komplett unverständlich wäre, zog Sun bis zum Haaransatz die Brauen hoch. »Missversteht mich bitte nicht, ich habe mich sogar von ihm beißen lassen. Leider reichte mein Mut nur für ein einziges Mal.«

»Wieso? Wenn das Gift berauscht, ist es doch toll«, wandte Timur ein. »Und ohne Trip hätte ich mich diesen Viechern an deiner Stelle auf keinen Fall Mal genähert.«

»Kommen wir zum springenden Punkt.« Sämtliche Rührung rutschte dem Chinesen vom Gesicht und machte kühler Sachlichkeit Platz. »Das Gift verändert die Zellstruktur des Liebespartners. Neben der herkömmlichen Fortpflanzung ist es S78 dadurch möglich, auch durch Transformation die eigene Art zu bereichern. Wäre es anders, wäre sie längst ausgestorben. Allerdings gelingt dieser Prozess nur sehr selten. Dazu muss eine hohe Dosis in den Organismus des Partners eingebracht werden und jetzt kommt der Haken: Das gebissene Lebewesen, egal ob Mensch oder Tier, muss die Vergiftung überleben.«

Henry schnappte nach Luft. »Und wir verscherbeln das Zeug an neureiche Yuppie-Larven?«

Sun klopfte mit dem Löffel an die Tasse, um sich im lauter werdenden Gemurmel Gehör zu verschaffen. »In Kombination mit Opium und unter Berücksichtigung der zugegeben niedrigen Toleranzschwelle ist das Gift diesbezüglich ungefährlich.«

»Woher weißt du das alles?« Timurs Blässe stach sich mit dem tiefen Schwarz seiner Haarstoppeln. Kein Wunder. Suns Vortrag kostete Nervenkraft.

»Ich habe es ausprobiert.« Gelassen schlug Sun die Beine übereinander. »Und meine Vorfahren ebenso.
S steht für den ersten Wissenschaftler einer langen Dynastie der Suns. 78 für 77 gescheiterte Versuche an 77 Probanden und einem Erfolg. Man könnte auch sagen, mein Vorfahre hat eine seiner Konkubinen nach seinen Vorstellungen modifiziert.«

Der Witz blieb ohne Lachen im Raum stehen.

Sun zuckte nur die Schulter und fuhr fort. »In den Chroniken meiner Heimat ist zwar nachzulesen, dass eine Seuche unser Dorf heimgesucht hätte und dass danach Dämonen gekommen wären, um sich die Überlebenden zu holen. Aber die Dämonen waren nichts anderes als die Ergebnisse nicht völlig missglückter Experimente. Die Wissenschaft fordert ihren Tribut.«

Sein schweres Seufzen wirkte fehl am Platz. Der Kerl war eiskalt.

»Nach dieser enttäuschenden Phase kam der Erfolg. Selbst der Kaiser segnete meinen Vorfahren mit Audienzen. Viele Audienzen! Denn er war kein glücklicher Mensch. Kein Feuer im Blut. Immer kalt. Er brauchte die Tropfen, um ...« er lächelte für jemanden, der mit Menschen experimentierte, erstaunlich sanft. »Nun ja, man soll das Andenken der Toten nicht beschmutzen.«

Sean konzentrierte sich auf die feinen Kratzer in der Tischplatte, um nicht hochsehen zu müssen. Entweder teilten hier alle denselben Trip oder er hatte vergessen, aus einem Traum aufzuwachen. Filme konnte man animieren. Nur weil Sun etwas Schuppigem die Brust kratzte, musste das nicht real sein.

»Du glaubst mir nicht, Mann mit nur einem Arm?«

»Ich heiße Sean.« Den *Mann mit nur einem Arm* konnte sich Sun in den Arsch schieben und bei der Gelegenheit gleich sein verdammt nachsichtiges Lächeln mitnehmen.

Das tat er allerdings nicht, sondern gab noch einen Zuschlag Nachsicht obendrauf. »Es existieren zahlreiche Legenden in vielen Sprachen. Wasserdämonen, Seegeister, Wassermänner und Nixen. Sie beziehen sich alle auf dieselbe Spezies.«

Von Seans Handrücken angefangen bis zu den Schultern breitete sich eine Gänsehaut aus. Redete Sun vom *Glashan*? Seine Großmutter hatte erzählt, dass der Wassergeist badenden Frauen auflauerte, um sie zu vergewaltigen. Die alte Dame hatte zahllose Schauergeschichten auf Lager gehabt. Damals in dem kleinen Haus bei heißem Tee und Keksen waren ihm dabei die Schauder angenehm den

Rücken hinuntergeronnen. Nun fühlte sich sein Rücken plötzlich auf unangenehme Weise kalt an.

»Dank Tom wissen wir, dass es auch in Schottland mindestens ein Exemplar von S78 gab. Leider ist es tot, doch es hat Kinder gezeugt – mit einer Menschenfrau.«

Suns motiviertes Händereiben verstärkte Seans Gänsehaut. Wie sahen solche Mischviecher aus? Nein, das würde er sich besser nicht vorstellen.

»Offenbar hat sich das Erbe des Vaters auf beide Brüder verteilt. Der eine steckt zur Hälfte in einer Schlangenhaut, der andere weist die für Reptilien markanten Augen auf. Aber was für uns das Wichtigste ist, er verfügt über Giftzähne.«

»Wir reisen nach Morar.« Ein zuckriges Lächeln kräuselte Isabells Lippen. »Und untersuchen vor Ort das Individuum, nehmen ein paar Proben, und wenn sich unsere Hoffnung erfüllt, quartieren wir Spezies S78 hier in Kovalenko ein. Vollkommen abgeschirmt von der Außenwelt und dennoch direkt in Moskau. Produktion vor Ort. Sicher, kostenschonend und mit kurzen Lieferzeiten.«

Ihr neues Projekt schien ihr zu gefallen. Mit ein wenig Fantasie sah Sean Dollarzeichen in ihren Pupillen.

Es folgte eine knappe Beschreibung des Anwesens inklusive der Personen, die es bewohnten. Zwei alte Leute. Sie würden kein Problem darstellen. Hinzu kam die isolierte Lage des Hauses und Toms Versicherung, dass außer dem Milchmann und dem Postboten kaum jemand vorbeikäme.

Was hatte der Junge mit einem Abkömmling von Wasserdrachen zu schaffen? Stand er auf Schuppen am Schwanz?

»Sean?« Isabell weckte ihn aus gewagten Tagträumen. »Bleib nach dem Briefing noch da. Ich muss etwas mit dir besprechen.«

»Ihr Blick gefällt mir nicht.« Henry murmelte am Tassenrand vorbei. »Zu freundlich. So sieht sie mich an, wenn sie unschöne Jobs für mich hat. Hoffentlich ist es das Gift von diesem Freak wert.«

~*~

»Er ist ein wildes Tier.« Toms Unterlippe begann zu zittern. »Er wollte mich anfallen, mich beißen. Und den Mitarbeiter meines Onkels hat er einfach niedergestochen.«

»Verschwinde, Tom.« Die anderen mussten das nicht hören.

»Aber Isabell! Er ist gefährlich!«

Das war sie auch. »Raus jetzt!«

Tom zuckte zusammen und schlich mit hängendem Kopf hinter Henry her. Vorläufig war sein Job getan.

Wenn Sun mit einem Rudel klargekommen war, würden sie mühelos ein einzelnes Exemplar bewältigen können. Unabhängig von Toms negativer Einschätzung der Lage.

»Sean ist eine gute Wahl«, flüsterte Sun und strahlte dem Iren entgegen. »Er ist stark, von dem Arm mal abgesehen. Und wie Luis mir versicherte, freundlich zu den Arbeitern und dennoch konsequent. Genau die richtigen Eigenschaften ...«

»... für einen Dompteur.« Luis lachte und Sean warf ihm einen misstrauischen Blick zu.

»Falsch. Kein Dompteur.« Das war sie. »Sean wird das Leckerli.« Eines der ältesten Spiele der Welt würde sie mit dem Hybriden spielen. Zuckerbrot und Peitsche.

Es gab keine bessere Methode, um ein Tier zu zähmen. Mochte es so wild sein, wie es wollte.

Unnötig langsam stand der Ire auf und ebenso langsam kam er nach vorne. Anscheinend fühlte er sich nicht wohl in seiner Haut. Warum? Es gab wesentlich schlimmere Jobs.

»Folgendes Problem.« Am Besten sie kam gleich zur Sache. »Der Hybride ist zurzeit unsere einzige Chance, die Produktion von Snaky Tears wenigstens ansatzweise am Laufen zu halten. Aus Suns Forschung geht hervor, dass eine übermäßige Ausschüttung von Adrenalin die Bildung des Sekretes hemmt. Sprich: Zu viel Stress

macht Spezies S78 für uns untauglich. Ein Überfall plus anschlie-
ßender Entführung ist Stress. Dein Job wird sein, für den nötigen
Ausgleich zu sorgen.«

»Spezies S78 reagiert äußerst positiv auf liebevolle Zuwendungen.«
Sun pickte eine Kopie aus dem Innern seines Rucksackes und reich-
te sie Sean. »Diese Statistik verdeutlicht, in welchem Umfang die
Giftproduktion zunimmt bei Streicheleinheiten, Vorspielen von
Musik ...«

»... Beischlaf.« Sean sah von den Notizen auf und kreuzte Suns
Blick. »Volumenanstieg von vierzig Prozent.«

Suns Wangen färbten sich rot. »Spezies S78 ist extrem sensitiv und
von daher für Zärtlichkeiten aller Art sehr zugänglich. Mein Großvater hat dazu weitreichende Untersuchungen vorgenommen, sie
jedoch schlussendlich nicht überlebt.«

Seans Zähneknirschen war deutlich zu hören. Wollte er sich zie-
ren?

»Isabell, wir hatten eine Absprache, als ich ins Team gekommen
bin. Ich habe gern ein Auge auf die Arbeiter und befreie dich auch
mal von dem ein oder anderen Ärgernis. Aber ich hure nicht und
mit diesen Schuppenviechern schon gar nicht.«

Er zierte sich tatsächlich. Wie kindisch. Warum hatte sie ihm in
einem Anflug von Mütterlichkeit zugesagt, dass er sich nie wieder
verkaufen musste? Das war voreilig gewesen.

»Deine Aufgabe ist lediglich, Raven Mac Laman bei Laune zu halten. Sei nett zu ihm. Mach ihm die Situation erträglicher. Werde sein
Vertrauter.« Sollte Tom mit seiner knappen Charakterbeschreibung
richtig liegen, benötigte ihr Ziel eine harte Hand. Bruno. Eventuell
auch Henry würden den Part der Peitsche übernehmen. Umso süßer
musste Sean sein. Das zuckrigste Zuckerbrot, um über die tiefen
Striemen hinwegzutrösten.

Sehnsucht nach Zuwendung und Angst vor Strafe. Es war nur eine Frage der Zeit, bis Mac Lamans Wille brach.

Sean zog die Brauen hoch. »Nicht mehr?«

»Nicht mehr.« Es sei denn, der Stand der Dinge erforderte es, doch dieser Punkt konnte nachverhandelt werden.

Sean nickte zögernd. »Bekomme ich eine Waffe?«

»Ja. Im Zweifel darfst du ihm jedoch nur ins Knie schießen.«

Sean nickte erneut. Diesmal überzeugter. »Raven Mac Laman ist ein schöner Name für einen Wasserdrachen.« Sein spöttischer Seitenblick galt Sun.

Den kümmerte das nicht. »Mr. Mac Laman ist ein Mensch.«

»Soweit würde ich nicht gehen, Sun. Aber immerhin ist er fähig, zu sprechen.« Was die Zusammenarbeit mit ihm erleichterte.

Sean wandte sich zu Sun. »Warum kümmern Sie sich nicht um den Kerl. Sie haben doch Übung in so was.«

Sun lachte auf. »Mr. Mac Laman wird mich über kurz oder lang hassen. Jedenfalls dann, wenn es dir nicht gelingt, ihn dazu zu bringen, uns sein Gift freiwillig zu geben.«

Was gab es da zu zögern? Sie erteilte die Befehle, das Team führte sie aus. Isabell schrieb auf den Rand von Suns Notizzettel eine satte runde Summe und schob ihn Sean hin. »Dein Gefahrenaufschlag.«

Der Ire warf einen flüchtigen Blick darauf. »Angemessen. Ich nehme den Job an.«

Dreist, der Bursche. Als ob er eine Wahl gehabt hätte. Sean war ein guter Fang, doch seinen Stolz musste sie ihm bei Gelegenheit austreiben. Der stand einem Ex-Stricher nicht zu.

~*~

Guido knallte den Telefonhörer auf. Vivienne Leclerc war wieder nicht ran gegangen. Er brauchte mehr von der Ausgangssubstanz und nur sie wusste, wo die zu holen war.

Ein Wesen, halb Mensch, halb prähistorische Wasserschlange, so viel verriet die Genanalyse. Aber wo sich die Chimäre verkroch, von der das Gift stammte, verriet sie nicht. Das wusste nur die Lerclerc. Immerhin hatte sie dem Wesen das Sekret abgezogen. Wie auch immer sie diese Großtat angestellt haben mochte.

Er streckte seinen verspannten Rücken und blinzelte ins Licht der Neonröhre. Die Sterberate der Mäuse hatte sich halbiert. Mittlerweile impfte er sie mit dem Gift ihrer mutierten Artgenossen. Hin und wieder kam es zu einzelnen Mutationen, allerdings auch zu unschönen Geschwüren und anschließendem Exitus.

Seeschlangenmäuse, die es liebten, in Wasserbecken zu planschen und nebenbei das Heilmittel für Krebs und wer weiß was für Krankheiten in ihren winzigen Giftdrüsen produzierten. Klaus Wegeners zackige Genesung war erst der Beginn. Und das Ende? Reichtum.

In der Kaffeekanne bildete sich ein Bodensatz. Sein Magen zog sich beim Anblick zusammen. Er war überarbeitet, keine Frage. Ob er sich selbst einen kleinen Rausch injizieren sollte? Auch höher konzentriert reichte die Wirkung des Mäuse-Sekrets nicht an die Wucht der Originalsubstanz heran. Dennoch war es die volle Härte, wenn die gespritzte Lust sich mit jedem Herzschlag durch den Körper pumpte und schließlich sogar den Geist fickte.

Genial. Fantastisch. Knapp an der Qual vorbei, bei jedem Orgasmus. Fett! Und gefährlich, wenn man sich mit der Dosierung nach obenhin versah. Einige der mutierten Mäuse hatten wie rundohrige Eidechsen ausgesehen, bevor sie krepierten. Eklig, wie ihnen die Haut aufgeplatzt war. Da hatte auch kein Wasser mehr geholfen. Kein wünschenswertes Schicksal. Aber er war ein Mensch, keine Maus. Und es war lange her, seit er sich die letzte Dosis gegönnt hatte.

Seine Handflächen juckten. Wurde er auf die Nager allergisch? Auch an seinem Hals kratzte es. Mist, verdammter. Er arbeitete zu viel. Das war nicht gut fürs Immunsystem.

Noch einen Kaffee, dann eine weitere Versuchsreihe und schließlich Feierabend.

Er spülte seine Tasse aus. Seltsam, die Haut auf seinem Handrücken war trocken und spröde. Daher kam das Jucken. Seufzend hielt er sie unter den Wasserstrahl. Wie gut das tat. Haut, Nerven ... alles entspannte sich. Ob er doch lieber für heute Schluss machte? Ihn überkam ein massives Bedürfnis, sich in eine randvolle Badewanne zu legen.

# DER ERSTE KONTAKT

»Ich war noch nie in England.« Henry starrte aus dem Flugzeugfenster. »Von oben sieht es ja ganz nett aus.«

Irland war schöner. Sean träumte sich auf eine regenfeuchte Wiese und schaute den Möwen beim Fliegen zu. Mit Isabells Gefahrenzulage konnte er sich ein nettes Cottage samt Jeep und ein paar Hektar Land leisten. Er musste sie nur davon überzeugen, ihn nach dem Job gehen zu lassen. Seien Heimat war zu nah. Unmöglich, dieser Versuchung zu widerstehen.

Als die Maschine in London landete, wünschte er sich, es wäre Dublin.

Wegen des Anschlussfluges nach Inverness blieb ihnen kaum Zeit, etwas anderes als den Heathrow Airport zu bewundern. Henry war enttäuscht und sagte das jedem, der es nicht hören wollte. Wäre es nach ihm gegangen, wäre er eine Runde mit einem der Doppelstockbusse gefahren. Vorzugsweise zur Westminster Abbey.

Sean streckte sich im Sitz. Fuck, tat sein Rücken weh! Knapp sieben Stunden im Flugzeug zu hocken war nichts für ihn und für seinen Geisterarm schon gar nicht. Er zog und brannte doch er konnte seine Schulter massieren, wie er wollte, sein nicht vorhandener Oberarm schmerzte dennoch. Noch drei Stunden bis zum Ziel und der Tatsache, dass er nicht nur beim Drogenvertreiben half und Killer killte, sondern auch Wasserdrachen bespaßen durfte.

Isabell lieh sich am Flughafen zwei Kombis. Einen in Silber, einen in Anthrazit. Zweckmäßig, aber spießig.

Der Mann, der ihnen die Leihpapiere gegenzeichnete, benahm sich nicht wie ein Angestellter einer Mietwagenfirma.

Er lehnte sich an die Motorhaube des Silbernen und grinste Isabell selbstzufrieden an. »Mach den Kofferraum auf.« Er nickte zu dem dunklen Wagen.

Isabell schnippte nach Sean. »Sieh nach.«

Sean öffnete die Klappe. Fünf Pistolenkoffer und eine Ledertasche. Er klappte einen der Koffer auf, doch bevor er die Pistole herausnehmen konnte, schob ihn Henry beiseite.

»Eine SIG Sauer P226.« Mit Kennerblick steckte er das Magazin ein und zielte auf Tom. »Nicht schlecht. Der Griff ist ein wenig zu breit. Liegt sonst aber gut in der Hand.« Dass Tom käsig im Gesicht wurde, tat Henry mit einem Zucken der Brauen ab.

Der gefakte Mietwagen-Mann grinste und hielt die Hand auf.

Isabell legte einen dicken Umschlag hinein. »Den Rest gibt es erst, wenn der Rückflug geklappt hat.«

Der Kerl zuckte die Schultern. »Kein Problem. Ruf einfach an, wenn du die Maschine brauchst.«

»Wir werden eine Person mehr sein.«

»Auch kein Problem. Wird nur teurer.«

Eine Person. Seit Sean in aller Herrgottsfrühe nach einer durchgeträumten Nacht aufgewacht war, zwang er die Bilder aus seinem Kopf, die sich ständig hineinschleichen wollten. Mac Laman sollte gut aussehen? Die Aussage ließ sich nicht mit Schlangenaugen kombinieren.

Auf zum fröhlichen Monstereinfangen.

Isabell schwang sich hinters Steuer des silbernen Wagens, befahl Luis neben sich und Bruno, Tom und Sun quetschten sich auf die Rückbank.

Timur grinste. »Was für Schleimer. Wenigstens haben wir so ausreichend Platz.« Er schnappte den Autoschlüssel von Henrys Fingern und startete den Motor.

Sean machte es sich im Fond bequem. Schon wieder sitzen. Weder sein Hintern noch sein Rücken fühlten sich begeistert an.

Henry lachte, als er das Stöhnen hörte. »Angst, dass du dir deinen hübschen Arsch platt sitzt?« Er durchforstete das Handschuhfach und breitete schließlich eine Landkarte auf seinem Schoß aus.

»Du findest meinen Arsch hübsch?« Sean konnte sich diesen kleinen Stich nicht verkneifen. »Interessant.«

Nur Timur kicherte.

»Wir fahren durch den Great Glen«, informierte sie Henry nach einer Weile. »Und am Loch Ness kommen wir auch vorbei.«

Wenn schon kein Doppelstockbus, dann wenigstens Nessi. Bei dem diesigen Regenwetter würden sie es allerdings auch dann nicht sehen, wenn es winkend am Ufer stand. Die Wolken hingen so tief, dass sie zwischen den kahlen Hügeln festzustecken schienen. Sie verschluckten die oberen Hälften der Ruinen und ließen das bisschen Wald fast vollständig verschwinden. Nur die Touristen, die verbargen sie nicht.

Die Straße verlief stetig geradeaus und das Motorenbrummen schläferte ihn ein. Ob es am Loch Morar schöner war? Bestimmt. Wo Wasserdrachen hausten, musste es wild und geheimnisvoll sein. Gedanklich zeigte er sich selbst einen Vogel. Auf was hatte er sich bloß eingelassen?

In Fort William machten sie Rast. Die Stadt war von Touristen überschwemmt. Deutsche, Japaner, noch mehr Japaner.

Zwischen einem schnellen Kaffee und Sandwiches gab Isabell Anweisungen, wie sie bei der Ankunft vorzugehen hätten. Straff und eindeutig mit vorläufig möglichst geringem Einsatz von körperlicher Gewalt sollte allen Beteiligten klargemacht werden, dass sich zu fügen besser als sterben war.

Sean wurde flau. Das Wort *vorläufig* gefiel ihm ganz und gar nicht.

Als sie weiterfuhren, dämmerte es bereits. Diesmal saß Sean vorne und Henry fuhr. Timur lag quer auf der Rückbank und schnarchte nach drei Minuten. Sean lehnte die Stirn an die Seitenscheibe und schaute dem Regen beim Fallen zu. Was für ein dunkler Tag. Er passte zu dem, was sie vorhatten.

»Die kenne ich irgendwoher.« Henry zeigte auf eine Steinsäule und nickte entschlossen. »Ich weiß nur nicht, woher.«

Sean träumte weiter aus dem Fenster. Viele Seen. Schön. Auch die Hügel gaben mehr her, als eben noch im Great Glen. Schottland mauserte sich langsam zu etwas, das ihm gefiel.

»Guck mal, Sean. Die Brücke da kenne ich auch!« Begeistert wie ein Kind, tippte Henry an die Scheibe. »Aus einem Film, ich schwör's!«

»Harry Potter.« Fehlte nur der Hogwarts-Express. Das Viadukt verschwand in Dunkelheit und nahm die Landschaft mit. Sean fielen die Lider zu. So wie es aussah, befand er sich auf der falschen Seite. Gryffindor wäre ihm lieber gewesen, aber in Isabells Team zu sein, bedeutete, eindeutig zu den Todessern zu gehören. Ob ein Junge wie Harry Verwendung für einen Krüppel hatte? Zauberstäbe konnten auch mit links geschwungen und Menschen mit links erschossen werden.

Blut. Eine große Pfütze um starr blickende Augen. Die Browning fühlte sich verdammt schwer in seiner Hand an, die erst nach dem Abdrücken zu zittern begonnen hatte.

Sean schreckte hoch. Ein Traum.

»Hey, bleib locker.« Henry legte ihm die Hand auf die Schulter. »Wird ein entspannter Job. Wirst es sehen.«

»Wenn du das sagst.« Er konzentrierte sich auf die Rücklichter von Isabells Wagen. Hoffentlich musste er nie wieder einen Menschen töten.

»Sieht so aus, als wären wir bald da.« Henry wischte sich über die Augen, fraß mit seinem Gähnen mindestens das halbe Luftvolumen des Innenraums. »Da, der Schotterweg. Dort ist Isabell ... Scheiße!« Er riss das Steuer herum. Timur krachte gegen die Rückenlehne, fluchte.

Eine Gestalt torkelte auf die Straße. Die Miene verzerrt, im Licht der Scheinwerfer totenblass. Sie taumelte auf sie zu.

»Ist der wahnsinnig?« Henry schaffte es gerade noch, den Wagen in der Spur zu halten.

Der Mann wankte bis vor die Kühlerhaube, stützte sich darauf ab und starrte ins Wageninnere.

Was für ein entsetzlicher Blick! Und was waren das für Beulen in seinem Gesicht?

Henry sprang aus dem Auto, Sean folgte ihm.

»Hey du Irrer! Fast hätte ich dich platt gefahren!«

Der Mann streckte seine Hände nach Henry aus, brabbelte, doch Sean verstand kein Wort. Der Kerl kratzte sich über die Wangen, die ohnehin schon bluteten. Auch am Hals schimmerte es nass. Die Kleidung hing dreckig und in Fetzen an ihm, als wäre er eben aus einem Schlammloch gekrochen.

»Der ist krank«, rief Henry Timur zu. »Der hat überall Geschwüre an sich.« Er zog seine Waffe. »Halte dich fern! Was du auch hast, wir wollen es ganz bestimmt nicht.«

Der Mann wimmerte, raufte sich die Haare. Als er auf die Knie sank, klaffte ein tiefer Riss in seiner Jacke und entblößte seinen Rücken. Die dunklen Flecken und Beulen befanden sich auch dort. Auf allen Vieren kroch er zu Sean, streckte die Hand nach ihm aus. »Hilf mir.« Er hustete, würgte, versuchte noch einmal, zu sprechen, doch es kam nur ein Krächzen.

»Hüte dich und berühre ihn!« Henrys Donnerstimme ließ Seans Hand zurückzucken. »Der steckt dich an. Und dann faulst du wie er!« Rückwärts ging er zu Timur, die Pistole nach wie vor auf den armen Kerl gerichtet. »Was machen wir mit ihm? Am liebsten würde ich ihn erschießen und die Felsen hinunter treten.«

Ein Zittern lief durch den malträtierten Körper. Als läge er auf einem weichen Bett und nicht auf einer nassen Landstraße, streckte sich der Mann aus, rollte sich auf den Rücken und begann, sich über Brust und Bauch zu streicheln. Aus dem Wimmern wurde ein eindeutiges Stöhnen.

Henry wich entsetzt zurück. »Dem geht gleich einer ab. Lasst uns verschwinden. Der ist mir unheimlich.«

»Wir können ihn doch nicht alleinlassen!« Er würde sterben, bevor die Nacht vorbei war.

Timur fluchte und nestelte sein Handy aus der Westentasche. Nach einer Sekunde ratlosen Starrens aufs Display sah er Henry Hilfe suchend an. »Isabell ist dran. Was soll ich ihr sagen?«

Sie würde umkehren und ihn eiskalt erschießen. Oder noch simpler, sie würde es Timur befehlen.

»Lüg sie an.« Es war schon bitter genug, dass sie den armen Kerl hier liegen ließen. »Uns sei ein Tier in die Quere gekommen.«

Timur sah Henry an, das Handy schrillte, Henry nickte.

»Hi Isabell«, plauderte Timur und machte Henry ein Zeichen, dass er dem Mann im Notfall eins über den Schädel ziehen sollte. »Wir sind von der Straße abgekommen. Nicht weiter schlimm. Wartet auf uns, wir holen euch gleich wieder ein.« Seine verkrampfte Miene passte nicht zu der entspannten Stimme. Als er das Gespräch beendet hatte, wischte er sich die Stirn. »Kannst du mir sagen, warum ich wegen dir den Boss anlüge?«

*Weil ich nicht zulassen werde, dass ein kranker Mann aus Bequemlichkeit erschossen wird.* Das Argument würde weder bei Timur noch bei Henry auf fruchtbaren Boden fallen. »Wir schleppen ihn an den Straßenrand.« Die Polizei konnten sie nicht einschalten. Je weniger sie auffielen, desto besser.

Kidnapper, Drogenhändler, Mörder. Solche Leute riefen keinen Rettungswagen und hinterließen Namen und Anschrift.

Sean öffnete den Kofferraum. Hier musste wenigstens ein Erste-Hilfe-Set sein.

»Suchst du das?« Timur hielt eine Tasche aus Fallschirmseide hoch. »War im Türfach.« Er nahm die Branddecke und die Einmalhandschuhe heraus.

Henry zog sich die Handschuhe an, fasste den Mann unter die Schultern und zog ihn von der Straße hinunter. »Wenn ein Auto kommt, winke! Verstanden?«

So wie der Kerl die Augen verdrehte, war er jenseits aller Möglichkeiten, zuzuhören. Geschweige denn, das Gehörte zu verstehen.

Henry rannte zum Auto zurück. »Wir müssen weiter. Steigt ein!«

Sie ließen einen Hilflosen im Stich. Ein Job, der so begann, stand unter einem miserablen Stern.

Nach ein paar Minuten tauchten die Rücklichter von Isabells Wagen auf. Henry signalisierte per Lichthupe, dass es weitergehen konnte.

Rechst und links schluckte die Düsternis den Rest der Welt. Was außerhalb des Lichtkreises der Scheinwerfer lag, existierte nicht. Gut für den Beulen-Mann. Somit hatte er ausgelitten. In Seans Brust flatterte es dennoch nervös. Fuck! Sie hatten ihn einfach zurückgelassen.

Henry sah ihn aus dem Augenwinkel an. »Denk nicht mehr daran. Wenn Isabell davon erfährt, macht sie uns fertig. Das war absolut unprofessionell.«

»Hätten wir ihn erschossen, hätten wir die Leiche am Bein gehabt. Auch nicht besser.«

Vor ihnen tauchte eine Mauer auf. Dahinter nach und nach ein Feldsteinhaus mit Erkern und Nebengebäuden.

Das Gemäuer passte nahtlos in die Szene mit dem geschwürigen Kerl. Was für eine Horrornacht.

Henry parkte neben Isabell, die bereits ausgestiegen war und sich die Jacke übers Schulterholster zog. »Sollte unser Ziel nicht hier sein, zwingen wir die Frau, es anzurufen und herzulocken.«

»Das kann lange dauern.« Tom strich sich hektisch die Haare hinters Ohr. Ein Fehler. Hingen sie ihm ins Gesicht, verbargen sie die meisten Narben. »Raven ist vielleicht bei seinem Bruder in London.«

»Dann wollen wir im Interesse des Personals hoffen, dass er einen schnellen Wagen besitzt.« Isabells Lächeln war sichelschmal.

»Da geht Licht an.« Henry wies zu dem Fenster neben der Eingangstür. »Achtung. Showtime!«

Ein alter Mann kam heraus, musterte die Fahrzeuge, blieb aber nach ein paar Schritten stehen.

Isabell nickte Henry zu, dass er sich mit dem Alten befassen sollte. Nach einem kurzen Moment der Konzentration entstand ein höfliches Lächeln auf Henrys Miene. Er schlenderte auf ihn zu, redete mit ihm, gestikulierte ruhig und besonnen. Henry wirkte wie ein Fels gegenüber dem hageren Mann, der vehement den Kopf schüttelte.

Langsam drehte sich Henry um, suchte Isabells Blick. Sie nickte, Henry nickte zurück und schlug ihn nieder. Einfach so.

Bevor ihn Isabell zurückpfeifen konnte, sprang Sean aus dem Wagen. »Hey!«

Henry warf sich den Mann wie einen Kohlesack über die Schulter. »Was ist?«

»Musste das sein?«

»Ja.« Er stapfte zur Tür. »War doch nur ein kleiner Kinnhaken. Der rappelt sich schon wieder.«

Und wenn nicht? Hoffentlich hatte er ihm nicht den Kiefer zertrümmert.

»Los. Sehen wir uns um.« Isabell befahl Bruno vorzugehen, und die Lage zu checken.

»Was, in drei Teufels Namen, machen Sie hier?« Wie ein zerrupftes Huhn schoss eine Frau um die Ecke. Mit knochigen Fäusten umklammerte sie den Stiel einer Bratpfanne.

Bruno lachte und drehte ihr das Ding aus den Händen.

Ihr zorniger Blick flackerte zwischen ihm und Henry hin und her. Dann bemerkte sie das Bündel. »Mein Gott! Nein!« Sie wurde weiß, stolperte auf Henry zu. »Ihr habt ihn umgebracht!«

»Haben wir nicht.« Henry ließ den Mann von seinen Schultern gleiten. Ein paar erweckende Ohrfeigen und schon flatterten die runzeligen Lider. »Siehst du? Alles gut.«

Bis auf das ziellose Augenrollen und der dünnen Speichelspur zwischen Mundwinkel und Kinn ging es dem Alten den Umständen entsprechend wirklich nicht schlecht.

Henry setzte ihn neben dem Schirmständer in der Diele ab, wo er in sich zusammenrutschte.

Die Frau, mindestens ebenso betagt wie er, wollte zu ihm, doch Bruno hielt sie zurück. Ihr Blick fiel auf Tom. Sie starrte ihn an, als wäre er ein Geist. »Du kleine Mistlaus! Hast du uns diese Leute auf den Hals gehetzt?«

Hatte sie vergessen, dass sie umringt von Männern stand, die sie in null Komma nichts umbringen konnten, ohne auch nur ein schlechtes Gewissen dabei zu haben?

Tom reckte das spitze Kinn nach oben. »Und wenn es so wäre?«

»Wenn es so wäre?« Die Alte schnappte nach Luft. »Junge! Wie blöd bist du?« Für einen Moment sah es so aus, als wollte sie Tom schlagen.

Auf Isabells Nicken hin drehte ihr Bruno den Arm nach hinten, was sie trotz schmerzvollem Keuchen nicht hinderte, Tom weiterhin wütend ins Visier zu nehmen.

»Was ihr untereinander zu laufen habt, interessiert hier niemanden.« Isabell hob die Hand und würgte damit alles ab, was auch nur daran dachte, ausgesprochen zu werden. »Ist Raven Mac Laman zu Hause?«

Die Frau schwieg.

»Gut, wir werden selbst nachsehen. Richte dich darauf ein, dass wir vorläufig deine Gäste sind, und verkneife dir im Interesse deines Mannes jede unnütze Idee.«

»Finley ist nicht mein Mann, Sie garstiges Weib!«

Timur lachte und hörte erst auf, als Isabell ausholte und ihren Handrücken über die schrumpelige Wange zog. »Es ist besser, du lernst den Umgangston, der mir zusagt. *Garstiges Weib* gehört nicht dazu. Timur!«

Der Mongole nahm Haltung an. »Ja, Boss?«

»Reiß alles aus der Wand, was Kommunikation mit der Außenwelt möglich macht.«

»Wozu? Hat doch eh jeder ein Handy.«

Isabell ließ ihre Lider auf Schlitzstellung fallen.

Timur nickte kurz und trottete davon.

Sean klopfte die Taschen des Mannes ab. Bis auf ein Cutter Messer und eine Dose Hustenbonbons waren sie leer. Dann kam die Frau dran. Schlüsselbund, Taschentücher, kein Handy.

»Luis, du beginnst oben. Bruno, du kommst mit uns.« Isabells Gesichtsausdruck glich der einer Katze vor dem Mauseloch. Hätte sie Schnurrbarthaare gehabt, sie hätten gezuckt.

»Ich weiß, wo Ravens Zimmer ist.« Toms dünner Zeigefinger wies die Treppe hinauf.

»Tom!«, keifte die Alte und schüttete damit Wasser auf Isabells Mühlen. Ihren Fehler bemerkte sie erst, als der Mann aufstöhnte.

»Toll gemacht, Erin. Am besten zeigst du ihnen gleich selbst den Weg, falls sich die kleine Ratte in der Tür irrt.«

Luis zog seine Pistole aus der Jackentasche und ging vor. Tom drückte sich dicht an seine Seite.

Henry hievte den Mann auf die Beine und kontrollierte damit gleichzeitig die Frau. Sie war sofort neben ihm.

»Sag es nicht weiter, aber ich bin nervös«, raunte er Sean zu. »Ist mein erstes Ungeheuer, das ich entführe.«

Bei dem Lärm, den sie veranstaltet hatten, hätte er auch brüllen können. Dieser Mac Laman musste sie gehört haben. Dass er noch nicht auf der Matte stand, konnte nur heißen, dass er sich irgendwo versteckte. In Seans Nacken begann es zu kribbeln. Wäre der Mann wirklich ein Monster, würde er sich nach und nach einen von ihnen packen und in einer finsteren Ecke ausbluten lassen. Dass Isabell sich in Sicherheit wähnte, war der pure Leichtsinn. Hatte sie nie Horrorfilme gesehen? Die fadenscheinigen Läufer schluckten kaum die Geräusche ihrer Schritte. Monster besaßen gute Ohren. Sean sah in jede dunkle Nische.

»Da hinten ist es.« Tom wies auf eine Tür am Ende des Ganges.

Die Frau fluchte, rannte vor, baute sich davor auf. »Nur über meine Leiche!«

Bruno wischte sie weg wie Staub vom Regal, schlug die Tür auf und zielte in absolute Dunkelheit.

Seans Gänsehaut trieb Blüten. Fehlte nur noch die Klaue aus der Finsternis, die ihn in einen furchtbaren Tod zog.

»Er ist krank, Teufelspack«, wetterte der Alte. »Lasst ihn in Ruhe!«

Henry legte den Finger an die Lippen. Der Mann verstand, biss aber hörbar die Zähne zusammen.

Bruno tastete um die Ecke und eine altmodische Deckenlampe erhellte das Zimmer.

Kein klauenbewehrtes Ungetüm. Auch keine abschreckende Fratze, die von starrenden Reptilienaugen dominiert wurde. Nur ein Mann auf einem Bett, der erschrocken die Hände vors Gesicht schlug, weil ihn das Licht blendete.

Schöne Hände. Sehr schlank, sehr langfingrig. Waren das schwarze Lackreste auf den Fingernägeln? Sexy Glatze, nackter, etwas zu magerer Oberkörper und endlos lange Beine, die in einer Röhrenjeans steckten. Entweder hatte sie schon bessere Zeiten erlebt, oder sie sah absichtlich so abgewetzt aus.

»Hey du!« Henry stieß den Mann unsanft an der Schulter an. »Willst du deinen lieben Überraschungsbesuch nicht begrüßen?«

»Nicht wirklich.« Mac Laman nahm die Hände hinunter und blinzelte ins Helle. »Mich macht es nervös, wenn sich meine Visionen in der Wirklichkeit manifestieren.«

Er hätte ein Gesicht wie Alabaster. Das hatte mal ein Freier zu Sean gesagt. Aber er hatte sich geirrt. Wenn jemand ein Alabaster-Gesicht besaß, dann Mac Laman. Durchscheinend weiß, markant geschnitten. Die Nase war ein wenig flach und breit, dafür waren die Lippen für einen Mann ungewöhnlich voll.

Er atmete zu schnell, als wäre er gerade gerannt. Doch das konnte auch am Schreck liegen. Es stürmten garantiert nicht täglich bewaffnete Fremde in sein Schlafzimmer.

Finley hatte recht. Der Kerl war krank. Das Laken war nass, auf der Haut perlte Schweiß und die Pupillen sahen aus wie dunkle Teiche. Außerdem stank es nach Erbrochenem.

Finley drückte sich an ihnen vorbei und trug einen Eimer hinaus. »Tut mir leid, Raven. Diese Verbrecher sind einfach hier eingebrochen. Hol die der Teufel!«

»Grüß ihn von mir, wenn er kommt«, murmelte Mac Laman. »Ich war eben noch bei ihm.« Stöhnend zog er die Beine dicht an den Oberkörper und schlang die Arme um sie. Als er die Stirn auf die Knie ablegte, stieß ihn Henry ein zweites Mal an.

»Hey, verkriech dich nicht, Teufelsbrut. Wir haben einen langen Weg hinter uns, um dich zu sehen.«

»Raven ist keine Ausgeburt des Teufels!«, keifte Finley.

Mutiger Mann, sich mit demjenigen anzulegen, der ihn vor wenigen Minuten ausgeknockt hatte.

Sein Blick glitt zu Mac Laman und strotzte vor Sorge.

Der nahm es allerdings nicht wahr, sondern wippte vor und zurück. Registrierte er die Gefahr nicht, in der er steckte? Offenbar ebenso wenig wie Brunos Pistole, die ununterbrochen auf ihn gerichtet war.

Sean drückte sie samt Hand hinunter. Bruno murrte, ließ sie jedoch unten.

Erst in diesem Moment schien Mac Laman die Waffe zu bemerken. Sein Blick folgte Seans Bewegungen, ging den Arm hinauf, streifte über seine Brust, blieb kurz an der einsamen Schulter hängen. Schließlich sah er ihm direkt in die Augen. »Bist du auch eine meiner Halluzinationen?« Bruno lachte dreckig, aber Mac Laman scherte sich nicht darum. »Dann meint es mein Irrsinn erstaunlich gut mit mir.«

Wie seltsam er sprach. Dunkel und weich. Wie ein Lied, nur auf demselben Ton gesungen. Es machte etwas mit Sean. Schlich sich in ihn hinein, strich sacht um seine Seele.

Mac Laman hob die Augenbrauen. Richtig, er wartete auf eine Antwort. Eine Halluzination war keine schlechte Methode, sich einen Überfall schönzureden. »Ich muss dich enttäuschen. Wir sind alle real.«

Mac Laman nickte mit einem winzigen Lächeln.

Was für ein wunderschöner Mund. Kein Wunder, dass seine Worte weich klangen.

»Ich habe mich daran gewöhnt, Dinge zu sehen, die nicht da sind.« Er zeigte flüchtig auf Seans leeren Jackenärmel. »Deinen Arm sehe ich auch nicht.« Er hob den Ärmel an und sah von unten hinein. »Ich befürchte, der ist wirklich weg.« Beinahe liebevoll blickte er zu ihm auf. »Sei nicht traurig. Du hast ja noch einen anderen.«

Der Kerl war drollig.

»Mr. Raven Mac Laman, nehme ich an?« Sun trat dicht an das Bett. »Mein Name ist Chen Sun. Seit vielen Jahren befasse ich mich mit der Spezies Ihres Vaters, doch bisher hatte ich nie das Vergnügen, mit einem direkten Nachkommen eines Nachkommen eines Wasserdrachen zu reden.«

Mac Laman sah ihn an, kniff die Augen zusammen, ohne mit dem Wippen aufzuhören. »Zwei Worte nerven mich gerade. *Nachkomme* und *Wasserdrache*. Das eine, weil es doppelt ist und das andere, weil es etwas mit meiner Erinnerung macht, das ich nicht will.«

»*Wasserdrache* ist eventuell nicht der richtige Begriff«, erklärte Sun nach wie vor sehr freundlich. »Mein Vater war überzeugt, dass diese

Wesen eher das Erbe prähistorischer Seeschlangen in sich tragen. Doch aufgrund der chinesischen Mythenwelt bevorzuge ich die eher romantische Bezeichnung. Rein äußerlich unterscheiden Sie sich übrigens massiv von Ihrer Elterngeneration. Um meine Theorie zu untermauern, benötige ich einen Beweis. Kann ich bitte Ihre Zähne betrachten?« Nebenbei streifte er sich Einmalhandschuhe über.

»Würde ich an deiner Stelle lassen, Chen Sun.« Mac Lamans sanfte Stimme stand in krassem Kontrast zu dem bedrohlichen Glühen seiner Augen. »Aber dir würde ich sie zeigen, Ire.« Er wandte sich zu Sean, leckte sich flüchtig die Lippen. »Mir gefallen dein Dialekt, deine Locken und deine kräftige Halsschlagader. Darf ich dich beißen?« Sehnsüchtig glitt sein Blick über Seans Kehle. »Wenn du schmeckst, wie du duftest ...« schnuppernd senkte er die Lider, »... wirst du mir eine wunderbare Nacht bereiten.«

Seans Herz hüpfte hilflos in der Brust. Mac Laman wollte ihn beißen? Warum zum Teufel erregte ihn diese Vorstellung viel mehr, als dass sie ihm Angst einflößte?

»Wie wilde Minze nach einem Regenguss.« Seufzend sog Mac Laman noch einmal die Luft ein. Dann streckte er die Hand nach ihm aus.

Sean war kurz davor, einzuschlagen. Die Geste wirkte geradezu magnetisch. Ein derber Stoß von Henry in die Rippen hielt ihn davon ab.

»Du willst nicht?« Mac Laman ließ die Hand wieder sinken. »Bedauerlich. Ich hätte dich während des Rausches gehalten. Du hättest nicht gemerkt, dass dir ein Arm fehlt. Hättest dich nur den verlockenden Gefühlen süßer Lust hingeben brauchen.«

Schwarzer Samt. Wie er sprach, was er sprach. Die Worte streichelten über den kleinen Vogel in Seans Brust, der erstaunt den Kopf hob.

Was für eine wunderschöne Vorstellung. Arme, die sich zärtlich um ihn schlossen, die sich nicht darum scherten, dass er ein Krüppel war. Denen ein Arm genügte, um sich geliebt zu fühlen.

Fuck! Was dachte er da? Er zupfte bewusst energisch an dem Revers seiner Jacke. Hoffentlich hatte ihm niemand diesen sentimentalen Gedanken-Mist angesehen.

»Ich würde dir auch meine Hand leihen«, wisperte Mac Laman. »Damit du all die Dinge mit dir machen kannst, zu denen dich mein Gift verführt.«

Schlanke Finger, die seine Nippel neckten, sanft den Oberkörper hinabfuhren, um seine pralle Erektion zu umfassen. Seans Herzschlag polterte im Hals. Ihm war, als spürte er ihren warmen Druck bereits.

»Du stellst es dir vor, stimmt's?« Die vollen Lippen entließen ein leises Seufzen. »Male deine Fantasie weiter aus, Ire. Immer weiter. Doch sie wird nicht annähernd an die Wucht der Emotionen heranreichen, die ein Biss von mir für dich bereithält.«

Sean versank in Fluten sinnlicher Bilder. Auch ohne Mac Lamans Biss weckten sie massenhaft heftiger Gefühle in ihm.

Henry murrte, aber Isabell wies ihn zurecht. Was erwartete sie? Dass er auf das Angebot einging? Sex war in seinem Job nicht vorgesehen. Nur freundliches Beilaunehalten. Allerdings sehnte er sich im Moment nach nichts anderem, als diesen sehnigen Körper unter sich zu begraben, um langsam die zweifellos heiße Enge zu erforschen.

»Komm schon.« Mac Laman klopfte neben sich aufs Bett. »Ich will nicht viel. Nur die Nähe zu einem Traumgespinst, einen eingebildeten Biss und ein paar Tropfen imaginären Blutes. Danach darfst du dich auch wieder in Luft auflösen.«

»Ich bin keine Hallu...«

»Doch.« Mac Laman lächelte. So verträumt, so entspannt. Nur die zuckenden Beine irritierten. »Ich habe mir die ganze Zeit jemanden wie dich gewünscht. Es war klar, dass mein krankes Hirn dich irgendwann ausspucken würde. Nur warum es zusätzlich diesen Schrott projiziert, ist mir schleierhaft.« Verwirrt betrachtete er Bruno, schüttelte dann resigniert den Kopf. »Wahrscheinlich wäre dieser Traum sonst zu schön für mich gewesen.«

»Der ist auf Entzug.« Henry beugte sich über ihn, zog ihm eines seiner Lider hinunter. »Wie lange zappelst du schon hier herum und siehst weiße Mäuse?«

»Keine Mäuse. Ich sehe dich und diese hässliche Frau.« Er zeigte direkt auf Isabell. »Auch die anderen Typen. Und ich sehe ihn.« Wieder trafen sich ihre Blicke. »Gehört der irische Lockenkopf dir?«, fragte er Henry mit einer rührenden Arglosigkeit. »Wenn ja, kannst du ihn mir schenken?« Die Frage klang völlig ernst und Henry schüttelte ebenso ernst den Kopf. »Du brauchst Hilfe, Junge. Dringend. Was für ein Zeug hast du dir eingeworfen und wo zum Henker ist es?«

Mac Laman lachte lustlos. »Mein Dealer ist mir abhandengekommen. Ich muss den Haufen Mist, der zufällig mein Leben ist, allein hinkriegen.« Das leuchtende Gelbgrün der Iriden wurde dunkler.

»Um auf den Grund unseres Besuches zurückzukommen ...« Sun räusperte sich, lächelte sein Standardlächeln und zog Mac Laman die Oberlippe hoch. »Verzeihung, aber ich muss wissen, ob Sie wirklich Giftzähne besitzen.«

Mac Laman drehte den Kopf zur Seite und Suns Finger flutschten von seinem Mund.

Bruno fluchte, stand mit zwei Schritten neben ihm und drückte ihm den Pistolenlauf an die Schläfe. »Lass das Schlitzauge seinen Job machen, Freak.«

»Bruno!« Wollte er wieder sein Machtspielchen abziehen? Warum griff Isabell nicht ein? Tot hatte sie nichts von dem Schlangenaugen-Mann.

Ganz langsam legte Mac Laman die Finger um Suns Hand, die sich erneut in der Nähe seines Mundes befand, und zog sie von sich weg. »Auf was wartest du?«, frage er Bruno. »Ich gehorche nicht, also drück ab.«

Der Kerl war verrückt. Lebensmüde? Dermaßen auf Entzug, dass er das hier immer noch für einen Tagtraum hielt?

»Hör mit dem Scheiß auf.« Henry parkte seine Pranke auf Brunos Schulter und dirigierte ihn zurück. »Ich mach das.« Ohne zu zögern, fasste er ihn am Kinn und drückte ihm die Kiefer auseinander.

Mac Laman stöhnte, wehrte sich jedoch nicht.

Sun ließ sich Zeit. Tastete in dem fremden Mund herum und ignorierte, dass Mac Laman zwischendurch würgte. Endlich nahm er seine Hand aus ihm.

Mac Laman hustete, wischte sich über die Lippen. »Hast du gefunden, was du gesucht hast?«

»Absolut.« Sun wandte sich zu Isabell, die gnädig nickte.

»Sean, Henry, seht zu, dass er sich frisch macht. Ich will kein nach Kotze stinkendes Individuum in meiner Nähe ertragen müssen.«

»My Lady ist charmant.« Mac Laman sprach sehr leise. Dennoch tropfte seine Stimme vor Hohn. »Und freundlich, dass sie mir den hübschen Lockenkopf hierlässt. Den rötlichen Schimmer in seinem Haar finde ich besonders reizvoll. Ein bisschen wie Gold, nicht wahr?«

Fragte er Isabell tatsächlich, ob sie Sean goldig fände?

Der Typ bewies Nervenstärke. Mittlerweile standen sie alle um ihn herum und starrten ihn an, als wäre er ein exotisches Tier, doch Mac Laman sah nur ihn an. Sehnsüchtig, beschwörend.

Herzbeben. Gab es so etwas? Sean leckte sich die trockenen Lippen. In Gedanken strich seine Hand über Mac Lamans verschwitzte Haut. In ihm breiteten sich Schwingen aus und verteilten die Sehnsucht nach Berührung im ganzen Körper. Selbst der verlorene Arm pochte. Fuck! Eine Schmerzattacke war das Letzte, was er gebrauchen konnte.

»Ein Schwanzlutscher!« Bruno spukte das Wort in Mac Lamans Gesicht. »Dann ist der hier eher was für dich.« Er zog Tom zu sich, der sich hinter Luis verkrochen hatte. »Dieser kleine Ex-Schönling erzählt, dass er dich kennt.«

»Tom!«

Wie weich Mac Lamans Stimme klang – und bedrohlich. Mehr, als es Isabell mit ihrer hohen Tonlage jemals fertigbringen würde.

»Wenn das hier vorbei ist, werde ich dir nicht gestatten, dich mir zu erklären. Ich werde dich in den Tod beißen und so, wie du aussiehst, wirst du mir dankbar dafür sein.«

Nun war es an Tom, zu würgen. Er flüchtete sich nach draußen und dem Poltern nach, rannte er die Treppe hinunter.

»Kümmere dich um ihn, Luis. Ich will nicht, dass er das Grundstück verlässt.« Mit einem selbstgefälligen Grinsen wandte sich Isabell wieder zu Mac Laman. »Was für ein fantastischer Fang ist mir mit dir ins Netz gegangen.« Sie beugte sich zu ihm hinab, berührte die eingefallene Wange. »Ich werde mir ausreichend Zeit nehmen, dich näher kennenzulernen.«

»Einen Dreck werden Sie«, fauchte Finley. »Sie und ihre Affen dürfen Raven nichts antun! Sonst mache ich euch fertig! Jeden Einzelnen!«

Über Mac Lamans blasses Gesicht huschte ein Lächeln. »Stell nichts an, was Erin oder dir Ärger einbringt, Finley. Im Zweifel teilen wir nur denselben Traum und morgen früh ist alles wieder gut.«

Solange Isabell wie eine Zecke an ihm hing, würde für ihn nichts gut werden. Doch wenn ihn die Illusion tröstete, nur zu.

Isabell kommandierte Sun und Bruno mit dem Alten nach draußen. »Nehmt dieses Weib mit. Sie soll uns etwas zu Essen kochen. Und vergiss das Handy nicht, Bruno.« Sie wies auf ein Smartphone, das auf dem Tisch lag. »Nur für den Fall, dass unser Gastgeber Hilfe rufen möchte.«

Bruno schnappte sich das Gerät, zog Erin auf die Beine und drängte sie aus dem Zimmer.

Sofort wurde die Stimmung entspannter. Henry schloss gemächlich die Tür und lehnte sich mit einem erleichterten Seufzen dagegen. Ihm war anzusehen, dass er genauso froh war, den schießwütigen Bruno endlich los zu sein.

»Haben dich deine Senioren-Aufpasser auf kalten Entzug gesetzt?« Es fehlte nicht viel, und er hätte Mac Laman mitfühlend angelächelt. In seinen Mundwinkeln zuckte es bereits. »Wissen die, dass das nach hinten losgehen kann?«

»Nenn mich Raven.« Mac Laman fuhr sich über den kahlen Schädel. »Förmlichkeiten sind mir zuwider. Sie kosten bloß Energie, über die ich im Moment nicht verfüge.

Und nein, sie wissen gar nichts, außer dass ich unkontrolliert scheiße und kotze und liebend gern aus dem Fenster springen würde, wenn ich mutig genug wäre.« Sein Blick blieb an Seans Brusttasche hängen, die von der Zigarettenschachtel ausgebeult wurde. »Nur eine, okay?«

»Klar. Nimm dir.« Er hatte sie garantiert dringend nötig. Sean hielt ihm die Schachtel hin.

Mit flatternden Fingern zerbrach Raven die erste Zigarette. Die zweite landete auf der Bettdecke. »Scheiße.«

»Mach langsam.« Verdammte Drogen, sie hatten Jimmys Nerven ebenfalls ruiniert. Der niedliche Twink mit Rauchaugen und Flusenjäckchen war oft zu Sean angekrochen gekommen, um sich massieren zu lassen. Bob hatte nie etwas davon mitbekommen.

Raven seufzte erleichtert, als Sean die Zigarette für ihn ansteckte und ihm zwischen die Lippen schob. »Danke«, nuschelte er am Filter vorbei. »Hoffentlich träume ich noch oft von dir.«

»Heroin?«, fragte Henry in einem Tonfall, als böte er Traubenzuckerbonbons an.

»Nein.« Raven inhalierte mit geschlossenen Augen. Als er den Rauch aus dem Mund entließ, lächelte er. »Davidium. Nie davon gehört? Es wirkt ebenfalls intravenös.« Sein heiseres Lachen klang unheimlich.

»Offenbar ein mieses Zeug.« Henry schüttelte den Kopf. »Aber Jammern bringt dir nichts. Zieh dich an. Isabell will dich sehen.«

»Die Hexe kann warten.« Stöhnend sank Raven zurück aufs Bett. »Sag ihr, dass ich gedenke, sie so lange zu ignorieren, bis sie verschwunden ist.« Er legte sich die Hand auf den Bauch, direkt unter den Nabel.

Sich einfach hinabbeugen, zart die Finger küssen und ihr Zittern an den Lippen spüren. Sean schluckte den Wunsch hinunter. Er rutschte zu tief und dehnte sich dort weiter aus.

Die obersten beiden Knöpfe von Ravens Hosenbund standen offen. In dessen Schatten verschwand glatte, helle Haut. Sie spannte sich straff über die Beckenknochen, glänzte feucht. Nicht ein einziges Haar. Auch nicht auf der Brust oder den Armen.

Raven schob die Hand tiefer, streichelte sich dabei. Noch tiefer, bis die Finger unter schwarzen Stoff glitten. Genau dort hätte ihn Sean zu gerne berührt. War er überall haarlos? Wirkte deshalb seine Haut so seidig?

Ravens Beine zuckten. Er spreizte sie.

Unmöglich, nicht auf die Beule in seinem Schritt zu achten. Sean schluckte, sehnte seine Zunge an eben diese Stelle.

»Darf ich dich in meine Träume mitnehmen, Ire?« Mit einem leisen Stöhnen drückte Raven den Kopf ins Kissen. Sein Kehlkopf spannte die zarte Haut am Hals. Nirgends ein Bartschatten. Nicht auf den Wangen, nicht am Kinn. Selbst die Härchen auf den Brauen fehlten. Sean zog sie mit dem Finger nach. Etwas rauere, dunkle Haut. Aber keine Haare.

Raven lächelte, ohne die Augen zu öffnen.

So sinnliche Lippen. Nicht so voll wie Henrys. Trotzdem weich genug, um beim Küssen nachgeben zu können.

»Sean! Hörst du auf, den Kerl anzutatschen?« Henrys finsterer Blick formulierte deutlich: Fang deine Hormone ein!

Dummerweise sorgte der Schweißfilm auf Ravens sehnigem Körper dafür, dass sie wie die Fohlen in Sean durcheinander sprangen.

»Sean?« Ravens Lider öffneten sich einen Spalt. »Ein schöner Name. Klingt weich und anschmiegsam.« Seine Zungenspitze strich über die Unterlippe.

Sean musste erneut schlucken.

»Du bist doch anschmiegsam, oder? Wenn nicht, sei grob. Das ist auch gut. Dann werde ich mich an dich schmiegen.«

Jesus, war es heiß in diesem Zimmer. Entweder riss er sofort das Fenster auf oder er fiel über diesen Mann her.

Henry stieß Raven an. »Rede keinen Sülz. Sean ist ein Kerl. Kerle sind nicht anschmiegsam. Und hör verdammt noch mal mit dem Gezappel auf!«

Dieses ständige Zucken ging Sean ebenfalls auf die Nerven. Er hielt Ravens Fußknöchel fest. »Das wird besser, wenn der Entzug vorbei ist.« Was für ein Dreckszeug hatte er sich bloß eingeschmissen?

»Tut mir leid,« sagte Raven leise. »Aber das Zappeln macht mich selbst nervös.« Geschmeidig setzte er sich auf, neigte sich nach vorn, bis er Seans Hand erreichte. Er pflückte sie von sich, schlang seine Finger um Seans. »Ich mache dir einen Vorschlag. Du schickst den hier weg.« Er nickte zu Henry, der mittlerweile die massigen Arme vor der noch massigeren Brust verschränkt hatte. »Dann legst du dich auf mich. Schön schwer und beruhigend, sodass ich nicht mehr zappeln muss. Und wenn dir das gefällt, darfst du mich vögeln.« Er fasste ihm ins Genick und zog ihn so dicht an sich heran, dass Sean die unterschiedlichen Grüntöne in den Iriden unterscheiden konnte. »Aber danach lässt du mich aufwachen.«

Ein harter Kuss. Zu gewaltsam, um es dabei zu belassen. Das lang vermisste Drängen an den Lippen, eine samtige Zunge, die wild seinen Mund eroberte. Jesus, tat das gut. Dieser Mund verschlang ihn, würde nichts übrig lassen als hilflose Lust, die um Erfüllung bettelte.

Henry fluchte. Und wenn er ihn prügelte, diese Lippen würde Sean nicht mehr hergeben. Er biss hinein, während sein Herz drohte, ihm die Rippen zu brechen.

»Nichts da!« Henry zog ihn aus Ravens Griff. »Wie kommst du darauf, dass dich Sean vögeln will?«

Hatte er nicht mitbekommen, dass sie sich eben ineinander verbissen hatten?

Raven tippte mit der Fingerspitze an seine Unterlippe, betrachtete versonnen das Blut. »Weil es so ist.«

Vor Seans Augen tanzten Sterne. Oh Gott, diese Lippen! Sie hatten sich an ihm festgesaugt, gierig, fordernd.

Sein Herz stolperte. Küsse dieser Qualität hatte es in seinem Leben zu wenig gegeben.

Zärtlich, und als ob es das Normalste auf der Welt wäre, legte ihm Raven die Hand den Schritt und massierte die Wölbung.

Tausend kleine Stromschläge. Sean biss die Zähne zusammen. Nur nicht vor Henry aufstöhnen. Nur nicht Henry zeigen, wie sehr er diese Art Berührung vermisst hatte.

»Woher wisst ihr von mir und meinem Gift?« Fest tasteten die schlanken Finger über straff gespannten Stoff. »Von Tom?«

Sean nickte. Seine Stimme klemmte zwischen Kehlkopf und Stimmbändern fest. Sein Unterleib zog schmerzhaft sehnsüchtig und er brachte es nicht über sich, Ravens Hand wegzunehmen. Der Anblick des nackten Oberkörpers und des viel zu tief sitzenden, geöffneten Hosenbundes machte es nicht leichter für ihn.

Nur Blicke. Dabei hätte er liebend gern seinen Arm um Ravens Schultern geschlungen. Den Hals geküsst und Raven festgehalten, bis die verdammt dünnen Beine mit dem Zappeln aufhörten. Danach würde er ihn lieben. Zärtlich, sanft. Später wild, bis sie gleichzeitig aufschrien.

Jesus, in seinem Schritt pochte es unerträglich.

»Jetzt reicht's mir!« Henry klang nach Gewittergrollen. »Du siechst hier im Dunkeln, stinkst vor dich hin und wagst es, Sean an die Wäsche zu gehen?«

»Stört dich mein Geruch?« Ravens Lächeln versprach etwas Verbotenes aber unglaublich Gutes.

Sean ertappte sich beim Kopfschütteln. Hatte ihn Raven hypnotisiert und er erlitt gerade eine Bewusstseinstrübung?

Er wollte diese wahnsinnig sinnlichen Lippen sofort noch einmal küssen.

»Nimm gefälligst die Finger von Seans Schwanz!« Mit einem kräftigen Ruck zog Henry Raven aus dem Bett.

Kaum stand Raven aufrecht, wurde er blass.

Henry fluchte und fasste ihn unter. »Du wartest hier, Sean, während ich Mac Laman unter die Dusche schleppe. Und benimm dich!« Sein warnender Blick stach ihm zwischen die Beine.

Seine Sorge war unbegründet. Die Hand, nach der sich Sean sehnte, war ausnahmsweise nicht seine eigene.

Kaum schloss sich die Tür hinter den beiden, sprang sein Kopfkino an. Raven unter der Dusche; das Wasser, das über seinen sehnigen Körper floss. Gedanklich ging Sean auf die Knie und leckte es von der samtweichen Haut.

Herzklopfen, Ziehen im Schritt, beinahe schon Krämpfe im Unterleib vor Lust.

Sich von Raven verwöhnen lassen. Die Berührungen dieser langen, sicher geschickten Finger auf der Haut, in seinem Körper spüren. Das war es. Das wollte er. Dringend.

Verdammt! Was passierte mit ihm? Er war hier, um diesen Mann nach Moskau zu verschleppen und auf ein beschissenes Bett zu schnallen, und zwar nicht zu dem Zweck, ihn darauf extravagant zu vögeln.

Er riss das Fenster auf. Frische Luft musste herein, und die Lust, die ihn zu verbrennen drohte? Keine Ahnung, wohin mit der.

Wie Raven auf dem Bett gelegen hatte, so hilflos, so verführerisch. Wie er sich gestreichelt hatte. Der flache Bauch, die schmalen Hüften. Lange Beine, die sich um ihn schlingen würden. Und erst dieser Blick! Wenn es Raven unter ihm kam, würde er glühen.

Gürtel auf, Reißverschluss hinunter. Platz zu schaffen tat gut. Aber es genügte nicht.

Die linke Faust fühlte sich falsch an seinem Schwanz an. Er stieß trotzdem hinein. Der Druck musste raus. Schnell. Ravens vorstehende Beckenknochen, der dünne Schweißfilm auf der Haut ...

Wo war die Hand, die ihm in solchen Momenten über die Brust strich? Die seine Brustwarzen rieb, sich fest auf den Bauch legte. Die ihm manchmal, wenn es schnell gehen musste, das Drängen des Partners an seiner Hinterseite vorgaukelte?

Wie Wasser aus der Badewanne floss die Lust aus ihm hinaus. Er hatte selbst den Stöpsel gezogen. Der Kloß in seinem Hals wuchs, fühlte sich scharfkantig an und schmerzte. Wie sein Geisterarm. Was war nur mit ihm los? In all den Monaten nach dem Angriff hatte er sich unter Kontrolle gehabt. Hatte sich nie heulend vor Schmerz erwischen lassen. Hatte seine Verzweiflung geschluckt, plötzlich ein Krüppel zu sein. Doch nun brannten seine Augen und er wusste nicht einmal warum. Es musste an Ravens Blick liegen, der sich an seinem Verstand vorbeigeschlichen und direkt seine Seele getroffen hatte. Was suchte er dort? Da gab es nichts außer Ärger und Frustration.

Tief einatmend legte er die Hand auf die Brust. Ganz ruhig. Nur nicht aus dem Konzept bringen lassen. Das hier war ein Job. Er brauchte ihn nicht allein bewältigen. Nur helfen. Kein Problem. Pech für Raven, dass es ausgerechnet ihn traf, aber wer an Isabells Haken zappelte, den ließ sie nicht mehr laufen.

Seans Seele steckte den Kopf unter einen Flügel. So schlimm? Gut. Dann musste er sich ablenken. Mit Arbeit. Das half immer. Und war Raven nicht ohnehin sein Job? Warum nicht mit dem Bett beginnen, das ihm regelrecht zubrüllte, frisch bezogen werden zu wollen? Zwei oder drei Tage würde es Raven noch benutzen können. Dann wartete ein anderes auf ihn.

Nicht daran denken. Es war nicht seine Schuld, dass Raven Monstergene besaß, die ihm Giftzähne beschert hatten. Es war genauso wenig seine Schuld, dass ihn der Blick aus den faszinierendsten Augen, die er jemals gesehen hatte, völlig durcheinanderbrachte.

~*~

Raven schlug sich ins Gesicht. Nur um sicherzugehen.

Schmerz. Demnach war er wach. Auch wenn ihm das nebelige Gefühl im Hirn etwas anderes vorlog. Sean war real. Dann waren es der Riese vor der Duschwand und die Hexe samt Tom ebenfalls.

Er lehnte die Stirn an die Kacheln und drehte das Wasser heißer. Sein Kopf musste klar werden. Die Frau mit dem Igel-Haarschnitt hatte es auf sein Gift abgesehen. Wozu sie es auch wollte, er durfte es ihr nicht geben. Der lebende Beweis seiner Gefährlichkeit schwamm schuppig im See oder steckte hoffentlich tot in einem Fischernetz.

Wie eine Erscheinung hatte sie vor ihm gestanden. Wo war sie plötzlich hergekommen? Wahrscheinlich direkt aus der Hölle. Unterwegs hatte sie einen Engel eingefangen. Kein Wunder, dass Sean aus dem Himmel gefallen war, er hatte nur einen Flügel. In Gedanken hob er Sean behutsam auf und wusch ihm den Dreck vom Gefieder.

Der erstaunte Blick aus den sanften braunen Augen. Sean konnte nur ein Engel sein. Die Frage war, wie wurde er die Teufel los? Sie wussten Details über ihn, die ihm bisher fremd gewesen waren. Der Chinese sprach von Wasserdrachen. Gab es mehr von ihnen? Waren Samuel und er nicht die einzigen Menschen, die von einem Seeungeheuer gezeugt worden waren?

Das Wasser prasselte hart auf Rücken und Schultern. Es tat weh, doch seine Gedanken ordneten sich endlich.

Keine Teufel, nur Kriminelle. Diesmal hatte man ihm aufgelauert statt Samuel. Nahm die Jagd kein Ende?

Wie tausend Nadeln stachen die Tropfen in seine Haut. Nicht auszuhalten. Sein Brüllen störte sich weder am Wasserdampf noch an Henry. Der Riese klopfte in aller Seelenruhe von außen an die Duschkabine und winkte ihm, dass er fertig werden sollte. Raven zeigte ihm den Mittelfinger. Solange er noch einen Hauch von Benommenheit spürte, garte er sich weiter hier drin.

Ein Biss in Seans Kehle würde seine Genesung schneller vorantreiben. Wie sich seine klopfende Halsschlagader an den Lippen anfühlte? Hätte er Angst, wenn die Zähne seine Haut durchstachen? Oder genoss er es von Beginn an wie Samuel? Sean wusste, was er war. Er würde ihn demnach nicht zu Tode beißen müssen, um einen Zeugen seiner Monstrosität zu beseitigen. Das einzig Gute an der Situation. Nichts musste verheimlicht, keine Leichen versteckt und kein sich aufbäumendes Gewissen ignoriert werden.

Seans Bartstoppeln hatten gekitzelt, als sie sich geküsst hatten. Der Ire war nicht zurückgewichen. Raven spürte noch den Biss in seine Unterlippe.

Das Prickeln, das sich in ihm ausbreitete, hatte nichts mit seiner momentanen Übersensibilität zu tun. Es kam von innen, wurde von der Vorstellung geschürt, Seans Lippen zu liebkosen und ihm über den Kehlkopf zu lecken.

Zur Hölle! Er war verrückt. Kein Zweifel. Er sollte sich fürchten, sollte Flucht- oder Mordpläne schmieden, doch alles, was er wollte, war, in Seans Kehle zu beißen. Langsam, tief. Wenn das warme Blut seine Zunge berührte, würde er dem Iren die Hand in den Hosenbund schieben, um zu fühlen, was sein Biss bei ihm anrichtete.

»Himmel, Arsch und Zwirn!« Henry pochte an die Plastikwand. »Raus da!«

Ein letztes Mal legte Raven den Kopf in den Nacken und spürte den winzigen Einschlägen auf seinem Gesicht nach. Er musste den Chinesen aushorchen, um alles von sich zu erfahren, was ihm bisher unbekannt gewesen war. Und er musste Sean für sich gewinnen und ihn davon überzeugen, ihm zu helfen. Der Ire reagierte auf ihn. Die Sehnsucht nach Zärtlichkeit stand ihm auf der Stirn. Nicht nur dort würde sie Raven schüren.

Er drehte das Wasser ab und kaum, dass er aus der Kabine trat, warf ihm Henry ein Handtuch zu. »Pack deinen Ständer ein. Bei mir zieht das nicht.«

»Dann sieh nicht hin. Ich wohne hier. Für deine Befindlichkeiten bin ich nicht verantwortlich.«

Demonstrativ riss Henry die Badezimmertür auf und nickte energisch zum Flur. Von unten drangen die Stimmen der anderen herauf. Toms war nicht dabei. Diese kleine Ratte war offenbar eng mit Samuels und seinem Schicksal verknüpft. Sie tauchte auf und brachte Verderben. Wurde Zeit, dass ihr jemand die Kehle aufriss.

Henry blieb dicht hinter ihm, als Raven zu seinem Zimmer ging. Hoffentlich hatte Sean auf ihn gewartet.

Hatte er. Und zwar nicht untätig. Über der Matratze spannte ein frisches Laken, die Bettdecke lag abgezogen auf dem Boden und Sean focht einen verzweifelten Kampf mit dem Kopfkissen. Seine Wangen glühten vor Eifer. Oder Frustration? Seine Locken hingen ihm vor den Augen. Genervt schleuderte er sie zurück.

»Fuck!«

101

Das Kissen flog in die Ecke und Sean raufte sich die Haare. Erst in dem Moment bemerkte er, dass er nicht allein war. Seine Wangen wurden noch eine Spur dunkler.

»Oh Mutti!« Henry schlug sich an die breite Stirn. »Du hast dem Kerl das Bettchen gemacht?«

»Und wenn schon!« Seans Blick blieb kurz auf Ravens nackter Brust hängen, bevor er Henry anfunkelte. »Du hast mein Bett täglich bezogen, als ich aus dem Krankenhaus gekommen bin.«

»Das war was anderes«, brummte Henry und stieß Raven in den Rücken. Hatte er vergessen, dass er schwach und elend war? Dann durfte er sich nicht wundern, dass er stolperte. Zufällig genau in Seans Richtung.

»Henry!« Sean sprang auf ihn zu und Raven fiel ihm in den Arm. »Nicht so grob!«

Minze. Von Seans Hals, von seiner Wange, überall stieg dieser frische, würzige Duft auf und mischte sich mit der Ahnung von Sommerregen. Das Wasser floss Raven im Mund zusammen. Wie konnte ein Mann derart betörend duften? Jedes Bett, und wäre es aus Seide, war für den Iren eine Beleidigung. Er musste unter freiem Himmel, auf weichem Moos und feuchtem Gras geliebt werden.

Raven schob ihm eine Hand unter die offene Jacke und legte sie ihm Brust. Warme, feste Muskeln spannten sich unter seiner Berührung.

Sean zog laut die Luft ein, als er über die Brustwarze strich. Zum Teufel mit dem Hemd. Was unter seinen Fingerspitzen hart wurde, wollte Haut spüren.

»Der Kerl markiert«, donnerte Henry. »Der wollte sich nur an dich ran schmusen.«

Oh, der Riese war clever. Wenn er ohnehin durchschaut worden war, konnte er auch den Kopf an Seans Schulter legen, dicht an seinen Hals. Mit der Nasenspitze berührte Raven pulsierendes

Leben. Er musste nur den Mund öffnen. Der Ire würde es für einen innigen Kuss halten. Vorerst.

Sean drückte ihn fester an sich, als ob er ihn vor Henry beschützen wollte. »Tut er nicht. Bis eben lag er krank im Bett.« Ein besorgter Blick streichelte über Ravens Gesicht, forschte nach Schwäche. Sie war da. Aber mit jedem Atemzug schwand sie bereits ein wenig.

*Lass dich von mir verführen und wechsle auf meine Seite. Und dann ... rette mich.*

Sean lächelte. Erstaunt und freundlich, doch in seinem Blick funkelte noch etwas anderes. Spott? Oder das Wissen, dass er Opfer eines Schauspiels wurde?

*Hilf mir dennoch. Auch wenn dir nicht gefallen wird, was du findest.* Engel durften die Frage nach gut oder böse nicht stellen. Sie sollten nur schützen und lieben. Gleichgültig, wie viele Flügel sie hatten.

Ein kaum wahrnehmbares Zucken in den Mundwinkeln, ein Blitzen in den Augen. Sean hatte ihn durchschaut.

»Ich denke, du kannst wieder allein stehen.« Zögernd trat er einen Schritt zurück, als wollte er testen, ob seine Vermutung richtig war, oder ob die Gefahr bestand, dass Raven sofort zusammenbrach.

Gut zu wissen, dass er nicht der einzige Schauspieler war.

»Diesen Quatsch sehe ich mir nicht länger an.« Henry warf dem Iren eine Pistole zu. Seltsamerweise zuckte die rechte Schulter, bevor sich die linke Hand dazu entschloss, die Waffe aufzufangen.

»Mach dem Kerl Beine. Immerhin ist er dein Job.« Schnaubend stapfte er aus dem Zimmer.

Sean steckte die Waffe in den Gürtel. Er verzog dabei das Gesicht und der Seitenblick zu ihm sagte deutlich, dass er nicht begeistert davon war. Er war kein Verbrecher. Er passte so wenig in Isabells Haufen wie ein Spatz in eine Katzenschnauze.

»Ich dachte, du willst frisch geduscht keinen alten Schweiß mehr riechen.« Mit einer flüchtigen Geste wies er zum halbwegs gemachten Bett. »Bin leider nicht weit gekommen.«

Niedlich, der zerknirschte Ausdruck um den Mund, aber er dauerte nicht lange an. Dann breitete sich ein verschmitztes Lächeln in seinem Gesicht aus. »Liegst gut im Arm. Wenn dir öfter nach Stolpern oder vorgetäuschter Schwäche ist, nur zu. Ist mir ein Vergnügen, dich aufzufangen.«

Sein Engel spreizte den Flügel und würde ihn damit weich und schützend umfangen. Raven schüttelte den Kopf. Aus den Federn wurde wieder ein Arm.

»Für einen Schurken bist du erstaunlich nett. Ich bilde mir ein, dass du dich um mich sorgst.« Was für ein wundervolles Gefühl.

Sean stopfte die Hand in die Hosentasche. »Und du bist für den Sohn eines Wasserdrachen erstaunlich attraktiv. Ich bilde mir ein, dass ich dich gerne vögeln möchte.«

»Dann schließ die Tür und mach es.« In seinem Unterleib zog es stärker als in den Giftdrüsen der Eckzähne. Der Ire war die Manifestation seiner Träume. Raven krallte sich gedanklich in blonde Locken, während er Sean Stück für Stück in sich aufnahm.

Seans Blick wurde weit. Er biss sich auf die Lippe, wandte sich jedoch ab. »Ist nicht meine Aufgabe, und jetzt mach hin. Sonst liefert mir Isabell einen Grund, mich wirklich um dich zu sorgen.«

Der Jackenkragen berührte Seans Hals. Da, wo er ihn verließ, wies die Halsschlagader den Weg seines Blutes. Es würde nach Minze und Sommerregen schmecken. Wie seine Lippen.

Nur einen Schluck. Nur ein kleiner Rausch, gemeinsam erlebt. Seans Hingabe in seinem Arm spüren, ihn küssen und halten, bis die Ekstase verklang. Die Sehnsucht danach sprengte sein Herz.

Nervös fuhr sich Sean über die Kehle. Wie seine Fingerkuppen den Kehlkopf streiften, als würden sie ihn streicheln.

Sean wäre köstlich. Überall. Raven würde sich mit einem Schluck Blut nicht begnügen können.

Seans Kehlkopf wanderte unter der hellen Haut hinauf und wieder hinab. So sinnlich, so verführerisch.

»Sieh mich nicht so an.«

Das leichte Vibrieren in seiner Stimme verstärkte den Wunsch nach in die Haut gebissener Intimität. Bewusst gefühlte Angst und verdrängte Erregung tanzten einen faszinierenden Reigen. Raven könnte ihn beschleunigen. Könnte ihn hochpeitschen, bis sich der Ire in ihm auflöste.

»Hey, bleib stehen!« Sean ging einen Schritt zurück, griff nach der Pistole, zog sie jedoch nicht. »Das hier ist mein Job. Gegen dich persönlich habe ich nichts, also mache es uns beiden nicht schwerer als nötig.« Das Haselnussbraun seiner Iriden wurde dunkler, der Minzgeruch schärfer. Sean beobachtete ihn mit einer Spur von Angst im Blick.

Nein, so wollte er von diesem Mann nicht angesehen werden. Raven wandte sich ab. »Es liegt an meinen Augen. Ich will dir nichts tun.«

Die Hand, die eben die Waffe gesucht hatte, fuhr nun fahrig durch rotblonde Strähnen. Doch das war das einzige Zeichen seiner Verunsicherung. Ob seine Angst zurückkehrte, wenn Raven ihn am Kragen seines Hemdes packen und zu sich ziehen würde? Nicht um ihm wehzutun, sondern nur, um die Nase in die Locken zu tauchen.

»Komm schon. Schmeiß dich in die Klamotten.« Noch einmal schweifte Seans Blick über Ravens Brust. »Du siehst halb nackt zum Anbeißen aus, aber der Boss wird eklig, wenn man sie warten lässt.«

»*Ich* sehe zum Anbeißen aus?« Der Einzige, der gebissen werden würde, war Sean.

Langsam wickelte Raven das Handtuch von der Hüfte und nahm eine frische Jeans aus dem Schrank.

Sean versteckte sein Seufzen in einem Räuspern, doch den sehnsüchtigen Blick konnte er nicht verbergen. Er kribbelte in Ravens Nacken.

*Gefällt dir, was du siehst? Es ist für dich, wenn du für mich bist.*

Das Kribbeln wurde stärker, als er sich bückte, um die Hose anzuziehen. Als ob ihn Sean streicheln würde. Der Hals, zwischen den Schulterblättern, die Wirbelsäule hinab.

~*~

Was für ein geiler Arsch! Sean versuchte, woanders hinzusehen, doch das war ebenso schwierig, wie mit Denken oder Atmen aufzuhören. Dieser Mann stahl alles an Vernunft, das er je besessen hatte. Die geschmeidigen Bewegungen, die makellose Haut. Und eine Stimme! Unglaublich. Sie verführte, gleichgültig, welche Worte sie wählte. Wie rasend gern würde er sich an Raven schmiegen, den sehnigen Rücken an seiner Brust und den Wahnsinnshintern an seinem Schritt spüren.

Natürlich bückte sich Raven absichtlich tief. Natürlich ließ er ihm Zeit, ihn zu bewundern. Er wollte ihn ködern. Mit dem ältesten Trick der Welt. Bobs Jungs hatten das regelmäßig bei ihm versucht und waren ebenso oft gescheitert. Aber Ravens Chancen standen gut. Sein Samtarsch wollte erobert werden, so, wie er sich ihm präsentierte.

Plötzlich drehte sich Raven um. Sein Blick sagte: Komm her und nimm dir, was du willst.

Dieses Begehren ... Es glühte aus den seltsamen Augen, bettelte darum, gestillt zu werden. War das alles vorgetäuscht?

Zu viel Spucke im Mund, zu viel Härte in der Hose. Wenn Raven nicht sofort aufhörte, in die Glut zu blasen, würde Sean lichterloh brennen. Finte oder nicht. Gerade wurde ihm das scheißegal.

»Sieh mich noch einmal auf diese Weise an, und ich verriegele die Tür und nagele dich in die Matratze.« Er erkannte seine eigene Stimme nicht, so rau klang sie.

»Ist nicht dein Job.« Ravens Lächeln wurde grausam. »Das hast du selbst gesagt.«

Endlich zog er den Reißverschluss hoch und streifte sich das verdammte Shirt über den kaum zum Aushalten sexy Oberkörper. Der flache Bauch verschwand unter dunklem Stoff. Ungeküsst, ungeleckt. Dabei hätte Sean liebend gern seine Zungenspitze in den Nabel getaucht.

Raven setzte sich auf die Bettkante und streckte ihm beide Hände entgegen. »Mach, dass sie nicht mehr zittern. Oder gehört das auch nicht zu deinem Arbeitsauftrag?« Seine Pupillen zogen sich im Licht zusammen. Wie bei Katzen. Zu schmalen Strichen.

Katzen? Schlangen? Was genau saß vor ihm? Der Mann hatte Giftzähne im Mund!

Die Pupillen weiteten sich wieder, als Sean seine Hand um die kühlen Finger schloss.

»Wenn dich meine Augen derart begeistern, darfst du gerne öfter hineinsehen.«

Fuck! Der Kerl veraschte ihn doch! Wenn Henry das sehen würde, wie er über einen Freak gebeugt stand, ihm Händchen hielt und ihm wie ein Idiot in die Augen starrte. Aber es war wie verhext. Seine Hand wollte Ravens nicht loslassen. Und sein Blick klebte weiterhin an den seltsamen Pupillen, an der etwas zu breiten Nase, an dem Mund, am Kinn.

Ravens Zeigefinger löste sich aus Seans Griff und wies auf seine Kehle, in dem Moment, als Sean schluckte. »Dir läuft das Wasser im Mund zusammen, wenn du mich betrachtest?« In seinem Lächeln lag eine Spur Stolz.

Sean nickte. Zum Leugnen fehlte ihm die Konzentration. Sie fokussierte sich ausschließlich auf den Mann vor ihm.

Dessen Kinn wollte gebissen werden. Doch, auf jeden Fall. Die Lippen auch. Eventuell die Nippel, die wirklich unglaublich hellrosa schimmerten. Warum hatte er nur gesagt, dass sich Raven anziehen sollte? Welch ein Schwachsinn! Sean schluckte noch einmal. Verdammt, Mac Laman war die personifizierte Verführung.

Raven lachte leise. »Ich mag es, wie du dein Inneres zeigst. Dein Mitleid, dein Begehren. Und deine Angst. Die meisten Menschen verstecken es. Das ist sehr schade.«

»Normalerweise verstecke ich meine Gefühle auch.« Jedenfalls die, die gerade aus ihm herausflossen und nicht daran dachten, sich wieder aufwischen zu lassen. »Ich kann es nur nicht in deiner Gegenwart.« Fuck! Hatte er nicht genug zugegeben? Nun spielte er dem Kerl auch noch die letzte Schwäche zu. *Oh Sean! Du machst dich zum Idioten!*

Raven berührte Seans Handrücken mit den Lippen.

Heiß und kalt. Fest und geschmeidig. Sie waren alles auf einmal. Die zarte Berührung schoss wie ein Blitz durch seinen Arm, sein Herz, streifte seine Seele, die erschrocken die Luft anhielt.

»Liebe mich.« Raven biss ihm in die Finger. Zärtlich? Gerade noch so. »Das würde mein Zittern sofort beenden.«

»Du verschwendest keine Zeit.« Ein Wunder, dass er ruhig sprechen konnte. »Es gibt nicht viele Männer, die so zackig rangehen wie du.« Einige Freier ausgenommen. Doch denen war es nur um den Kosten-Nutzen-Aspekt gegangen.

»Du lässt mir keine.« Raven küsste ihm die Worte auf die Fingerknöchel.

Unter den sanften Lippen begannen Seans Nerven zu vibrieren.

»Hätte ich dich unter anderen Bedingungen kennengelernt, in einer Bar, einem Klub, würde ich dich ein paar Minuten länger beflirten, bevor ich dich bitte, mir ins Hinterzimmer zu folgen.« Sein Lächeln überrannte sämtliche Barrikaden, die Sean noch nicht einmal aufgestellt hatte.

»Nur ein paar Minuten länger?«

»Und ich dachte, du fragst nach dem Hinterzimmer.«

Dieser Blick! Er zog ihn aus, warf ihn aufs Bett und stülpte sich eng und heiß über ihn. Sean wurde schwindelig. Die Sache lief aus dem Ruder. Er sollte Raven in den Griff bekommen. Ihn fügsam machen, beruhigen und auf ein Leben in Gefangenschaft vorbereiten. Der Einzige, der sich einfangen ließ, war er. Von dem Mann mit den leuchtenden Augen und der betörendsten Stimme des Universums.

»Ich brauche nie länger als ein, höchstens zwei Atemzüge, um zu wissen, ob ich einen Menschen schätze oder nicht.« Für einen winzigen Moment zeigten sich zwei spitze Zähne. »Dich schätze ich sehr. Warum sollte ich dir nicht sagen, dass ich dich lieben will?«

Hitze auf seinen Wangen, in seiner Brust, im Bauch. Und in seiner Hand, die Raven nach wie vor hielt. Der Kerl war dabei, ihn zu verglühen und es fühlte sich verdammt gut an.

Ravens Lippen glitten über Seans Daumen. »Ich könnte dich dabei abstützen oder dich reiten. Ein Arm wäre mehr als genug, um es zu genießen.«

Sean schluckte gegen den Kloß im Hals an. Er atmete tief ein und aus. Sein Herzschlag wurde davon kaum langsamer. War ihm jemals vorher etwas Ähnliches passiert? Sex auf die Schnelle, kein Problem. Bobs Jungs hatten sich öfter auf diese Weise bei ihm für diverse Freundlichkeiten bedankt. Aber das hier war anders. Raven überfiel ihn. Auch wenn es eine Lüge war, sie tat unglaublich gut.

Von unten gellte ein Pfiff. Isabell.

Raven zuckte zusammen. »Bring mich nicht zu deinem Boss, Sean. Du bist Ire. Iren sind nicht gehorsam. Lass die Alte pfeifen, bis ihr hässlicher Mund verrottet.«

Sean musste lachen, obwohl ihm nicht danach war. »Dann würde sie Bruno oder Henry schicken und die beiden würden nicht im Traum daran denken, mit dir Händchen zu halten.«

Raven senkte den Blick.

Der lächerliche Wunsch seinen kahlen Kopf zu küssen, nistete sich in Seans Lippen ein. Nein, so weit durfte er es nicht kommen lassen. Seine Seele schlug aufgeregt mit den Flügeln und wollte genau das. Und mehr. Viel, viel mehr.

Raven sah ihm in die Augen. Die Pupillen waren bloß zwei schwarze Striche. Langsam befreite er die Hände aus Seans Griff, berührte Seans Brust. »Du bist kein Mann, der einem anderen die Freiheit stiehlt.«

»Nicht nur die Freiheit.« Der leere Blick aus einem Meer von Blut würde ihn bis in die Ewigkeit verfolgen. »Auch sein Leben, also überleg dir, ob du dich ein zweites Mal von mir auffangen lässt.«

»Würde ich.« Die Hand nahm Raven trotzdem zurück.

Das Brennen im Arm, das ihn schon den ganzen Tag quälte, wurde stärker. Ein schlechter Zeitpunkt für Schwäche. Sean atmete gegen den Schmerz an, der sich nicht im Geringsten darum scherte.

Er ließ Raven den Vortritt, der wie ein Gefangener den Kopf senkte. Der Anblick weckte ein dumpfes Gefühl in ihm – Schuld. Er konnte es nicht abschütteln. Ebenso wenig wie den Schmerz in seinem Geisterarm.

Am Fuß der Treppe stand Bruno und grinste anzüglich zu ihnen herauf. »Musstet ihr euch noch gegenseitig die Löckchen föhnen, oder warum hat das so lange gedauert?«

Sean murmelte ein *Du mich auch, Arschloch*, hob aber beschwichtigend die Hand. »Halte den Ball flach, Bruno. Oder ich ...« fuck! Sein Arm brannte! Jeder einzelne Nerv. Er schnappte nach Luft, bis Sterne vor seinen Augen tanzten. Es musste aufhören, sofort.

Bruno schnaubte. »Beiß die Zähne zusammen, du Baby. Für deine Zipperlein ist keine Zeit.«

»Noch so ein Scheißspruch und ich lass dich am eigenen Leib erfahren, wie es mir geht!« Bruno gehörte der Arsch aufgerissen! Irgendwann würde er genau das tun. Sean drückte gegen die Schulter. Es wurde nur schlimmer. Er spürte den Geisterarm von oben bis unten. Selbst die Hand schmerzte. Doch am heftigsten brannte es im Oberarm. Dort, wo das Messer die Muskeln durchstochen und sich das Fleisch schließlich entzündet hatte. Wieder ein Stich. Sean stöhnte vor Schmerz. Warum zog ihm Bruno nicht das unsichtbare

Messer aus dem Arm? Weil er es nicht sah. Sein Lachen zitterte hohl in der Kehle, doch der Einzige, der ihn besorgt musterte, war Raven.

»Ich kann dir helfen«, sagte er in dem gleichtönigen Singsang. »Du musst mir nur vertrauen.« Er strich sacht über den Geisterarm. Dort, wo er die Luft streichelte, prickelte es.

Sean hielt den Atem an. Was Raven mit ihm machte, tat gut. Auch dass er seinen Arm um ihn legte, war schön.

»Was ist hier los?« Isabells schrille Stimme verstärkte den Schmerz erneut.

Raven fluchte leise, es klang wie eine Liebkosung. »Ignoriere diese Frau. Nur so lange, bis es dir besser geht.«

Netter Rat. Ließ sich leider nicht umsetzten. Isabell war der Boss. Sie zu ignorieren war mindestens leichtsinnig.

Neben ihr stand Henry und Sun trabte ebenfalls zu ihnen. Sean blinzelte gegen die Tränen an. Vor dem Team würde er sich keine weitere Blöße geben.

Raven stellte sich vor ihn und verbarg ihn vor den anderen. »Ist es so schlimm?«

»Scheiße, ja!« Diese Wucht! Wie am Anfang. Er rutschte am Geländer hinunter, wusste nicht, wohin mit sich.

Raven kniete sich zu ihm, fasste ihm von hinten ins Haar und zog ihm den Kopf in den Nacken. Tief einatmend glitt er mit der Nasenspitze über Seans Hals.

Zu intim für einen Fremden, doch es fühlte sich unsagbar gut an. Für ein paar Herzschläge ließ der Schmerz nach.

Henry drängelte sich an Bruno vorbei und packte Raven ins Genick. »Hüte dich und beiß ihn.« Gegen Ravens sanfte Stimme klang Henry, als ob er knurrte.

Raven wischte Henrys Hand von sich. »Deine Sorge um Sean ehrt dich. Aber sie ist unbegründet.«

Er strich über Seans Wange, verteilte Nässe. »Ich habe nicht vor, ihm mit meinem Biss zu töten. Ich will ihm nur helfen.«

Der nächste Stich bohrte sich in Seans Fleisch. Er erstickte sein Stöhnen an Ravens Schulter.

»Wir sollten Mr. Mac Laman gewähren lassen.«

Sun? Wer sonst.

»Ich würde gerne Zeuge dieses Bisses sein. Eventuell wirkt das Gift eines Hybriden weniger intensiv. Diesem Umstand müssten wir bei der Zusammensetzung von Snaky Tears Rechnung tragen.«

Ein Versuchskaninchen. Mehr war er nicht für Isabell und Sun? Scheiß drauf. Hauptsache diese Marter hörte auf.

Raven schob die Hand in Seans Nacken. Sein Daumen streichelte Seans Kehlkopf. Sanfter Druck, der den Kloß im Hals zum Verschwinden brachte. »Was ich jetzt mache, hätte ich lieber allein mit dir getan.« Zärtlich glitt seine Stimme über ihn hinweg und nahm dem Schmerz die Spitze. »Bleib in meinem Arm und konzentrier dich nur auf mich. Nichts anderes ist wichtig.«

Die leisen Worte hüllten ihn ein. Ravens Arm um sich, der feste Griff im Nacken. Geborgenheit. Genau das, was er in diesem Moment brauchte.

»Keine Angst«, wisperte er. »Genieße es.«

Weiche Lippen, warm und anschmiegsam an seiner Kehle. Kein Biss. Nur ein sanfter Kuss. Sean ließ sich in die Berührung fallen wie in eine Daunendecke.

Wieder ein Kuss; diesmal presste Raven die Lippen drängender auf seine Haut. Saugte sie ein, neckte sie mit der Zunge.

Bruno würgte und Henry maulte, dass er es für eine beschissene Idee hielt.

War es nicht. Es war eine wundervolle Idee. Ravens Küsse, unsagbar zärtlich. Sie hinterließen prickelnde Spuren auf ihm.

»Steht dein Angebot noch, dass ich dich vögeln darf?« Raven durfte dabei nur nicht mit dem Küssen aufhören, dann würde es Sean trotz Brennen im Arm hinbekommen.

Mit breiter Zunge leckte ihm Raven über den Kehlkopf, blies danach sanft darüber. »Liebe mich erst, wenn der Schmerz verschwunden ist.«

~*~

Herbe Minze. Zu bitter? Nur beinahe. Raven fuhr mit der Nase über Seans Kinn, über den Hals, rieb sich den köstlichen Duft an die Wange, schmeckte ihn auf der Zunge. Er wollte ihn beißen, dringend. Die Sehnsucht danach rauschte in seinem Blut, verdrängte alles andere.

Sean stöhnte, als Raven die Lippen auf seinen Kehlkopf presste. Er schmiegte sich in seinen Arm, ließ die Augen geschlossen. Dass der Schmerz noch in ihm tobte, verriet nur seine verzerrte Miene, doch in den Momenten, in denen er Ravens Küsse empfing, entspannte sie sich.

Das Grübchen zwischen den Schlüsselbeinen, über die Kehle, bis zum Puls. Überall feste Küsse, um sein Leid zu mildern.

Seans harter Puls klopfte an Ravens Lippen. Sein eigenes Herz passte sich dem fremden Rhythmus an.

Sean rührte sich nicht, hielt nur den Atem an. Er spürte, was ihm bevorstand.

Raven biss zu. Langsam und sacht senkten sich seine Zähne in Seans Hals. Bittersüßer Genuss, geschluckte Geborgenheit. Unvergleichlich.

Der harte Herzschlag an seinem Mund verriet Angst. Raven streichelte über die verkrampften Nackenstränge, bis sie sich entspannten. Noch einen Schluck. Köstlich und berauschend. Sein eigenes Aufstöhnen mischte sich mit dem boshaften Lachen irgendwelcher

Kerle, die sich unter die spitzen Absätze der Hexe kauerten. Unwichtig. Bis auf den Mann in seinem Arm verdrängte Raven alles aus seinem Bewusstsein.

Träge neigte Sean den Kopf zur Seite. Noch einmal in Wärme und Nähe eintauchen. Ein letztes Mal. Wenn er nicht sofort aufhörte, würde er den Iren gefährden. Was für eine Überwindung, die Zähne aus dem heißen Fleisch zu ziehen. Kleine Blutstropfen perlten aus den Bissstellen. Raven nahm sie vorsichtig mit seiner Zungenspitze auf.

»Mach weiter.« Sean tastete nach ihm, erwischte seine Schulter und zog ihn wieder zu sich. »Los. Mach das noch mal.«

»Es ist genug.« Ein sanfter Kuss auf die Lippen, deren Bitte er liebend gern nachgekommen wäre – wenn es nicht Seans Todesurteil besiegelt hätte. »Gleich tut dir nichts mehr weh. Deine Sorgen verschwinden zusammen mit deinen Ängsten und zurück bleibt nur ein sinnlicher Traum.« Er verteilte das Blut, das er Sean auf den Mund geküsst hatte, mit dem Finger. »Das stammt von dir. Du bist lecker.«

Sean leckte es ab, runzelte die Stirn. Dann lächelte er entspannt. Es begann zu wirken. Glücklicher Sean. Er war zu beneiden.

»Woher wissen Sie, wann Sie aufhören müssen?« Chen Sun kniete sich neben ihn. »Erfahrung oder Reflex?«

»Intuition.« Die ihn gerne auch mal zum Narren hielt. »Ich dachte, du kennst dich mit meiner Spezies aus?«

»Schon, doch bis jetzt konnte ich mich nie mit einem Wesen wie Ihnen unterhalten. Spezies S78 spricht nicht.«

»Was tut sie stattdessen? Grunzen?« Wie beschämend. David hatte gewimmert und gefaucht. War Samuels und sein Vater ebenfalls nur zu solch primitiven Lauten fähig gewesen? Was hatte Mia nur an einem Monster wie ihm gefunden?

Vorsichtig lehnte er Sean ans Treppengeländer. Lieber hätte er ihn weiter im Arm gehalten.

»Mein Blut tanzt.« Sean fuhr sich mit der Hand über den Hals. Sein Lachen war leise, klang erleichtert und glücklich. »Es fühlt sich an, als ob überall in mir kleine Strudel rauschten.«

Das kantige Weib mit dem schönen Namen kam näher. Mit lauerndem Blick musterte sie Sean, dann ihn.

In einer erschreckend realistischen Fantasie biss er ihr in die Kehle und schüttelte sie so lange, bis ihr Körper schlaff von seinen Lefzen hing.

Falsche Assoziation. Er war kein Wolf und sie kein Kaninchen. Trotzdem befriedigte ihn der Gedanke.

Ihr zu süßes Parfum besudelte Seans intensiven Duft nach Lust. »Wird er es überleben?«

»Dieses Mal schon.« Doch zu oft wiederholen durfte er es nicht. Wie schade. Nach Sean könnte er süchtig werden. Sein Geschmack haftete noch an seinen Lippen und füllte seinen Mund aus. Dieser Mann war für ihn. Nur deshalb war die Hexe hier, um ihm Sean zu bringen. Raven lächelte über seine Naivität, aber die Vorstellung tröstete über die groteske Situation hinweg.

Sean streckte sich seufzend. Seine Finger tanzten über die Leiste seines Hemdes und befreiten seine muskulöse Brust.

Wie geschickt sie waren. Würden sie ihn ebenso flink öffnen? Oder würden sie ihn langsam dehnen? Raven brach der Schweiß aus. Seans Erregung zog an ihm, wollte gestillt werde.

»Ich habe ein heftiges Pochen im Schritt. Wäre nett, wenn sich jemand draufsetzen könnte.« Sean spreizte die Beine, rieb stöhnend die wachsende Beule. »Interessenten?« Sein Hemd verrutschte und entblößte ein Tattoo. Über sein Herz wachte ein Adler mit einem menschlichen Arm. Die Faust hielt einen Dolch hoch in die Luft. Ein schönes Bild. Es passte zu ihm.

Raven legte seine Hand darauf. Irgendwo dahinter verbarg sich Seans Seele. Er musste sie nur noch einfangen. »Du gehörst mir, Ire.«

»Was faselst du da?« Henry packte ihn an der Schulter.

Raven stieß seine Hand weg. »Wenn du ihn magst, lass mich bei ihm bleiben. Oder weißt du, was du tun musst, wenn ihn Krämpfe schütteln und ihm Blut aus Augen und Mund quillt?« Bisher war das zwar nie vorgekommen, doch das wusste Henry nicht.

Der sah zuerst ihn, dann Sun erschrocken an. »Kann das passieren, Quacksalber?«

»Nun ... eigentlich ...« Sun wackelte ratlos mit dem Kopf hin und her. »Das Symptom des Blutspuckens ist mir in diesem Zusammenhang nicht geläufig, aber sollte Mr. Mac Laman eine Fehldosierung unterlaufen sein ...« mit geblähten Wangen sah er zu Isabell. »Auf jeden Fall muss sich jemand in den nächsten Stunden um ihn kümmern.«

Wie aufs Stichwort stöhnte Sean auf. Allerdings klang es viel mehr nach Lust als nach Qual.

Henry tippte Isabell auf die Schulter. »Ich mach mir Sorgen um ihn. Er ist nicht er selbst. So kenne ich ihn überhaupt nicht.«

Henry irrte sich. Sean war er selbst. Wie er zärtlich seinen Bauch streichelte, wie er seine Erektion rieb. Noch verbarg sie sich in der Jeans. Doch das würde er nicht lange aushalten.

Sollten die Fatzken empört schnauben, sollten sie zotige Sprüche aus ihren hässlichen Mündern kriechen lassen. Der Ire war das Schönste, was er jemals gesehen hatte. Gefangen in seinen Gefühlen, dem Willen jedes Menschen ausgeliefert, der ihn in diesem Augenblick nehmen würde.

»Isabell?« Henry tippte sie erneut an. »Wir sollten uns zurückziehen.«

Okay, Henry war akzeptabel. Der Rest von ihnen nicht.

Henry registrierte Ravens nur angedeutetes Nicken, das ihm für sein Eingreifen dankte.

»Dies alles hier ...« Suns Geste zog einen Kreis um Sean und Raven. »... ist für unsere Pläne zweckdienlich, Isabell.«

Seinen vielsagenden Blick erwiderte die Frau mit einem kurzen Zucken ihrer schmal gezupften Braue. »Du willst die beiden allein lassen? Obwohl sich Sean im Moment nicht gegen den Hybriden wehren kann?«

»Denkst du, ich töte ihn?« Das Fauchen kam spontan aus Ravens Kehle. »Wenn jemand wegen mir stirbt, dann du.«

Isabell wich zurück. Erkannte sie endlich, dass sie mit einem Monster spielte? Ihr Nasenflügel zuckte. Zögernd winkte sie Sun näher und flüsterte mit ihm.

Warum löste sie sich nicht mit dem Rest dieser Pest in Luft auf und ließ Sean bei ihm? Geborgenheit fern von sensationsgierigen Blicken. Das brauchte der Ire. Und die Chance, den Rausch kommen und gehen zu lassen, der mittlerweile drohte, seine Jeans zu sprengen.

»Bitte!« Sean stöhnte auf, schlang den Arm um Ravens Hals. »Bring mich hier weg.« Er schmiegte das Gesicht an seine Wange, kratzte dabei seinen Duft in Ravens Haut.

Ob sie ihn anstarrten oder nicht, Raven musste diese bittenden Lippen küssen. Sie öffneten sich sofort. Minze, wilde Lust und eine viel zu nahe Ekstase. Er verwöhnte Seans Mund zärtlich und sanft, vielleicht beruhigte sich der Ire etwas. Zögernd ließ sich Sean darauf ein, nahm Ravens Küsse wie fragile Geschenke behutsam entgegen. Mit jedem Spiel ihrer Zungen, mit jedem kleinen Biss in die Lippen ging Seans Atem schneller, bis er sich keuchend zurückzog.

»Ich kann nicht mehr«, japste er. »Ich komme gleich von allein, aber das will ich nicht. Nicht hier.«

Pralle Lust. Raven erfühlte sie zwischen Seans Beinen. Jeden Moment würden die Wellen über ihm zusammenbrechen, doch der Giftrausch war zu kostbar, um ihn vor geifernden Zeugen zu durchleben.

Er half Sean auf die Beine und legte sich dessen Arm um die Schultern. »Erschieß mich, Isabell, und verabschiede dich von meinem Gift. Tote produzieren nichts.«

Jemand murmelte stumpfsinnige Kommentare. Isabell fluchte leise, doch niemand folgte ihnen.

Sean stützte sich schwer auf ihn. Bis sie die Treppe erklommen hatten und endlich zurück in seinem Zimmer waren, keuchten sie beide vor Anstrengung.

»Willst du aufs Bett?«

Sean schüttelte wild den Kopf und warf sich mit dem Rücken an die Tür. »Mach schon. Schnell.«

Seine verlockend zuckende Erektion befreite sich beinahe allein aus der Hose. Sie war schön. Wie Seans Locken, wie sein Gesicht. Wie die Lippen, die sich öffneten und mit leisem Stöhnen um Küsse baten. Raven liebkoste sie sanft mit der Zungenspitze. Ihre Feuchtigkeit mischte sich mit seiner, ihr Geschmack veränderte sich in jedem Moment.

Intensive Lust. Raven genoss jede Nuance dieses betörenden Aromas.

Sean strich ein paar Mal über seine Härte. Viel zu schnell, viel zu fest.

»Warte.« Raven fing die verkrampfte Hand ein. »Lass mich das machen.« Sanft und behutsam, um den Rausch bis in die letzte Faser dieses begehrenswerten Körpers auszudehnen.

Die rauen Härchen, die hart werdenden Brustwarzen, alles verführte seine Zunge, Sean zu verwöhnen.

Wie lange war dieser Mann nicht mehr zärtlich berührt worden, dass sein Flüstern so sehnsuchtsvoll klang? Bitten um Küsse, Bitten um eine schnelle Erlösung und um Dinge, für die es längst zu spät war.

Nur mit den Fingerspitzen strich Raven um den Nabel, zog Kreise, die tiefer wanderten.

Sean stöhnte, lehnte seine Stirn an Ravens Schulter. Seine Haare streichelten weich über Ravens Wange. Er gab sich ihm hin. Wie früher Samuel.

Was für ein Gefühl, der Wächter über eines anderen Menschen Lust zu sein. Ihn beschützen zu können, mit ihm den Rausch zu genießen. Es war gleichgültig, was danach geschah.

Raven fuhr mit den Fingern über die prall hervortretenden Adern bis vor zur Spitze. Das straffe Häutchen, die winzige Kuhle, aus der bereits Tropfen austraten. Er verteilte sie auf der zarten Haut.

Sean duftete immer stärker nach Erregung. Raven tauchte seine Nase in die Locken. Sie waren nass vor Schweiß. Gleich, wenn er genug Duft inhaliert, genug fremde Lust genossen hatte, würde er ihn erlösen.

Sean keuchte, warf den Kopf in den Nacken.

Lustvoll geöffneten Lippen. Raven küsste sie. Zuerst zärtlich, dann wilder. Sean kämpfte in seinem Arm, doch er rieb ihn langsam und viel sanfter, als seine Küsse waren. Beinahe grob erwiderte sie Sean. Bisse in seine Lippen, gieriges Saugen. Seans Mund glühte, ebenso wie der Rest seines Körpers.

Raven leckte über das kratzige Kinn, über den Kehlkopf. Tiefe, animalische Laute drangen daraus hervor. Er presste sich an Seans Unterleib, spürte das erregte Zucken an seinem eigenen. Morgen würde sich Sean kaum noch hieran erinnern. Vielleicht würde er sich schämen, vielleicht würde er ihn dafür hassen.

Bitter und sperrig ließ sich dieser Gedanke nicht schlucken. Nie wieder nach so innig geteilter Nähe wollte er in hart blickende Augen sehen, die ihn verurteilten. Für was? Dafür, dass er sie kurze Zeit vorher vor Lust hatte glühen lassen?

Sean sah ihn mit brennendem Blick an. Seine Hand umschloss Ravens Finger, drückte sie um sich zusammen. Langsam näherten sich bebende Lippen, legten sich sacht auf seinen Mund.

Tiefe Küsse. Sie nahmen Raven den Atem, trieben ihn nah an die eigene Erlösung.

Doch bei sich selbst blieb Sean nicht sanft. Rücksichtslos zwang er Ravens Hand, ihn zu nehmen.

Die maßlose Erregung, die beißende Glut und dennoch das Sehnen nach Zärtlichkeit. Alles schmeckte er in Seans Küssen.

Ein letzter, fester Druck. Warme Nässe, die an Ravens Unterarm spritzte.

Sean stöhnte erlöst auf, rutschte erschöpft an der Wand hinab und zog ihn mit sich. Noch einmal presste Sean seine Lippen auf Ravens und küsste ihm den Schauder sich erfüllender Lust in den Mund.

Nähe. Absolut und leidenschaftlich. Dieser Moment gehörte ihnen. Er durfte nicht vorbeigehen.

Seans Hand glitt zwischen Ravens Beine. Sie ließ sich Zeit damit, alles zu erfühlen, was die Jeans prall ausfüllte. »Ich würde mich gern bei dir revanchieren«, murmelte er träge. »Aber dazu bin ich zu müde.«

»Dann solltest du schlafen.« Der Giftrausch forderte seinen Tribut und Sean hatte ihn intensiv zu spüren bekommen.

Um sich selbst würde sich Raven später kümmern und dabei von Sean träumen.

»Schlafen?« Schon fielen Seans Lider zu. »Mach ich. Bist du morgen noch da?«

»Ich bin euer Gefangener.« Wo sollte er also hin?

Sean runzelte die Stirn und schüttelte seufzend den Kopf. »Tut mir echt leid. War nicht meine Idee.«

Nein, das war es sicher nicht gewesen. Er hievte Sean auf die Beine und führte ihn zum Bett. »Träum von mir, mein schöner Ire.«

Sean grunzte etwas und rollte sich sofort zusammen. Die Versuchung, sich neben ihn zu legen, seinen Duft noch länger zu genießen und schließlich einzuschlafen, war groß. Doch vorher musste er wissen, was Isabell mit ihm vorhatte.

Er wischte seinen Arm an dem abgezogenen Laken sauber. Seans Aroma haftete weiter auf der Innenseite seines Handgelenkes. Ein fantastisches Parfum.

Leise schlich er zur Tür, um Sean nicht zu wecken. Er hatte die Klinke noch nicht berührt, als ihm Henry die Tür fast vor die Nase schlug.

»Du bleibst hier«, blaffte er ihn an. »Morgen hat Isabell eine Menge mit dir vor.« Er stapfte zum Bett und hievte Sean auf die Beine, der wie ein Schluck Wasser an der Seite des Riesen hing. »Den nehme ich mit. Der pennt nicht bei einem wie dir.«

Bedauerlich, in Gedanken hatte er sich schon an Seans breiten Rücken gekuschelt. »Bevor du gehst, sag mir ...«

»Nein.« Henrys Miene gefror zu einer Maske aus Hochmut. »Keine Fragen. Wenn es für dich etwas zu wissen gibt, wird es dir Isabell mitteilen.«

*... warum ihr mein Gift wollt, wohin ihr mich verschleppen werdet oder ob ihr mich nach ein paar Tagen einfach über den Haufen schießt. Darf ich als Henkersmahl Tom vorher die Kehle herausbeißen?*

*Hat Isabell ein Problem damit, wenn ich einen ihrer Männer ficke? Und wenn, muss mich das tangieren?* Da waren einige Fragen.

Henrys Blick blieb kalt. »Übrigens: Denk nicht an Flucht. Wir haben den Befehl, dir die Knie wegzuschießen, solltest du aus dem Fenster klettern.« Schnaufend warf er sich Sean über die Schulter. »Ich wurde zur ersten Wache eingeteilt. Wenn du einen Versuch wagen willst, dann bitte in meiner Schicht.«

»Lass mir den Iren hier.« Sean gehörte ihm. Seit dem Moment, als seine Zähne seine Haut durchdrungen hatten.

»Kannst du vergessen.« Henry schleppte ihn hinaus und schloss die Tür ab. Keine zwei Minuten, aber sie genügten, um den Frieden zu zerstören, den ihm Seans Nähe geschenkt hatte.

War seine Freiheit ein steifes Bein wert? Auf jeden Fall.

Raven öffnete leise das Fenster. Direkt darunter stand Bruno. Mit breitem Grinsen winkte er zu ihm herauf.

Zur Hölle mit dem Kerl.

*Survivor of the dark.* Er steckte den iPod in den Lautsprecherring. Der Text stammte von Samuel, die Melodie von ihm. Gesungen hatte es Darren mit seiner tiefen, kratzigen Stimme. Raven drehte die Lautstärke bis zum Anschlag.

*Ruhe in Frieden, Freund. Doch vorher zeige diesen Mistkerlen, dass Nächte nicht zum Schlafen erschaffen wurden.*

~*~

Wie konnte Sun nur vergnügt vor sich hin grinsen? Der dröhnende Lärm hämmerte ihr das Hirn in Stücke. Isabell nippte an dem Rotwein, den ihr die alte Frau nur unter Verwünschungen gebracht hatte. Wollte Mac Laman ganz Schottland beschallen?

Schluss. Isabell tippte eine entsprechende Nachricht an Bruno. Keine zwei Minuten später herrschte Ruhe.

Sun runzelte die Stirn, zog sich Schaumstoffstöpsel aus den Ohren. »Die sind praktisch.« Er steckte sie sich in die Hosentasche. »Hat mir die Alte Frau gegeben.« Er nahm sich ein Glas von der Anrichte und goss sich einen Schluck Wein ein. »Hältst du es wirklich für nötig, dass Tom Sean und Mr. Mac Laman hinterherspioniert?«

»Hätte ich es sonst befohlen?« Dass Stille dermaßen guttun konnte.

»Dieser Zwischenfall ist gut für das Vertrauensverhältnis, das Mr. Mac Laman zu seinem Wärter aufbauen soll.«

»Sein Wärter?« Genau das war das Problem. Mac Laman hatte Sean angesehen, als wäre der Ire sein Eigentum. Ohne ihre Erlaubnis hatte er ihn mitgenommen. Die Dinge entwickelten sich in die falsche Richtung. Mac Laman fügte sich Sean nicht, er okkupierte ihn.

»Er hat ihm einen runtergeholt.« Atemlos stand Tom in der Tür. Die Augen groß wie Teller. »Raven hat Sean an die Wand gedrückt, ihn geküsst und wie ein Besessener gewichst. Danach hat er ihn in sein Bett gelegt.«

Verdammt! »Das meine ich, Sun! Mac Laman schnappt uns das Leckerchen aus der Hand, ohne dafür Männchen zu machen.« Die Knute würde er zu spüren bekommen, bis er haargenau zwischen Platz und Sitz unterscheiden konnte. Von einem sprechenden Molch würde sie sich nicht auf dem Kopf herumtanzen lassen.

»Wir dürfen es mit dem Zwang nicht übertreiben. Denk an die Ausbeute.«

Sun hatte gut reden. Pjotr stand nicht auf seinen Hacken. »Wir zeigen Mac Laman morgen, dass es für ihn von Vorteil ist, sich unserem Willen zu fügen. Danach kann ihm Sean meinetwegen die Wunden lecken. Aber nur, wenn ihn das auch für die nächste Runde inspiriert, und wehe er verschwendet sein Gift noch ein einziges Mal an den Iren!« Dank ihr besaß er genug Geld, um sich den Schmerz selbstständig zu versüßen.

Sun schwenkte versonnen den Wein im Glas. »Sean mundet Mr. Mac Laman ausgesprochen gut. Ich habe es gesehen, als er ihn gebissen hat.« Ein hauchfeines Lächeln erschien auf dem hageren Gesicht. »Sein tiefes, vollkommen erleichtertes Seufzen, als Seans Blut seine Lippen berührte. Es war für mich ein Genuss, dieser Innigkeit beiwohnen zu dürfen.«

»Worauf willst du hinaus?« Grundlos sah Sun nicht verzückt aus.

Der Chinese neigte sich zu ihr. »Was ist die Grundbestimmung eines Leckerlis?«

»Gefressen zu werden.«

Sun nickte. »Führe Sean bis in die letzte Konsequenz seiner Bestimmung zu, und mit etwas Glück betreuen wir bald zwei Exemplare von Spezies S78 in Kovalenko.«

»Ich soll Sean noch einmal beißen lassen?« Die Aussicht auf doppelte Ausbeute verbot jegliche Skrupel von allein, aber vor Sun musste sie Sorge um einen ihrer Männer wenigstens heucheln. »Und wenn er stirbt, statt zu transformieren?«

»Er ist Ire. Er hält was aus.«

Sun verstand sein Handwerk.

»Du musst Mr. Mac Laman nur gestatten, über Sean zu verfügen. Er begehrt ihn, das war vorhin deutlich zu sehen. Der Biss vor dem Geschlechtsakt ist bei Spezies S78 obligatorisch. Er verstärkt die Sinnlichkeit des Momentes und innerhalb einer Population führt er lediglich zum Rausch doch nicht zum Tod oder genetischer Veränderung.«

»Sean soll sich von Mac Laman ficken lassen, um gebissen zu werden. Richtig?« Damit änderte sie seine Arbeitsbedingungen. In ihrem Team war das ein Berufsrisiko. »Und wenn sich Mac Laman weigert, weil er Sean schonen will?« Nachher redete sich Mac Laman noch eine romantische Beziehung mit seinem Wärter ein.

»Dann mach aus dem Vertrauten wieder das, was Sean früher einmal war.« Sun zwinkerte. »Eine Hure. Und schon wird Mr. Mac Laman seine Skrupel verlieren.«

Er war ein Genie. »Wie hoch ist die Wahrscheinlichkeit, dass dein Plan gelingt?« Um Sean wäre es schade, sollte er sterben.

»Knappe fünfzig Prozent. Mr. Mac Laman darf sich nur nicht wie heute zurückhalten. Überlebt Sean auch den zweiten und dritten Biss, können wir innerhalb der nächsten Tage mit dem Beginn der Transformation rechnen.«

Sie würde mit Mac Laman ein klärendes Wort wechseln und gleichzeitig dafür sorgen, dass sein Bedürfnis nach Entspannung wuchs, bis er bereit war, sich hemmungslos an Sean zu bedienen.

»Wie viele Exemplare fasst Kovalenko?« Das Blitzen in Suns Augen war mehr als Neugierde. »Es gibt zahlreiche Menschen auf der Welt, die niemand vermisst, sollten sie plötzlich verschwinden.«

»Wir beginnen im Kleinen.« Sprach Sun von Zucht und hatten sie damit Erfolg, würden sie sich wieder eine abgeschiedene Bleibe suchen.

Hinter Tom tauchte Luis auf. Er schob den Jungen zur Seite, der mit offenem Mund zwischen Sun und ihr hin und her sah.

Hatte Baxters Spielzeug gelauscht? »Raus mit dir, Tom. Wenn ich dich brauche, lasse ich es sich wissen.« Der Job eines Spions schien ihm zu liegen.

Luis zog sich einen Stuhl heran und setzte sich rittlings darauf. »Schlechte Neuigkeiten.« Er wich ihrem Blick aus. »Timur ist verschwunden. Wir haben alles nach ihm abgesucht.«

Auch das noch. Dann hatte sein Aberglaube also gesiegt. »Die Wagen?«

»Stehen vor dem Haus. Wenn, ist er zu Fuß unterwegs. Es sei denn ...«

»Was?«

»Da ist etwas im Keller. Das solltest du dir ansehen.«

∼*∼

Vier Sekunden für einen Atemzug. Klaus Wegener schlang die Wolldecke fester um sich. Die Herbstluft war kalt, aber seit Neuestem schmeichelte sie wieder seiner Lunge.

Vier Sekunden. Wann hatte er das letzte Mal so lange Luft holen können, ohne sich im Anschluss krumm zu husten?

»Willst du einen Tee?« Sabine schlenderte auf die Terrasse. Sie hatte diese alte Kuh von Krankenschwester an dem Tag zum Teufel gejagt, als die Ärzte dachten, er würde ins Gras beißen. Doch das hatte er nicht. Zum Teufel, was hatte er es allen gezeigt!

Sabine war dennoch geblieben. Um ihn nicht allein sterben zu lassen. Die gute Seele. Auch als Sekretärin war sie eine Perle gewesen. Als Krankenschwester übertraf sie sich jedoch um Längen.

125

Wie sie vor ihm stand und ihn anlächelte. Hübsches Mädchen. Klaus nahm ihre Hand und hielt sie sich an die Wange. Junge Frauen taten alten Männern gut. Jeder, der etwas anderes behauptete, war ein Idiot. »Keinen Tee, Süße. Vielleicht nachher.« Im Moment genügte es ihm, über den Unsinn des Lebens zu sinnieren.

»Dein Assistent Guido Peters hat vorhin angerufen. Du sollst dich bei ihm melden. Es hat dringend geklungen.« Sabine strich ihm liebevoll durchs Haar. »Würde ich ihn nicht als kalten Fisch kennen, würde ich sagen, er ist verzweifelt.«

»Guido ist nie verzweifelt.« Dazu fehlte dem Kerl das Herz.

»Ruf ihn an.«

»Später.« Am Wochenende würde er ohnehin vorbeikommen, um ihm die Wochenration des Mäuse-Schlangen-Supergiftes zu bringen. Die Vier-Sekunden-Atemzüge verdankte er allein dieser Substanz. Einen Arzt durfte er nicht mehr an sich heranlassen. Wozu auch? Er hatte Guido geraten, die Ergebnisse an die Pharma-Fritzen zu verkaufen. Doch das wollte Guido erst, wenn er seine Forschungen abgeschlossen hatte. Bis dato wusste er nach wie vor nicht, warum einige Mäuse mutierten und andere qualvoll eingingen. Er hatte nur mit relativer Sicherheit herausbekommen, in welchem Toleranzbereich das Gift verdünnt werden musste, um heilen zu können.

Was anderes interessierte Klaus auch nicht. Er war den Krebs los. Und das in nur schlappen zwei Monaten. Gut, seine Lungenbläschen waren nach wie vor nicht die frischsten, aber im Vergleich zu vorher? Mann, war das Leben plötzlich schön.

Wie der Nebel zwischen den Bäumen hing, wundervoll. Er kuschelte sich tiefer in die Decke. Noch vor ein paar Wochen hatten ihm die Ärzte gesagt, seine Lunge würde nicht bis zum Wintereinbruch durchhalten. Er solle sich damit abfinden, Weihnachten vorzuziehen.

Ha! Dabei konnte er vier Sekunden lang einatmen, ohne auch nur ein Kitzeln zu spüren. Und weshalb? Weil Vivienne, das hässliche Huhn, einem Versehen der Natur Gift aus den Zähnen gezapft hatte. Nicht, dass sie es freiwillig getan hätte. Sicher nicht. Doch der Zweck heiligte bekanntlich die Mittel und über ihr anschließendes Stipendium hatte sie sich bisher nicht beklagt.

Musste er sich einen Kopf machen? Wozu? Und schon gar nicht im Angesicht des Todes. Auch wenn es nicht sein eigener war.

Am Morgen war eine Einladung vom Zoologischen Institut Hamburg abgegeben worden. Zu einer Gedenkfeier für den auf tragische Weise dahingeschiedenen Kryptozoologen Dr. Hendrik Johannson. Aus einem verdammten See hatten sie ihn
gefischt. Aufgequollen, halb verwest. Der arme Kerl. Ob er dem Schlangenhaut-Mann auf den Fersen gewesen war?

Sabine drückte ihm einen Rentnerkuss auf die Stirn und ging wieder ins Warme. Klaus sah ihr nach. Hübscher Po und knackig verpackt. Jeans waren was Feines. Noch ein paar Wochen mit Guidos Zaubermittel und er wäre zu mehr in der Lage, als Sabine nur zu küssen und ihren Hintern anzustarren.

# AUSGELIEFERT

»Hoch mit dir!« Henry boxte ihn auf die Schulter. Auf die rechte. Wenigstens das. »Wie kommt es, dass du bei dem Lärm nicht aufgewacht bist?«

»Lärm?« Sean strubbelte seine Haare zurecht. Er hatte fantastisch geschlafen.

»Mac Laman hat uns mit Höllenmusik beschallt, bis Bruno ihm die Musikanlage zerschossen hat. Willst du mir sagen, du hättest das nicht mitbekommen?«

Von was redete Henry? Und wo war er überhaupt? Fremdes Bett, fremdes Zimmer. Die Möbel waren mit Leinentüchern abgedeckt. Am Fußende stand seine Reisetasche, obendrauf lag die Pistole samt Schalldämpfer. Ob er im Garten eine Runde üben sollte? Sie lag sperriger in der Hand als seine alte.

Ein Deckenlager auf dem Fußboden? »Warum hast du nicht im Bett geschlafen?«

Henrys Stirn warf Falten. »War mir nicht nach.« Er wühlte in Seans Tasche und fischte lustlos frische Anziehsachen heraus. Den Haufen krönte er mit der Kulturtasche. »Wie du auf diesen Biss reagiert hast, war krass. Außerdem hast du danach geglüht. Da war's mir auf dem Boden lieber.« Er fühlte Seans Stirn. »Muss an diesem Gift liegen. Isabell hätte das nie erlauben dürfen. Aber jetzt kann dich Mac Laman nicht mehr mit seinem Zeug vollpumpen. Isabell will ihn melken. Habe ihn eben mit Brunos Hilfe auf den Küchentisch gebunden.«

»Du hast was getan?« Warum hatte er den Eindruck, dass etwas Wesentliches gerade an ihm vorbeiging?

Henry zuckte grinsend mit den Schultern.

Okay, ein Witz. Doch erinnern musste er sich, auch wenn sein Hirn im Moment nur nervend zäh funktionierte.

Raven Mac Laman. Der Mann mit der Glatze und den abgefahrenen Augen. Der Kuss, der Biss. Dieses unglaublich intensive Gefühl, das ihn hatte abheben lassen. Herrgott noch mal, er hatte Raven tatsächlich in die Hand gewichst.

»Dämmert's Dornröschen?« Henry verzog den Mund. Dass ihm die Nummer nicht gefallen hatte, war ihm anzusehen. »Nicht wundern, dass Isabell trotz ihrer Superdroge miese Laune hat.« Er packte ihn am Kragen und zog ihn aus dem Bett. Sean schaffte es gerade noch, sich den Kleiderstapel unterzuklemmen. »Timur ist verschwunden. Er wollte das Telefonkabel im Keller kappen und kam nicht zurück.« Er schob ihn zur Tür, stieß ihn Richtung Badezimmer.

Er musste mächtig sauer auf ihn sein, wenn er ihn so behandelte. Vielleicht machte er sich auch nur Sorgen um den Mongolen. Der hatte sich garantiert aus dem Staub gemacht, um in seinem Leben keine Schutzzauber mehr brauchen zu müssen.

Ein kleiner blauer Knopf erschien vor Seans Nase. »Den habe ich neben einem Schacht gefunden. In einem Gewölbe wie aus 'nem Gruselfilm. Da stand sogar ein Käfig.« Henry schüttelte es. »Und mitten in diesem Kerker lag Timurs Knopf. Sag mir, was der im Dreck neben einem Loch zu suchen hat, das direkt in den verdammten See mündet, in dem angeblich mal ein Ungeheuer gehaust haben soll.«

»Ungeheuer?« Die Frage nach dem Käfig war von größerer Bedeutung.

»Ist wie bei Nessi. Berühmte Monster besitzen Namen. Ich habe gegoogelt. Das Vieh, das den Gerüchten nach diesen See unsicher macht, heißt Mhorag. Rate, wie das Haus genannt wird.«

»Mhorags Manor?«

»Exakt.«

Das aufkommende Lachen blieb konsequent hinter Seans Lippen. »Es ist tot. Sun sagte doch ...«

»Es hat Kinder.« Henry verlieh seiner Bassstimme eine düstere Note. »Und eines davon ist der Grund, warum wir hier sind.«

Raven sollte Timur ... was? Entführt, gebissen, gefressen haben? Blödsinn.

»Hätten wir Mac Laman nicht eingesperrt und bewacht, ich würde schwören, er hätte sich den Mongolen geholt.« Mit sorgenvollem Seufzen fuhr sich Henry über den kahlen Kopf. »Ich dachte erst, Timur hätte die Nase von Isabell voll gehabt und sei geflohen. Aber ins Wasser? Nachts? Der riskiert nicht, zu ersaufen, wenn er sich nur einen der Wagen stehlen und abhauen müsste.«

Sean nahm noch einen Anlauf zum Geradeaus-Denken. »Hätte Timur durch diesen Schacht gepasst?«

Henry nickte.

»Woher weißt du, dass er in den See führt?«

»Riecht nach See, klingt nach See. Trotzdem wäre Timur nie freiwillig da runter. Der konnte nicht einmal schwimmen.« Henry dirigierte ihn ins Bad und begann mit dem *ich greife Sean unter den fehlenden Arm*-Ritual.

Zahnpasta auf die Bürste, Rasierschaumspender aufschrauben. Dass es Sean allein hinbekam, interessierte Henry nicht.

»Mich erschüttert wenig. Aber da unten ist etwas Grässliches geschehen. Ich konnte es spüren, als ich vor dem Käfig stand.« Henry machte es sich auf dem Klodeckel bequem und sah ihm beim Zähneputzen zu. »Es ist noch nicht lange her, da steckte in diesem Ding etwas Lebendiges.«

Musste er ihm schon vor dem Frühstück Schauergeschichten erzählen? Wer hatte Bedarf für einen Käfig? Sicher nicht Finley und Erin. Oder doch? Für alles gab es vernünftige Erklärungen. Auch für einen Käfig im Kellergewölbe eines Hauses, das von einem Typ mit Schlangenaugen und Giftzähnen bewohnt wurde. Der übrigens fantastisch küsste.

Kribbelnde Hitze stieg in ihm auf. Oh ja. Er wollte Raven unbedingt noch einmal küssen. Gehörte das massive Austauschen von Zärtlichkeiten zu seinem Arbeitsauftrag? Er hätte sich bei diesem Punkt nicht so anstellen sollen.

»Wenn es nach mir ginge, würde der Freak den Rest seines Lebens gefesselt und hinter Gittern verbringen.«

»Das wird er auch.« Keine Gitter, aber eine verschlossene Tür in einem nach Chemikalien und Leid stinkendem Gebäude. Ob Isabell Raven nur nachts ans Bett schnallen würde? Wie konnte sie auf die Ausführung des Plans beharren? Sie hatte ihn gesehen, wusste, dass er ein Mensch war.

»Mach mal hin. Du sollst Mac Laman nach dem Melken wieder moralisch aufbauen. Er hat sich dem Boss eiskalt verweigert und Bruno, als der ihn festhalten wollte, sauber eins auf die Zwölf gegeben. Wir mussten ihn regelrecht auf den Tisch tackern.«

Fuck! Also war das vorhin kein Witz gewesen.

Henry zuckte zusammen, als Sean aus dem Bad stürmte. Schon auf dem Flur hörte er Raven fluchen.

Sie hatten den Tisch zum Fenster geschoben, direkt vor den Heizkörper. Raven lag lang gestreckt darauf. Die Arme über dem Kopf, die Handgelenke mit einem Strick gefesselt, der an die Heizrippen geknotet worden war.

War er der Einzige, den dieser Anblick erschütterte?

Ravens Beine streckten über die Kante, seine Unterschenkel hatte Henry mit Klebeband an den Tischbeinen fixiert.

»Sean!« Raven hob den Kopf, starrte ihm entgegen. »Sag der Hexe, sie soll mich in Ruhe lassen!« Er zerrte an den Fesseln, erreichte aber nur, dass sie ihm in die Haut schnitten.

»Du wirst erst dann deinen Frieden vor mir haben, wenn du kooperierst.« Isabell sah von ihrer Kaffeetasse auf. Das Zucken ihrer Braue verriet, dass ihr das Szenario gefiel. »Sobald du Sun an dich ranlässt, kannst du den restlichen Tag in Seans Gegenwart genießen.«

Bruno lachte, während es ihm rot aus der Nase tropfte. Mit dem Ärmel wischte er darüber und verteilte zähe Schlieren in seinem Gesicht. »Schlage mich noch einmal, und du wirst nie wieder etwas genießen.«

»Den Schlag, Bruno.« Ravens Blick glühte eine Spur aus Hass durch den Raum. »Den in jedem Fall.«

»Ruhe jetzt!« Isabell neigte sich über ihn und prüfte den Sitz der Stricke. »Das hättest du dir alles sparen können, wenn du uns freiwillig dein Gift geben würdest.«

»Freiwillig? Bist du irre?«

Das Duell ihrer Blicke dauerte nur wenige Sekunden an, sorgte jedoch für eine Spannung, die Sean bis in die Fußspitzen spürte.

Isabell unterbrach den stummen Kampf, indem sie Raven viel zu fest die Wange tätschelte. »Wer nicht hören will, fühlt. Das lehrt das Leben, nicht ich.«

»Schwachsinn!« Raven zischte und Isabell wich tatsächlich einen Schritt zurück. »Die Leute werden sterben wie die Fliegen. Es werden hässliche Tode sein, Isabell. Ich weiß, was ich mit meinem Gift anrichten kann. Ich habe es schon getan.«

»Skrupel?« Ihr träges Lächeln von oben herab überzog Raven wie eine Eisschicht. »Bei einer Lebensform wie dir hätte ich das nicht erwartet.«

Raven bäumte sich in den Fesseln.

Die überdehnten Muskeln, der gewölbte Brustkorb. Und überall diese betörend glatte Haut. Auch wenn er Isabell ausgeliefert war und diese Situation hundertprozentig als entsetzlich demütigend empfand, er war wunderschön.

Sean ohrfeigte sich gedanklich für die Empfindungen, die vollkommen unangebracht durch seinen Körper strömten. Aber deshalb hörten sie nicht auf.

Sich an diese Schweiß benetzte Glätte schmiegen und dabei den sinnlichen Mund küssen.

Hatte er den Schuss nicht gehört, in diesem Moment in solchen Sehnsüchten zu schwelgen? Raven bebte vor Zorn und alles, was Sean dachte, war, wie fantastisch es wäre, ihn zu vögeln. »Kannst du ihn nicht losbinden, Isabell?« Einen Versuch war es wert.

»Warum sollte ich? Gutes Benehmen wird belohnt, unartiges bestraft. Meine Regeln sind einfach. Auch etwas wie Mac Laman ist in der Lage, sich an sie zu halten.« Sie setzte sich zurück auf ihren Platz und schlug gelassen die Beine übereinander. »Bruno, du kennst deinen Job.«

»Sean!« Raven brüllte, zerrte völlig umsonst an seinen Fesseln. »Binde mich los!«

Und genau das würde er tun. Er war es Raven schuldig. Ein fantastischer Handjob und eine schmerzfreie Nacht, gespickt mit den sinnlichsten Träumen, die er je geträumt hatte. Und als Lohn wurde Raven an den Küchentisch gezurrt.

»Vergiss es, Sean.« Henry packte ihn mit seinem Eisengriff ins Genick. »Mac Laman ist Ware. Du verschwendest deine Gefühle auch nicht an eine Mohnkapsel.«

»Ware?« In seinem Herz wuchsen sich Flatterflügel zu großen Schwingen aus. Henry stand zwischen ihm und der Tat, die dringend auf ihn wartete: Raven zu helfen. Er stieß Henry vor die Brust, schlug gegen seinen Arm. Der Griff lockerte sich.

Henry sah ihn erstaunt an. Genau zwei Schritte auf Raven zu, mehr schaffte Sean nicht. Dann schnappte ihn Henry am Kragen, riss ihn zurück und schleuderte ihn mit dem Rücken an die Wand. Bevor Sean Luft bekam, presste sich Henrys Unterarm gegen seine Kehle.

»Wie oft denn noch, Junge?«

»Steck dir den *Jungen* und nimm deinen Arm weg!«

Ein harter Blick, ein langsames Schütteln des Kopfes.

Henry würde ihn nicht loslassen.

»Du kommst jetzt wieder runter. Verstanden? Wenn Sun mit seinem Job fertig ist, beginnt deiner. Nicht vorher.«

Sean schluckte an seiner Wut. Wie sollte er in Raven lediglich einen Job sehen?

»Dann wollen wir mal.« Chen Sun streifte sich Einmalhandschuhe über, wählte aus einem schwarzen Koffer einige Gläser mit aufgeworfenem Rand und überzog sie mit dünnen Folien. »Bruno, halte seinen Kopf fest.«

»Ich bin kein Vieh!«, brüllte Raven.

Es half ihm nichts. Bruno drückte seinen Mund auf. Einmal. Noch einmal. Und wieder. Ob Raven keuchte, würgte oder drohte, ohnmächtig zu werden. Selbst sein Flehen quittierte Isabell nur mit einem müden Lächeln.

Sean wurde schlecht in Henrys Griff.

Wie oft wollte ihn Sun noch in dieses verdammte Plastik beißen lassen?

»Ist gleich vorbei.« Henry umklammerte ihn wie eine Schraubzwinge. »Mac Laman rührt sich schon nicht mehr.«

Deshalb brauchte Isabell das Bett mit den Gurten. Von nun an würde Raven täglich festgeschnallt werden. Sean musste mit ihm reden. Musste ihn davon überzeugen, stillzuhalten, statt sich zu wehren. Dann wäre es für ihn nur halb so schlimm.

Endlich nahm Bruno seine Hände von Raven. Es knackte, als er ihm den Mund zudrückte, doch Raven reagierte nicht.

Konnte ein Wesen wie er an einer Dauergiftentnahme sterben? Hinterließ diese Tortur bleibende Schäden? Warum bewegte er sich nicht?

Henry ließ ihn los. »Du handelst dir Ärger mit dem Boss ein, Sean. Übertreib es mit deiner Hätschelei nicht.«

»Fresse, Henry!« Und wenn ihn Isabell vierteilte, ein zweites Mal würde sie sich nicht an Raven vergreifen – nicht auf diese Weise.

Scheiß auf Snaky Tears! Gerotzt auf den Zaster! So ging man nicht mit Menschen um. Hatte ihr das nie jemand beigebracht?

Er drängte sich an Henry vorbei, zerrte Bruno zur Seite und fühlte Ravens Puls. War da überhaupt noch etwas zu spüren?

»Sieht ein bisschen mitgenommen aus, unser Giftzähnchen.« Bruno verpasste Raven eine Ohrfeige. »Bist nicht viel gewöhnt, was?«

Den nächsten Schlag fing Sean ab. »Du rührst ihn nicht mehr an.« Vorher würde er Bruno beide Hände und gerne auch das Genick brechen.

»Du magst den Freak.« Mit gehässigem Grinsen drehte Bruno das Handgelenk aus Seans Griff. »Wer hätte gedacht, dass unser kleiner Krüppel auf Monster steht?«

Irgendwann würde er ihn drankriegen und für jede beschissene Tat büßen lassen.

Das Grinsen faulte Bruno leider nicht vom Gesicht, als er sich über Raven beugte und ihn mit seinem Blut besudelte. »Was hast du gestern mit Sean angestellt? Ihm einen geblasen und dabei verhext?«

Jesus! »Halt einfach die Schnauze, Bruno!«

Raven wandte den Kopf zur Seite. Statt auf seine Wange tropfe Brunos Blut nun auf sein Ohr. »Was immer ich mit dem Iren gemacht habe, mit dir werde ich es nicht wiederholen.«

Nur für einen kurzen Moment sah er zu Sean. Konnten sich die Gedanken *hilf mir!* und *fahr zur Hölle!* gleichzeitig in ein und demselben Hirn befinden?

Isabells kalte Hand legte sich an Seans Kinn und hob es an. »Da ist zu viel Mitgefühl in deinem Blick. Ich lasse es dir nur durchgehen, weil du relativ neu im Team bist. Doch ich rate dir, gewöhne es dir ab. Mitleid macht schwach und Schwäche ist für jeden, der mit mir arbeitet, eine Todsünde.«

»Dieser Mann hat mir geholfen.« Auf eine ungewöhnliche Weise aber sie hatte funktioniert. Und er hatte ihn geküsst.

So sinnlich war er nie zuvor geküsst worden. Überhaupt hatte er nichts von dem, was er in Ravens Arm gefühlt hatte, jemals vorher mit dieser Wucht gefühlt und er wollte es verdammt noch einmal wieder tun. Dazu musste er Raven überzeugen, dass er nicht so verflucht beschissen drauf war wie der Rest des Teams.

*Du bist dabei dich zu verlieben, Sean.* Es gab keinen schlechteren Zeitpunkt dafür.

Bruno hielt ihm das Glas hin. Eine gelbliche Flüssigkeit schimmerte auf dem Grund. »Das da kommt aus dem da. Also hör auf, ihn anzuschmachten.«

»Haben sie bei dir das Hirn vergessen? Ich war dabei!« Jedes Keuchen, jedes Würgen hatte er mitbekommen.

»Mach jetzt keinen Mist«, flüsterte Henry hinter ihm. »Denk dran. Der Kerl gehört nicht dir.«

Nach dieser Aktion würde ihm Raven ganz sicher niemals gehören. Er musste ihn hassen. In Seans Herz stach es. Warum hatte es sich in Ravens Arm nur so verdammt gut angefühlt?

Isabell sah kurz von dem Glas hoch, in dem ihr Reichtum perlte. »Lass ihn zu Mac Laman, Henry. Er soll sich um ihn kümmern.« Sie legte Sean die Hand auf die Schulter und führte ihn ein paar Schritte von den anderen weg. »Mach deinen Job gut. Du schuldest mir viel. Zuallererst dein Leben. Kommst du auf dumme Gedanken, hetze ich dir Henry hinterher. Glaub mir, er wird seine Freundschaft zu dir sofort vergessen, solltest du mir gegenüber illoyal sein.«

Hübsch, wie sie verschworen zwinkerte, als wären sie die besten Kumpel. Sie schlenderte zurück zu Sun, der ebenfalls die Ausbeute begutachtete. »Morgen muss es mehr sein, sonst werden wir ...«

Elendes Gerede! Sean versuchte es auszublenden, um vor Wut nicht zu explodieren.

Brunos Dreckslache war das Einzige, was durch das Rauschen in seinen Ohren drang. Eines Tages würde er es ihm in den Rachen schieben und nachtreten.

»Bindest du mich los oder soll ich noch länger zu eurer Belustigung herhalten?« Ravens Stimme klang so, wie er aussah. Gequält.

Nur wegen ihm. Weil er nicht die Eier gehabt hatte, Henry niederzuschlagen und Bruno über den Haufen zu schießen.

Sean löste die Fesseln. Der Strick hatte Ravens Arme und die Brust wund gescheuert. Die Striemen an seinem Hals bluteten sogar.

Zum Kotzen. Das alles hier. Ob ihn Raven hasste oder nicht, er war für ihn verantwortlich und würde sich um ihn kümmern. »Komm hoch. Ich helfe dir.«

»Ich brauche kein Kindermädchen.« Raven rieb sich die Handgelenke. »Meine beiden Folterknechte reichen mir.« Er wandte sich zu Isabell, schluckte. »Bin ich für heute entlassen oder hast du noch etwas mit mir vor?« Sein Blick zu ihr fror die gesamte Küche ein.

»Nein, nein.« Mit geheuchelt freundlichem Lächeln reichte sie Sun eine dünne Spritze, mit der er das Gift aus dem Glas zog. »Sei morgen nur kooperativer. Dass spart nicht nur dir Stress, sondern auch uns.«

»Dir hat es doch Spaß gemacht.« Butterweicher Singsang. Aber dahinter verbarg sich blanke Wut. Raven erwiderte Isabells gelächelte Lüge und sie zog amüsiert die Brauen hoch.

»Du hast recht. Fremdes Leid erfüllt mich zuweilen mit einer gewissen Befriedigung. Geh und erhole dich. Für dich beginnt ein anstrengendes Leben.«

Raven lachte. Laut und schallend.

»Spinnt der?« Schon zog Henry seine Pistole.

Raven beeindruckte das nicht. Er lachte einfach weiter. Allerdings klang es überhaupt nicht fröhlich.

Sean berührte ihn an der Schulter. »Du solltest nach oben gehen. Ich kann dich …«

Das Lachen erstarb augenblicklich. »Finger weg! Keiner von euch fasst mich heute mehr an.« Raven erhob sich, schaffte es bis zur Tür. Dann knickten ihm die Beine weg.

Sean war sofort bei ihm und fing ihn auf. »Ich weiß, ich soll verschwinden und du brauchst meine Hilfe nicht.« Deshalb würde er ihn trotzdem in sein Zimmer bringen. Raven sah aus wie eine Halbleiche. Sein Kreislauf war garantiert im Keller nach der Aktion auf dem Tisch. Wenigstens protestierte er nicht, als ihm Sean den Arm um die Taille legte.

»Fröhliches Schwänzelutschen!« Bruno wieherte.

Sackgesicht! Sean trat die Tür zu, dass die Bodenvase im Flur zu tanzen anfing. »Ich werde mit Isabell reden. So geht das nicht.«

»Ach ja?« Ravens Hohnblick ätzte sich mühelos durch Seans selbstbewusste Fassade. »Und du denkst, eine Frau wie sie schert sich um deine Meinung?« Er biss die Zähne zusammen, bis sich die Kiefermuskeln deutlich unter der Haut abzeichneten.

Männlich, zu allem entschlossen, dominant.

Sean musste sich abwenden. Wer hatte ihm ins Hirn geschissen, dass ihn so etwas anmachte? Raven hasste ihn und er verging in seiner Nähe, nur weil seine Kaumuskeln die Wangen ausbeulten? Das war nicht das Einzige. Auch die Tatsache, dass seine Hand auf Ravens nackter Hüfte lag, brachte Seans Herzschlag aus dem Takt.

»Du berührst mich gerne.«

Nur eine Feststellung. Ohne Lächeln. Raven sah an sich hinunter und Seans Hand flüchtete von allein.

»Bruno hat mich vorhin aus dem Bett gezerrt. Die Jeans habe ich beim Laufen anziehen müssen. Normalerweise habe ich kein Problem damit, mich halb nackt zu präsentieren – vor Freunden. Aber Isabell hat das nur getan, um mich vor euch zu demütigen.«

Sean wusste genau, wie sich der dumpf bohrende Schmerz im Herz und im Magen anfühlte. Er war oft genug gedemütigt worden.

»Du hast mich beobachtet«, sagte Raven leise. »Die ganze Zeit. Dich hat es erregt, mich so ausgeliefert zu sehen. Doch was ich noch widerlicher fand, war das Mitleid in deinem Blick, als mir dieser feiste Mistkerl beinahe den Kiefer ausgerenkt hat.«

Verdammt. Raven hatte es mitbekommen.

»Tut mir leid, wenn dich das enttäuscht, Ire. Aber deine Gegenwart ist mir im Moment ebenso zuwider wie Brunos oder Suns.«

Aus den grüngelben Augen strömte eine Kälte, die Seans Herz gefror.

Die letzten Schritte ging Raven allein. Er schloss leise die Tür hinter sich, doch das Gefühl, was er dadurch in Sean auslöste, hätte auch nicht schlimmer sein können, wenn er sie ihm vor der Nase zugeknallt hätte.

Ob es besser würde, wenn er Isabell für das, was sie getan hatte, die Faust aufs eckige Kinn rammte? Oder ob er lieber Raven schütteln und anbrüllen sollte, dass er nicht wie Isabell und die anderen war? Sean starrte die Tür an, während ein wesentlicher Teil von ihm zu dem Mann dahinter wollte.

Raven war nur ein Job. Kein Grund, sich schlecht zu fühlen. Er würde sich wieder beruhigen und wenigstens mit ihm reden. Wenn nicht, ließ es sich nicht ändern. Was war überhaupt so Besonderes an ihm?

Alles.

Henry kam die Treppe herauf. Seine Brauen erreichten einen Rekordhochstand. »Will sich Mac Laman nicht von dir kraulen lassen?«

Konnte Henry nicht Leine ziehen?

»Da du Zeit hast, komm mit mir. Wir müssen Timur suchen. Das mit der Handyortung funktioniert nicht.«

»Isabell kann uns orten?«

»Was denkst du denn?« Nebenbei schloss er die Tür zu Ravens Zimmer ab. »Timur ist kein Trottel, der wird das Ding ausgeschaltet haben.«

Sollte sich Sean eines Tages zu einer Flucht durchringen, würde er exakt dasselbe tun.

»Du magst Mac Laman, hm?« Henry gab sich keinerlei Mühe, seine zerknirschte Miene zu glätten. »Ich sag dir was. Mir ist scheißegal, ob ein Freak wie der in dein Beuteschema passt oder nicht. Aber eines kannst du mir glauben: Krümmt dir der Kerl nur ein Haar, ist er fällig. Dann sperre ich ihn in diesen Käfig, in den er ohnehin gehört.«

»Der Käfig hat nichts mit Raven zu tun.« Mutige Behauptung. Seine Seele schlug angesichts dieser Naivität den Kopf von innen gegen den Brustkorb.

Henry verdrehte seufzend die Augen. »Wie auch immer. Fakt ist: Du arbeitest jetzt für Isabell und machst, was sie sagt. Sie pudert dir dafür den Arsch mit Goldstaub. Ist doch ein mittelprächtig fairer Deal.«

Ein Scheißdreck war es. Sean verbiss sich jeden weiteren Kommentar. Es war falsch, Raven allein zu lassen. Aber vor dieser verdammten verschlossenen Tür herumzuhängen brachte ebenfalls nichts. Dann lieber nach Timur suchen, obwohl der sicher längst über alle Berge war. Wie sollten sie vorgehen? Die Leute nach einem Mongolen mit einem fehlenden Knopf am Hemd fragen?

Draußen war es neblig. Henry murrte vor sich hin, dass sie Schwierigkeiten mit dem Rückflug hätten. Der Pilot würde bei dieser Wetterlage keine Starterlaubnis bekommen.

Was interessierte ihn der Rückflug? Sean wollte nicht zurück. Er wollte hier bleiben. In Ravens Nähe. Ohne das Team. Zum Teufel mit Isabell.

Henry ließ den Motor an. Als Sean einstieg, kribbelte es in seinem Rücken. Ob Raven aus dem Fenster sah? Hinter der Scheibe bewegte sich etwas. Dann war es weg.

Sie suchten die Landstraße bis nach Mallaig ab. Am Bahnhof, am Fährhafen und bei Mietwagenfirmen erkundigten sie sich nach einem untersetzten Mann mit dicker beigefarbener Steppweste, beinahe kahl rasiertem Kopf und asiatischem Aussehen. Ohne Erfolg. Wenn Timur clever war, hatte er sich per Anhalter mitnehmen lassen und tauchte in der nächstgrößeren Stadt unter, um die Füße lange genug stillzuhalten, bis Isabell ihn vergaß.

Auf dem Rückweg hielten sie noch einmal am Bahnhof in Morar. Auch dort hatte niemand des Personals einen Mongolen bemerkt.

Dafür entdeckte Henry den dunklen Kombi von Luis und Tom vor einem Café. Die beiden saßen bei Cappuccino und Sandwiches wie ganz normale Touristen.

Nicht ganz. Luis arbeitet nebenher an seinem Laptop.

»Was macht ihr hier?« Henry schaute ihm über die Schulter.

»Ich lasse Timurs Konto sperren.«

Henrys Augen wurden kugelrund. »Das kannst du?«

»Allerdings.« Luis bedachte ihn mit einem misstrauischen Seitenblick. »Eure Konten werden von einer Moskauer Privatbank verwaltet. Der Vorstand steht auf Isabells Kundenliste.«

»Fuck!«

»Kannst du laut sagen«, flüsterte ihm Henry zu. »Warum zum Geier wusste ich das nicht?«

»Weil es dich nichts angeht«, konterte Isabells Bruder kalt. »Ihr seid zwar reich, aber nur, solange ihr für meine Schwester arbeitet.« Gelassen nippte er an seinem Cappuccino. »Nimmt einer von euch Reißaus, ist er dasselbe arme Schwein, was er war, bevor er ins Team kam.« Sein Lachen klang ausgesprochen unlustig. »Isabell hat euch an den Eiern, Freunde. Findet euch besser damit ab.«

Die Idee, bei der nächsten Bank sein gesamtes Konto zu plündern und sich das Bargeld in die Reisetasche zu stopfen, schoss durch Seans Hirn.

Ein junges Mädchen mit nettem Lächeln fragte Henry und ihn, ob sie etwas bestellen wollten. Henry orderte zwei Irish Coffee mit extra viel Whisky. Dass sie der Boss auch finanziell an der kurzen Leine führte, musste anscheinend auch von ihm verdaut werden.

»Schon wieder 'ne Leiche im See.« Ein Mann mit Schiebermütze raschelte hinter ihnen mit einer Zeitung. »Diesmal war's ein junger Kerl. Stammte aus Mallaig. War so ein Öko-Spinner.«

Die Kellnerin warf ihm einen neugierigen Blick zu. »Ist das nicht unheimlich? Den alten Higgins haben sie heute Morgen auf der Straße von New House gefunden. Tot. Aiden sagte, er hätte furchtbar entstellt ausgesehen. Und stell dir mal vor, Nancy Higgins ist ebenfalls verschwunden.«

»Unsinn.« Der Mann winkte ab. »Die hatte einfach keine Lust mehr auf ihre keifende Mutter. Die ist ab in 'ne Großstadt. Das Mädel ist ja alt genug.«

Überzeugt sah die Kellnerin nicht aus, als sie ihnen den Kaffee brachte.

Henry zahlte sofort. »Runter mit dem Zeug. Ich will ein paar Takte mit Mac Laman reden. Und wehe, mir gefällt nicht, was er sagt.«

»Meinst du im Ernst, ich lasse ihn noch einmal mit einem von euch allein?« Das konnte Henry vergessen. Wenn überhaupt würde er Raven wegen des Käfigs befragen. Und vorher würde er sich das Ding ansehen. Vielleicht übertrieb Henry maßlos und es war nur eine Hundetransportkiste oder sonst etwas Harmloses.

Luis klappte den Laptop zu. »Erledigt. Sobald Timurs Bargeld aufgebraucht ist und er mit Kreditkarte zahlen will, kriegen wir ihn. Der Sicherheitschef der Bank weiß Bescheid. Er ruft Isabell an, wenn es so weit ist.«

»Timur braucht kein Geld mehr«, raunte ihm Henry durch die Whiskyschwaden seines Kaffees zu. »Den wird auch einer finden. Mit Beulen und Bissen am Körper. Darauf verwette ich deinen linken Arm.«

Er musste diese Pest loswerden, die Mhorags Manor belagerte. Raven legte den Kopf in den Nacken und strich über seinen Hals. Die Striemen schmerzten. Doch das war nichts im Vergleich zu der Demütigung, auf dem eigenen Küchentisch angepflockt zu werden.

Wie nah ihm die feiste Fratze gewesen war. Hätte Bruno ihm nicht den Kopf festgehalten, hätte ihm Raven die Nase abbeißen können. Nun lungerte er vor dem Fenster. Eine Zigarette im Mundwinkel und die Pistole in der Hand. Wahrscheinlich war die Waffe längst mit ihm verwachsen.

Wer nicht hören will, fühlt. Waren das nicht Isabells Worte gewesen?

»Hey Bruno! Scher dich weg!«

Der Kerl sah zu ihm hoch, verzerrte das Gesicht zu einem höhnischen Grinsen und spuckte aus.

Raven öffnete den Hosenschlitz und trat dicht ans Fenster. Niemand durfte von ihm erwarten, dass er sein Zimmer besudelte und leider war ihm der Weg zur Toilette versperrt worden.

In einem weiten, schön geschwenkten Strahl pinkelte er über die Brüstung. Bruno blickte sich erstaunt um, hielt die Hand zum Test in die Luft. Unter diesen Bedingungen machte das Zielen noch größere Freude. Das Plätschern auf Brunos Handfläche war bis hier oben zu hören.

»Du ... Du ...« Bruno warf den Kopf in den Nacken, starrte Raven wutentbrannt an. »Schwein! Missgeburt!« Er drohte mit der Faust und die restliche Pisse lief ihm in den Ärmel.

Raven schüttelte ab. Leider brachte es nicht mehr viel. Die Tropfen schafften nicht einmal die Kante vom Fensterbrett.

Er zeigte Bruno den Mittelfinger und verpackte sich wieder. Hoffentlich brach ihm dieser Drecksack dafür morgen nicht den Kiefer. Was sich in seinem Magen zu einem kalten Klumpen zusammenzog, war Angst. Was hatte Isabell überhaupt mit ihm vor? Dass sie sich nach ein paar Tagen mit warmem Händedruck und einem *Nichts für ungut* auf den Lippen von ihm verabschiedete, war unwahrscheinlich.

Ein leises Brummen untermalte seine trüben Gedanken, wurde lauter, kam näher. Sean? Tatsächlich. Er stieg aus dem Kombi und sah zu ihm hoch. Diesmal trat Raven nicht zurück. Dazu tat ihm Seans Anblick zu gut. Das Leuchten der Haare in der Nachmittagssonne, die Frage in den braunen Augen, ob er ihm verziehen hatte.

Sean hatte ihn sehnsüchtig mit den Blicken verschlungen, als er gefesselt vor ihm gelegen hatte, und sich danach für diese Gefühle geschämt. Er war so leicht zu durchschauen. Versuchte nicht einmal, seine Emotionen zu verbergen. Niemals gehörte ein Mann wie er in Isabells Schatten, sondern in Ravens Bett. Dort würde er es ihm so behaglich machen, dass er es nie wieder verlassen wollte.

Laut fluchend rechtfertigte Bruno seine besprenkelte Kleidung.

Seans Lachen kam aus tiefster Seele. Er grinste zu ihm hinauf und hielt eine Plastiktüte vor sich. *Hunger?*, formten seine Lippen.

Raven nickte automatisch. Er hatte Hunger. Auf ihn. So sehr, dass ihm das Wasser im Mund zusammenlief. Der Ire liebte seinen nackten Oberkörper? Er würde ihn bekommen. Zwar ohne Fesseln, dafür aber in der Lage, sich an ihn zu schmiegen.

Auch wenn ihn fröstelte, der Pullover musste weg. Raven drapierte sich aufs Bett, legte die Arme unter den Kopf. Was an Brustmuskulatur vorhanden war, kam angemessen zur Geltung. Sollte er ein Bein anwinkeln, den ersten Hosenknopf öffnen? Beides. Mit Speck fing man Mäuse und Sean wollte er auf jeden Fall fangen.

Die Tür wurde aufgeschlossen und Sean kam immer noch grinsend ins Zimmer. An seinem Handgelenk baumelte die Tüte. Der Ausbuchtung nach befanden sich mindestens zwei Flaschen darin.

»Du hast Bruno vollgepisst?«

145

»Ich habe mich lediglich erleichtert. Zufällig stand er unter meinem Fenster.«

»Gut gemacht!« Sein Blick huschte zu Ravens nackter Brust und wanderte hinab zum offenen Hosenbund. Seine Pupillen weiteten sich, der vorwitzige Kehlkopf hüpfte auf und ab.

Raven unterdrückte ein zufriedenes Grinsen, rekelte sich ein wenig.

Seans Blick zog ihm die Jeans von der Hüfte, liebkoste den Bauch, die Hüftknochen.

Ravens Herz schlug schneller, seine Beine spreizten sich nur, weil der Wunsch danach in Seans Augen wuchs.

Der Geruch seiner angeschwitzten Haut wehte zu ihm. Eine Ahnung von Kaffee und Whisky. Warum ließ er nicht die Tüte fallen und begrub ihn unter seinem duftenden Körper?

»Ist riskant, dich auf diese Weise vor mir zu präsentieren.«

Heiser, dunkel. Seans Timbre schwang in Raven nach.

»Stört dich mein Anblick nicht mehr? Vorhin konntest du ihn nicht ertragen.«

Die mühsam erzwungene Distanz, die Härte in seiner Stimme, die nicht nur nach gekränktem Stolz, sondern auch nach reiner Gier klang. Gier nach ihm.

Er wollte den Iren an sich fühlen, seine Erregung an ihm reiben, seinen Duft einsaugen. Mit zitternden Beinen stand er auf, trat dich vor ihn. »Ich vertrage es nicht, zwangsentleert zu werden. Du warst da und musstest meine Wut aushalten.« Die Tüte war im Weg. Raven nahm sie ihm aus der Hand, stellte sie ins Nichts. »Mich stört an dir nur, dass du mir nicht die Jeans herunterreißt und meine Lenden leckst.«

Seans Blick wurde glasig. »Keine gute Idee.« Dennoch rieb er den Handballen über Ravens beginnende Erektion. Sehr fest. Beinahe grob. Er neigte sich zu ihm. So nah, dass sein Atem Ravens Mund streichelte. »Was du gestern mit mir gemacht hast, war fantastisch.«

Zart und warm fühlte sich seine Zungenspitze an. Sie stupste gegen Ravens Lippen, drang langsam zwischen sie.

Raven gab sich dem Kuss hin. Ließ Seans Zunge mit seiner anstellen, was immer sie wollte.

Zuerst sanft, liebevoll, dann drängend. Ein wilder, gieriger Tanz ohne Chance auf Rückzug, doch den wollte Raven auch nicht. Seans Duft betörte ihn ebenso wie sein Geschmack. Mehr davon. Mehr Zunge, mehr Grobheiten zwischen seinen Beinen, mehr Sean.

Lichtblitze vor den Augen, schmerzende Lust im Unterleib. Wollte ihn Sean in den Wahnsinn reiben? Raven flüchtete zurück.

»Weich mir nicht aus. Du willst es.«

Seans raues Flüstern zwang ihn, sein Becken wieder nach vorn zu schieben.

»Drück dich gegen mich.« Sean schmiegte seine Wange an Ravens Gesicht. »So fest du kannst.«

Gehorchen. Es war eine Selbstverständlichkeit. Raven schlang die Arme um ihn, presste sich an ihn.

Dumpfe Stromschläge. Sie zuckten immer stärker durch seinen Körper. Wenn Sean ihn mit dieser Kraft, mit dieser Intensität lieben würde. Alles würde er dabei vergessen. Er schnappte nach Luft, als die Bilder über ihn herfielen.

Gröber, fester ... So gut. Der knalleng anliegende Jeansstoff transportierte jede Berührung als flammenden Impuls bis in die hintersten Winkel seines Körpers. Er warf den Kopf in den Nacken, spürte Seans zärtliche Bisse auf seinem Kehlkopf. Hitze in jeder Nervenbahn, ein unerträgliches Ziehen in seinen Zähnen, in seinem Unterleib.

Tiefere Küsse, Kratzen auf seiner Haut, das Seans Duft in ihn rieb. Er würde ersticken, wenn Sean nicht sofort von ihm abließ.

Gleichgültig.

Mit rauem Keuchen befreite sich Sean von ihm, rang nach Atem. »Du machst mich fertig.« Seine Lippen streichelten Ravens

Wangenknochen hinauf zur Schläfe. »Deine Blicke, die Gefühle, die sie in mir auslösen.« Er strich mit der Nasenspitze über Ravens Kinn, biss zärtlich hinein. »Wenn ich dich sehe, will ich über dich herfallen, deine zarte Haut an mir fühlen, deine Nippel zwischen meine Lippen nehmen und spüren, wie sie unter meiner Zungenspitze hart und groß werden. Wie dein Schwanz, den du mir noch nicht gezeigt hast.«

»Nimm ihn dir.« Raven stand in Flammen. Sie fraßen ihn auf. Er konnte nichts dagegen tun, nur Sean. Aber der dachte nicht daran, die Jeans aufzuknöpfen, sah ihn nur mit einem Blick an, den Raven nicht deuten konnte.

»Du spielst ein Spiel mit mir.« Seans Hand wanderte bis in Ravens Genick. Dort griff sie unnachgiebig zu. »Denkst du, ich weiß nicht, warum du das alles tust?«

»Weil ich dich verführen will.« Unsagbar dringend.

»Was noch?«

Der Griff in Ravens Nacken wurde fester.

»Ich will dich dazu bringen, mit mir zu fliehen.« Ob er seine Ehrlichkeit zu schätzen wusste?

»Niemand entkommt Isabell ungeschoren. Ich bin nicht dein Fluchthelfer, nur weil du mir leidtust.«

»Mitleid?« Raven fasste in Seans Schritt. »Das hier ist kein Mitleid, sondern Lust. Dieselbe, die ich empfinde.« Heiß und hart. Seans Schwanz wollte zu ihm. Ob es dem Iren passte oder nicht.

Sean atmete zischend ein, schloss die Augen, als ihm Raven die Hand in die Hose schob. »Tu das nicht. Ich fühle mich sonst ...«

»... erregt? Ertappt?«

»Missbraucht.« Seans ernster Blick begegnete seinem. »Du kennst das Gefühl seit heute Morgen. Willst du es mir wirklich zumuten?« Er nahm Ravens Hand von sich und nickte zu den Anziehsachen. »Ich warte unten. Nimm die Tüte mit. Ich habe sonst keine Hand frei, um im Notfall auf dich zu schießen.«

148

Keinen Atemzug später war Raven allein im Zimmer. Er biss sich in die Faust, um vor Frustration nicht zu schreien. Wie konnte ihm Sean das antun? Er war ehrlich zu ihm gewesen. Er wollte ihn auf seiner Seite, weg von der Hexe. Und er wollte ihn verführen, was ihm beinahe gelungen wäre.

Ein Biss, dann Sean tief in sich fühlen, sich die Angst und den Zorn aus dem Leib stoßen lassen. Es hätte ihn gerettet.

~*

Fuck! Sean schlug die Stirn an die Wand.

Raven spielte mit ihm. Er hatte es gewusst. Wie hatte er sich nur auf ihn einlassen können? Sein Herz hämmerte. Zorn, Lust, beides steckte in seinem Körper und fand kein Ventil.

Raven war die absolute Versuchung. Wenn er nicht aufpasste, erlag er ihr. Und dann? Sollte er sein Herz Mac Laman in den Rachen stopfen und zusehen, wie er es zerfleischte? Ein Mann wie er verliebte sich nicht in einen Krüppel. Er sah in ihm einen Ausweg aus einer räudigen Situation. Sean konnte es ihm nicht übel nehmen. An Ravens Stelle hätte er ebenfalls nach jedem Strohhalm gegriffen, um sich aus dem Sumpf zu ziehen.

»Wo ist Mr. Mac Laman?«

Jesus! Musste ihn Sun dermaßen erschrecken? Er fing die wenigen Nerven ein, die ihm nach der Tuchfühlung mit Raven geblieben waren. »Er kommt gleich. Ich möchte mit ihm an die frische Luft.«

Sun nickte begeistert. »Ein Spaziergang im Garten ist sicherlich das Richtige. Ich werde Bruno Bescheid sagen, dass er Mr. Mac Laman im Auge behält.«

Das fehlte noch. »Ich habe meine Waffe dabei.« Er hob seine Jacke an, doch Sun spitzte nur die Lippen, als er die Pistole sah.

»Sean, verrate mir eines.« Sein Lächeln driftete ins Hinterhältige. »Wie willst du die Pistole ziehen, wenn deine Hand in Mr. Mac Lamans Hose und seine Zähne in deinem Hals stecken?«

Standen ihm seine Gefühle im Gesicht?

Sun tätschelte ihm freundlich den Arm. »Mr. Mac Laman ist sehr charismatisch. Es ist nur natürlich, dass er eine gewisse Anziehungskraft auf dich ausübt. Zumal er dir gestern die höchsten Freuden bereitet hat.«

Woher wusste Sun davon?

Immer noch lächelnd telefonierte der Chinese mit Bruno, dass er sich in der Eingangshalle einzufinden hätte.

»Du wirkst nicht begeistert von deiner Idee.« Raven kam langsam die Treppe herunter. Er trug eine schmal geschnittene schwarze Jacke mit großen Messingknöpfen und breiten Schulterlaschen. Seine Beine steckten in schweren hohen Stiefeln, die sie unendlich lang erscheinen ließen. »Wie ist das mit unserem lauschigen Picknick? Können wir oder musst du bei deinem Boss vorher noch *bitte bitte* machen?«

Beißender Hohn. Die Stimme, der Blick und die arrogante Lässigkeit, mit der er die Tüte schwenkte.

»Isabell erlaubt alles, was ihrer Giftproduktion förderlich ist.« Sun strahlte Raven an, wie ein Kind den Weihnachtsmann. »Bitte verlassen Sie nicht das Grundstück und akzeptieren Sie, dass Bruno Sie im Auge behalten wird.«

»Um mir im Falle eines Fluchtversuchs ins Knie zu schießen. Ich weiß.« Mit regloser Miene ging er an Sun vorbei, sah sich nicht einmal nach Sean um. Die Hände tief in die Jackentaschen vergraben, die Tüte baumelnd am Handgelenk, folgte er dem kleinen Flur, der an der Küche entlang zum Hinterausgang führte.

Wie sollte Sean seine Nähe gelassen aushalten? Das Picknick war als Versöhnungsgeste gedacht. Mit einem Mann, der sich in stillem

Zorn von ihm abwandte, hatte er gerechnet. Nicht mit einem potenziellen Liebhaber, der sich lasziv auf dem Bett rekelte.

Raven schnappen, ihn gegen die Mauer drücken, seinen Samtarsch befreien und ihn wild und schnell lieben. Diese und ähnliche Szenen ratterten durch seinen Geist. Gehörte es zu seinem Job? Eher weniger.

Der Nebel hatte sich etwas gelichtet und einzelne Sonnenstrahlen zeichneten breite Bänder in die Luft. Eine friedliche, träge Stimmung herrschte im Garten. Nur nicht in Sean und in Raven wahrscheinlich noch weniger.

»Kommst du mit auf die Mauer?« Raven warf ihm einen unterkühlten Blick über die Schulter zu. »Von dort haben wir einen Ausblick zum See.«

»Wie du willst.« Vermutlich war es Ravens letzte Chance, in Freiheit sein Zuhause zu genießen. Ob ihn Isabell in Kovalenko durch den verwilderten Park spazieren gehen lassen würde? Und selbst wenn. Jeder Weg führte zu einem Stahlzaun.

Zurückgeschnittene Rosensträucher, blasser Lavendel. Zwischen den Zweigen hingen glitzernde Spinnfäden, die die Nässe des Nebels einfingen.

Hierbleiben. Mit Raven. Auf Isabell und ihr Geld scheißen und einfach nur glücklich sein. Raven hob die haarlosen Brauen, als Sean auflachte. Isabell ließ niemanden ziehen, der ihr einmal gehörte. Statt sein Cottage zu kaufen, würde er ihr wieder nach Moskau folgen. Schon wegen Raven. Ob er ihn nun ausnutzte oder nicht, er konnte ihn nicht mit Bruno und Sun alleinlassen.

Der Weg schlängelte sich zu einer Ansammlung aufgeschichteter Steine, die längst dem Verwitterungsprozess anheimgefallen waren. Für einen Moment wurde die Mauer zu einem Stück Irland, das sich verirrt hatte.

Seans seufzte, um den Druck in seiner Brust zu mildern. Heimweh riss an seinem Herz, Lust an seinem Schwanz. Beides würde nur Fitzel von ihm übrig lassen.

Mit einer beneidenswerten Eleganz kletterte Raven auf die Feldsteinmauer.

Keine Chance. Ohne einen zweiten Arm konnte er ihm nicht folgen.

»Los, hoch mit dir.« Raven beugte sich zu ihm hinunter, streckte seine Hand nach ihm aus. »Ich werde dich halten. Vertraue mir. Außerdem kann mir einbilden, einfach nur runterzuspringen und wegrennen zu müssen, um euch alle los zu sein.« In seinem Zwinkern lag zu viel Ernst.

Wenn er wirklich sprang, hätte Bruno keinen freien Schuss. Nur er selbst.

»Was schaust du so düster?« Raven neigte sich noch etwas weiter zu ihm herab. »Überlegst du, ob du mich erschießen könntest?«

Die Pistole ziehen, auf Raven zielen und ihn hinterrücks anschießen? Unmöglich.

Ein Sonnenstrahl traf Ravens Augen. Sie leuchteten in einem unwirklichen Grün. »Ich werde nicht fliehen, Sean. Nicht ohne dich und mir ist gleichgültig, ob du mir das glaubst.«

Eine Lüge? Wieder ein Versuch, ihn zu umgarnen? Er suchte in Ravens Blick umsonst nach Betrug. Alles, was er fand, war Sehnsucht.

Sean ergriff die angebotene Hand.

Über Ravens Gesicht streifte ein Lächeln. »Auf drei stößt du dich ab. Setze deinen Fuß auf diesen Mauervorsprung. Von da ab ist es ein Kinderspiel.«

Raven zählte, Sean sprang. Sein Fuß fand Halt, dafür schlug sein Knie an. »Fuck!«

Raven lachte und zog ihn höher. »War doch leicht.«

Auf zwei Fingerbreit mit einer Fußspitze balancieren war nicht leicht. Sich dabei herumzudrehen, war es noch weniger. Raven hielt ihn fest, packte ihn mit der anderen Hand am hinteren Hosenbund und zog ihn zu sich.

Sean seufzte, als er endlich sicher und halbwegs bequem saß.

»Fish 'n' Chips?« Raven stapelte den Inhalt der Tüte zwischen sie.

»Daher der Geruch nach altem Fett.« Er öffnete die Guinness Flaschen mit einem Feuerzeug und reichte ihm eine. »Auf erzwungene Gemeinschaften und verräterische Lust.«

»Auf bittere Notwendigkeiten.« Raven mochte es pathetisch? Bitte.

Raven nickte und stieß mit ihm an. »War der Verlust deines Armes eine bittere Notwendigkeit?«

»Ja.« Auf eine gewisse Weise. Auf eine andere nicht.

»Erzählst du mir, wie du ihn verloren hast?«

»Nein. Ich will es verdrängen.« Da machte Aufwärmen keinen Sinn.

»Sei nicht naiv, Sean. Schlimme Dinge lassen sich nicht verdrängen. Sie reiben an dir, bis du wund bist und dich ihnen endlich ergibst.«

»Einen Dreck machen die.« Scheiße klebte wie Scheiße. Auch im Hirn. Irgendwann würde sie eintrocknen und abbröseln.

Raven legte seine Pappschachtel neben sich und wischte sich die Finger an der Jeans ab. »Sollte ich mit meiner Frage alte Dämonen aufgescheucht haben, tut es mir leid.«

Tat es nicht. In den grüngelben Augen war überhaupt kein Bedauern, nur etwas Ähnliches wie Mitgefühl. Raven hatte es darauf angelegt. Erwartete er einen Tränenausbruch? Ein verzweifeltes Bloßstellen des schrecklichsten Augenblicks seines Lebens? Da konnte er lange warten.

Raven schwang ein Bein über die Mauer und rutschte näher zu ihm. »Soll ich dich küssen?«

153

»Was?« Vor Schreck wäre ihm fast die Schachtel vom Schoß gefallen. Klar sollte ihn Raven küssen. Aber warum wollte er es ausgerechnet jetzt?

»Küssen basiert auf dem Fütterinstinkt.« Wie zufällig legte er eine Hand auf Seans Oberschenkel. »Deshalb befriedigen innige Küsse nicht nur die Libido, sondern auch die Seele. Wer gefüttert wird, kann nicht verhungern und ist demnach sicher und geborgen.«

Wann war er das letzte Mal geborgen gewesen? In den stickigen Zimmern in Bangkok, die nach fremdem Sperma und Schimmel gerochen hatten? Eher weniger.

»Lust auf vorgekauten, alten Fisch?« Raven grinste bis zu den Ohren.

Arsch! Gut, dass er ihm keinen aus seiner Vergangenheit vorgeheult hatte. Ein Mann wie er würde ihn nur verspotten.

»Da du nicht geküsst werden willst, darfst du dich wenigstens an meiner Schulter ausweinen.« Das Grinsen verschwand. »Das wäre für mich nicht so schön wie ein Kuss, aber dich würde es erleichtern.«

Seine Schulter war verlockend nah. Einfach den Kopf dranlegen und los. Sich nebenbei streicheln und küssen lassen. Das wär's.

»Überleg es dir.« Raven berührte ihn an der Wange. So flüchtig, dass es Sean bloß als leichtes Kribbeln spürte. »Mich stört es nicht, dass du nach Bier und Fisch schmeckst.« Sein Daumen strich sacht über Seans Lippen. »Und es stört mich auch nicht, dass du mir misstraust. Das tue ich selbst auch. Nur lass mich nie wieder mit einer Erektion hängen, die meine eigene Hand nicht mehr will, weil sie sich nach deiner sehnt.« Sein Daumen glitt zwischen Seans Lippen, streichelt über die Zungenspitze. »Mein Schwanz tropft, Ire. Wegen dir. Was du vorhin abgezogen hast, war nicht fair.«

Wenn er die Fassung bewahren wollte, musste das Bild aus seinem Kopf, das Raven mit seinen Worten beschwor.

Es blieb und scheuchte die Erregung zurück in seinen Unterleib, die er eben erst niedergekämpft hatte.

Ravens Daumen wurde immer zärtlicher.

Sean schloss die Lippen um ihn, saugte leicht daran. Hätte er bloß etwas anderes von ihm im Mund. Er würde es nach allen Regeln der Kunst verwöhnen.

Raven senkte die Lider, seufzte. »Gott, Sean. Meine Jeans wird langsam nass. Mach was mit mir.«

Waren sie nicht draußen? Mitten im Wind? Warum verdammt noch mal bekam er dann keine Luft? Rückzug. Nur, um atmen zu können. »Du kennst mich kaum, Raven. Außerdem bin ich ...«

»... mein Feind?« Er neigte den Kopf, betrachtete seinen feuchten Daumen. »Ach Sean, das glaubst du doch selbst nicht.«

Konnten Feinde einander begehren? Seans Kehle wurde eng vor Sehnsucht nach dem Mann, der ihm gleichzeitig vollkommen fremd und dennoch vertraut war.

»Vergessen wir für einen Moment das Feind-Freund-Thema. Offen gestanden nervt es mich langsam.« Raven rutschte so nah zu ihm, dass ihre Knie aneinanderstießen. »Davon abgesehen stimmt es nicht, dass ich dich kaum kenne. Deine Mundhöhle zum Beispiel kenne ich beinahe so gut wie meine. Deinen Geschmack, deine Zungenfertigkeit beim Küssen ...« er spitzte die Lippen und nickte nachdenklich. »Doch wirklich, dein Talent auf diesem Gebiet begeistert mich.« Ein leises Seufzen milderte den Spott in seiner Stimme. »Ich weiß auch, wie sich dein Duft verändert, wenn dich der Rausch verschlingt, wie deine Lider flattern und wie deine Lippen feucht glänzen, wenn sie sich zu einem tiefen Stöhnen öffnen, kurz bevor es aus dir herausspritzt.«

Tief atmen und die heißen Wellen in seinem Inneren ignorieren. Er war Ravens Feind. Ob sie sich begehrten oder nicht.

Ravens Hand wanderte Seans Schenkel hinauf, schob sich unter die Jacke, unter den Pullover. Ein Streicheln auf seinem Bauch, ein flüchtiges Erforschen der Muskeln. Dann höher, enge Kreise um seine Brustwarze. Sie kribbelten, stellte sich auf.

Raven lächelte. »Was ich nicht weiß, ist, wie tief dein schöner großer Schwanz in mich hineinreicht, wie er in mir zuckt, wenn du dich in mir ergießt und wie heiß dein Atem über meinen Nacken streicht, wenn du wundervoll verdorbene Dinge keuchst.«

*Jesus! Ja!*

»Du siehst, ich weiß eine ganze Menge von dir. Aber das genügt mir nicht. Warum fehlt dir ein Arm? Und wie zum Henker bist du an die Hexe geraten?«

Er sollte antworten? Wie? Sein Mund war trocken, sein Herz holperte und seine Fantasie malte sich Dinge aus, die ihn unter Starkstrom setzten.

Raven zog seine Hand zurück und verschränkte die Arme vor der Brust. »Ich bleibe hier sitzen, bis mir der Arsch abfriert und da du mich bewachen musst, wirst du mitzittern müssen.« Nur einer von seinen Mundwinkeln kletterte triumphierend höher.

»Es ist nicht meine Schuld, dass Isabell kriminell und skrupellos ist und ich habe ihr auch nicht ins Ohr geflüstert, dich für ihre Pläne zu missbrauchen.« Würde er ihre Ausführung verhindern können, würde er es tun.

»Es ist auch nicht meine Schuld, dass ich masochistisch veranlagt bin.« Raven biss sich mit einem sensationell lasziven Blick auf die Lippen. »Mir ist egal, wenn ich an empfindlichen Stellen Frostbeulen bekomme. Im Zweifel werde ich den zusätzlichen Schmerz genießen. Was ist mit dir?«

»Du meinst es ernst.«

Raven zuckte gelassen die Schultern. »Warum fühlst du dich nicht geschmeichelt, dass dein Leben mein Interesse weckt?«

Arroganter Bastard. Wenn er nur nicht so begehrenswert wäre.

»Also gut.« Jedes Detail musste er ihm ja nicht auf die Nase binden, und danach könnte er sich um Ravens Ständer kümmern, der sich verlockend deutlich unter dem Jeansstoff abzeichnete. »Ich stamme aus einem winzigen Ort in Connacht. Von meinem Zimmer aus konnte ich die Brandung hören.«

Raven setzte sich grinsend zurecht. »Die Kombination aus winzigem Kaff und schwulem Jugendlichen birgt meist eine ganz besondere Dramatik.«

»Du musst es ja wissen.«

»Vom Hörensagen. Ich habe nie den Nachbarsjungen verführt. Nur meinen Bruder.«

»Deinen Bruder?« Jesus!

»Bleib entspannt. Wir waren schon erwachsen.«

Das milderte den Schock nur bedingt. »Bei mir war's der Nachbarsjunge.«

War klar, dass Raven nur gnädig nickte. Einen Typ wie ihn konnte man nicht mit derartigen Lappalien schockieren.

»Hat dich dein Vater dabei erwischt?«, fragte er sachlich. »Oder war's deine Mutter?«

»Es war Paps.« Selbst in der Erinnerung tat sein Hintern noch weh. »Stress, Prügel, Rausschmiss. Und zwar hochkant. Mein Opa war toleranter, hat mir nur einen Vogel gezeigt und gemeint, dass ich Schläge verdient hätte, wenn ich mich bei solchen Sauereien ertappen lasse. Irland war mir plötzlich trotzdem zu eng. Arbeit in den Docks, Hilfskoch auf einem Passagierschiff. Bis eine übereifrige Stewardess dem Kapitän gesteckt hat, dass mich der erste Offizier ab und an vernascht. Und schon musste ich im Hafen von Phuket von Bord.«

»Und dann?«

»Dann ging es für mich bergab.«

»Lass mich raten. In Thailand ist dir das Geld ausgegangen und du dachtest, dass schnelle Kohle gute Kohle ist.«

»In Bangkok war ich pleite. Ich habe mich trotzdem ziemlich lang durchgeschlagen und eine Menge unentspannter Typen kennengelernt. Der Letzte hat seinen miesen Tag an mir ausgelassen. Kurze Zeit später war ich meinen Arm los.« Es war raus. Nicht alles aber das Wesentlichste. Erschreckend, die krumplige Geschichte seines vermurksten Lebens passte in eine Handvoll Sätze.

»Spannend.« Raven strich ihm eine Strähne aus der Stirn, als ob es das Normalste von der Welt wäre. »Jetzt weiß ich allerdings immer noch nicht, wie sich ...«

»... mein Schwanz in dir anfühlt?« Eigentlich hätten sie beide lachen, sich dabei zuzwinkern, eventuell rot anlaufen müssen, doch Raven blieb ernst.

»Exakt.«

Er war zu schnell. Mit allem. Wie ein Strudel riss er Sean mit sich, oder wie einer dieser schrecklichen Wirbelstürme, die Namen trugen. Sein persönlicher Tornado hieß *Raven*. Ein schöner Name für eine Katastrophe.

»Du schweigst?« Ravens Mundwinkel hoben sich minimal. »Das ist schade.«

»Du rennst offene Türen ein. Das ist für uns beide nicht gut.«

»Inwiefern?«

»Insofern dass ich nach Isabells Pfeife springen muss.« Jesus! War das so schwer zu begreifen? »Insofern dass ich hier bin, um dir dein Leben noch mehr zur Hölle zu machen, als es ohnehin schon ist.«

Ravens Miene fror ein. »Woher weißt du, wie meine Hölle aussieht?«

»Ich habe sie gesehen, als du zitternd im Bett lagst und deinen Körper nicht mehr kontrollieren konntest. Finley musste deine Kotze raustragen. Denkst du, das hätte für mich nach Paradies ausgesehen?« Verflucht, so aggressiv sollte es nicht klingen.

»Was weißt du noch?« Raven sprach leise, wie am Vortag mit Isabell.

Sean wuchs eine Gänsehaut, die sich gewaschen hatte. »Was ist mit dem Käfig im Keller?« Diese Frage hätte er längst stellen sollen.

Raven wurde blass. Umso intensiver leuchteten seine Augen. Die Pupillen waren kaum zu erkennen, so fadendünn hatten sie sich zusammengezogen. »Ihr habt ihn gefunden?«

Er wusste von dem Ding und so, wie er reagierte, war es kein Hundezwinger. Scheiße. Konnte der Kerl nicht mal zwinkern?

»Hast *du* ihn gesehen?«, fragte Raven in seinem für ihn typischen Singsang. Nur, dass er diesmal nicht sanft, sondern kalt und glatt klang. Wie eine geschliffene Klinge.

»Nein, aber das spielt keine Rolle. Sag mir, was es mit ihm auf sich hat.«

Raven musterte ihn wie die Schlange das Kaninchen. »Der Käfig stammt aus einer Zeit, als die Mac Lamans noch gezwungen waren, ihre Feinde in Eigenregie ihrer gebührenden Strafe zuzuführen.« Sein teilnahmsloses Lächeln sorgte nicht dafür, dass sich Sean auch nur ansatzweise entspannter fühlte.

»Die Highlands sind längst nicht so kultiviert, wie man allgemein vermutet.« Das Gelbgrün seiner Augen wurde zwei Spuren dunkler.

Cool bleiben. War doch nichts dabei, dass Ravens Uropa seine Feinde in Käfige gesperrt hatte.

Die nächste Gänsehautlawine überrollte ihn.

»Erschüttert dich das?«

»Nein.« Das leichte Zittern in seiner Stimme könnte Raven mit etwas gutem Willen überhört haben. Davon abgesehen lieferte sich Isabell schlimmere Dinge, allerdings glühten ihre Augen nicht beim Schwelgen in düsteren Erinnerungen. Ravens schon. Das verlieh der Szene noch einmal eine ganz besonders dramatische Note.

Vom Haus her schallte ein gellender Pfiff. Bruno stand winkend auf der Terrasse.

»Scheint so, als wäre mein Auslauf beendet.« Raven schwang sich von der Mauer und wartete, bis Sean neben ihm gelandet war. »Mach dir wegen des Käfigs keine Gedanken. Er hat ausgedient.«

Wenn dem so war, warum lächelte Raven auf diese kalte, grausame Weise? Sogar die Giftzähne blitzen zwischen den Lippen hervor.

Der Weg zurück schien ihm zu lang. Ravens Schweigen machte es nicht besser. Jede Wette, er verbarg in seinem kahlen Schädel haufenweise finstere Geheimnisse.

In seinem sah es ähnlich aus. Was Raven sagen würde, wenn er wüsste, von wie vielen Kerlen er sich in wirklich kurzer Zeit in die unterschiedlichsten Matratzen hatte nageln lassen?

Sean krallte sich in seine Haare. Verdammt, was hatte er bloß für eine Scheiße in seinem Leben fabriziert? Die Tatsache, dass er die Hälfte von Bobs Jungs angelernt und zugeritten hatte, ließ seine Vergangenheit auch nicht sympathischer aussehen.

Und wenn Raven solche Nichtigkeiten egal waren? Wenn er ihn lediglich als Mann begehrte, unabhängig von Isabell und seinem Wunsch nach Flucht? Der Gedanke war zu schön. Er hatte in Seans Realität keinen Platz.

»Isabell will dich sprechen.« Bruno stellte sich breitbeinig vor Raven. Er sprühte vor Schadenfreude. »Allein.«

Raven murmelte einen Fluch, ballte die Hände zu Fäusten. »Was will sie von mir?«

»Was sie auch will, du wirst es ihr geben.« Wenn Bruno noch lauter prustete, würden ihm die Knöpfe seiner Lederjacke abspringen.

Raven stand da, sah auf einen Punkt vor sich und kniff die Lippen zusammen.

Sean legte ihm die Hand auf den Rücken, sonst wäre sie als Faust in Brunos Gesicht geflogen. »Ich werde dabei sein. Die Nummer von heute Morgen zieht sie kein zweites Mal ab.«

»Wie eine Glucke zum Küken«, höhnte Bruno. »Soll ich dir Puderzucker besorgen? Dann kannst du es dieser Missgeburt in den Arsch blasen.«

»Er steht in der Küche.« Raven lächelte ausgesprochen höflich. »Im Schrank neben dem Spültisch, zweite Schublade von unten.

Und streiche ihn bitte vorher durch ein Sieb. Ich mag keine Klümpchen.«

Von außen nach innen faltete sich Brunos Miene und glich einem zerknüllten Putzlumpen. »Schwuchtel«, spuckte er aus. »Wenn dich der Boss nicht brauchen würde, würde ich dich ...«

... *kastrieren.* Das Wort formte sich auf Brunos hässlichen Lippen.

Seans Herz klopfte bis in die Schläfen. »Schnauze Bruno!« Der Kerl hatte in seinem Leben offenbar noch nicht genug Messer gesehen. Sean schon.

»Isabell will mit Mac Laman nur reden. Also steck dir dein Betreuerding!«

Das konnte Bruno vergessen. Das Betreuerding begann gerade, Spaß zu machen. Außerdem wurde er genau dafür bezahlt.


Seans Hand lag auf seinem Rücken. Raven konzentrierte sich auf ihren Druck, ihre Wärme.

»Keine Angst. Ich komme mit.« Seans Lächeln versprach mehr, als es halten konnte.

Die Hexe würde sich von niemandem aufhalten lassen. Dennoch tröstete es Raven und schenkte ihm das Gefühl, nicht allein zu sein.

»Sie will nur Mac Laman«, keifte Bruno. »Wie oft soll ich es noch sagen?«

»Mir egal, was ...«

»Schon gut.« Sean sollte nicht seine Kämpfe ausfechten. »Wir sehen uns später.«

Auf Seans Stirn bildete sich eine tiefe Falte. »Bist du sicher?«

Raven nickte, obwohl alles in ihm nein schrie.

Sean hatte sich ihm offenbart. Einen Teil seiner Seele auf dem Silbertablett präsentiert. Er musste nur zugreifen. Behutsam und zärtlich, bis ihm Sean vertraute und wirklich an seiner Seite stand.

»Der Boss wartet in der Bibliothek auf dich.« Bruno stieß ihn vor sich her. »Sie wird dir die Regeln erklären.«

»Welche Regeln?« Es gab keine in seinem Leben.

»Ihre.« Brunos Lachen klang wie das Meckern eines kastrierten Ziegenbocks.

Aus der Bibliothek drang dumpfes Gerede. Raven atmete tief ein und zwängte die Nervosität an einen Ort, an dem sie hoffentlich blieb.

Auf dem Schreibtisch standen Weingläser. Die Hexe hatte sich in Mias Sessel gesetzt und nickte zu dem Stuhl neben sich.

Zu nah. Raven setzte sich ans andere Ende des Tisches. Sie registrierte seinen Ungehorsam lediglich mit einem Wimpernzucken und wartete ab, bis Erin ihm ein Glas gefüllt hatte. »Chen Sun möchte die ersten Versuche mit deinem Gift hier ausführen. Sollten sie ihn nicht zufriedenstellen, lohnt es sich nicht, dass wir uns länger mit dir befassen.«

»Dann hoffe ich, dass sie ihn frustrieren. Ich wäre euch gern wieder los.«

»Leider hättest du davon nichts mehr. Nach diesem kleinen Intermezzo können wir dich kaum am Leben lassen.« Ihr Lächeln war widerlich süß. »Hoffen wir also, dass dein Gift Sun weiterhin überzeugt. Um eine gute Zusammenarbeit zu gewährleisten, ist es nötig, dass du dich in diesem Fall meinen Anweisungen fügst.«

Lag es am Wein oder an Isabells Worten, dass sich sein Magen zusammenzog? Sie würde ihm eine Schlinge um den Hals legen und bei jeder falschen Bewegung daran ziehen. Die Frage war, woraus diese Schlinge bestand.

Isabell faltete ihre Finger ineinander und lehnte sich zurück. »Wenn dir das Wohl deines Personals am Herzen liegt, stellst du dich bedingungslos zur Verfügung und machst nichts ohne meine ausdrückliche Erlaubnis.«

Der Bissen ließ sich nicht schlucken. »Scheißen, Pissen, dir Rattengift ins Essen mischen, deine Gorillas nach und nach aus dem Fenster stoßen, deinen Kopf zwischen meinen Händen einquetschen, bis dir die Augäpfel hervorquellen, dir dieses verdammte Haus unterm Hintern anzünden ...

Für all das brauche ich deine Erlaubnis?« Dann würde er aus dem Fragen nicht mehr herauskommen.

»Ich sehe, ich muss den Druck erhöhen.« Sie legte sein Handy neben sich. »Die Liste deiner Kontakte ist kurz. Im Prinzip interessiert mich nur dieser Samuel, der wunderbarerweise dein Zwillingsbruder ist, wie mir Tom verraten hat.«

Nein. Nicht Samuel. Die Übelkeit stieg schneller hoch, als er sie hinunterschlucken konnte. Sein Bruder durfte nicht wieder in eine Katastrophe hineingezogen werden.

Isabell lächelte zufrieden. »Du erkennst das Ausmaß eines potenziellen Ungehorsams deinerseits. Das freut mich. Also fahre ich fort. Solltest du irgendetwas tun, was mich auch nur ansatzweise verärgern könnte, badet es dein lieber Bruder aus. Da er, im Gegensatz zu dir, für mich keinerlei Bedeutung hat, werde ich mit ihm machen, was immer nötig ist, um dich wieder zur Vernunft zu bringen. Wetten er kommt sofort angereist, wenn ich ihm die entsprechende Botschaft sende?«

Samuel würde kommen. Ob er ihn hasste oder nicht, er würde ihn nicht im Stich lassen.

»Flucht, Hilferufe, egal mit welchen Mitteln, jeglicher Kontakt nach draußen, Zahnextraktion, Suizid, Angriffe sämtlicher Art auf mich oder meine Männer.« Isabell zählte die Punkte an ihren Fingern ab. »All das wird deine Lieben töten. Zuerst Finley, dann Erin, dann deinen Bruder. Willst du diese Schuld auf dich laden?« Ihr Blick war gletscherkalt. Sie würde ihre Worte wahr machen, weil sie wusste, was Samuel ihm bedeutete. Von Tom. Wie eine Ratte duckte sich Tom in den Windschatten des Südländers. Luis. Sein Name

163

war Luis. Hübscher Mann. Gleich würde neben ihm eine blutleere Leiche liegen.

Isabell räusperte sich und Raven riss sich von Toms Anblick los.

»Zur Entschädigung bekommst du Sean. Er ist nicht nur dein Wärter. Von Sun weiß ich, wie wichtig Sex für dich ist.

Nutze Sean also nach deinem Gutdünken. Er ist ein Profi und sollte sich daher mit allen Spielarten der Liebe auskennen.«

Hatte sie ihm eben Sean vor die Füße geworfen?

Henry stellte sein Weinglas unnötig laut ab. »Isabell, du kannst nicht ...«

»Ich kann!«

Henry erstarrte. »Sean ist kein Spielzeug. Erst recht nicht für einen Kerl wie Mac Laman.«

»Sean ist genau das. Und das weißt du.«

»Können wir kurz unter vier Augen reden, Boss?«

»Nein. Und nun wieder zu dir, Raven«, plauderte Isabell über Henrys Protest und Ravens donnernden Herzschlag hinweg. »Mache es dir klar, Mac Laman. Du bist für Sean nur ein Job. Ein gefährlicher, aber auch ein sehr lukrativer. Nur weil du ihn gewichst, gefickt oder sonst was hast, erhebt dich das nicht zu seinem Vertrauten. Dieser rührenden Illusion von Freundschaft darfst du dich nicht hingeben.«

Etwas schnappte zu, brach ihm das Genick. Seans Blick über das halb gemachte Bett zu ihm, der sehnsüchtige Ausdruck in seinen Augen. Alles eintrainiert? Von Isabell befohlen und ausgeführt? Seans Lust, Seans gekränkter Stolz ... nur eine Farce.

Isabell tippe verspielt auf dem Tastenfeld des Handys.

War das Samuels Nummer?

»Sag mir laut und deutlich, ob du meine Regeln respektieren wirst. Wenn nicht, werden andere deinen Ungehorsam ausbaden. Und glaube mir, ich werde kochend heißes Wasser anrichten, um deine Lieben zu garen.«

Er erstickte an seiner Wut. Sie krallte sich in seinen Bauch, fraß sich durch seine Därme. Eingesperrt und dominiert wie ein Zirkustier. Und es gab nichts, was er dagegen tun konnte.

Das Glas flog an die Wand.

Erin schrie auf. Bruno schob sich ins Bild, hielt seine verdammte Knarre mit fettem Grinsen an ihre Schläfe.

»Deine Überreaktion zeigt mir, dass du deine Situation klar erkannt hast und meinen Anweisungen Folge leisten wirst. Es sei denn, du kannst auf deine Haushälterin verzichten.« Isabell schnippte und ihr Lakai steckte die Waffe weg.

Erins Augen füllten sich mit Tränen. »Raven, wo du vorhin von Rattengift gesprochen hast ...« Sie reckte ihr Kinn. »Irgendwo müsste ich noch welches haben.«

Tapfere Frau. Aber es würde ihr nichts bringen. »Du hast Isabells Anweisungen gehört. Richte dich nach ihnen.« Ihr Leben wollte er nicht auch noch auf dem Gewissen haben.

Isabell klatschte mit zwei Fingern lautlos Beifall. »Fein, dann darfst du dich entfernen. Geh zu Sean und fick ihn, wenn dir das die Situation erträglicher macht. Er wird für das Risiko üppig von mir entlohnt also halte dich nicht zurück.«

Ihr kaltes Lachen bohrte sich in sein Herz, tötete die Hoffnung, die er sich nur eingebildet hatte.

Keine Flucht. Keine Hilfe.

Raven flüchtete aus der Bibliothek, keuchte einen Teil des Druckes von seiner Brust. Sein Herz krachte gegen die Rippen. Mit jedem einzelnen Schlag. Sean war Isabell hörig. Er würde nicht sie verraten, sondern ihn.

Er stieß die Tür zu seinem Zimmer auf. Sean lag quer auf dem Bett und schlief. Tief und entspannt. Der Hoody war hochgerutscht, gab einen Teil seines Bauches frei. Kleine rotblonde Härchen wiesen den Weg, dem er folgen würde.

Raven streifte seine Jeans ab, warf seinen Pullover von sich.

165

Er sollte sich nicht zurückhalten? Dann würde er es auch nicht tun.

~*

Was waren das für rosa Heftchen? Samuel nahm das oberste von ihnen vom Stapel. *Kirschen für Hiroki.* Mangas?

Auf dem Titelbild biss ein Junge, der seinem Aussehen nach die Pubertät noch nicht einmal gestreift hatte, in den Schlips eines Mannes mit ungewöhnlich breiten Schultern.

»Miyu hat mir das geliehen. Damit ich euren Lebensstil besser nachvollziehen kann.« Nur eine winzige nach unten weisende Wellenlinie zeigte sich, dann war Jareks Mund wieder gerade. Er lehnte an der Küchentür und fixierte das Heft, als wäre es eine gefährliche Schlange. »Miyu meinte, Wissen um die Sache an sich würde automatisch Verständnis und Toleranz mit sich bringen.« Nun sah er wirklich gequält aus. »Aber mit den spacken Prinzen und Butlern, Studenten und plüschohrigen Dingern aus diesen Schundheftchen kann ich nichts anfangen. Ich fühle mich wie damals, als mich meine Schwester zwingen wollte, mit ihr Barbie zu spielen. Ich habe es gehasst.« Wenn sein zitterndes Luftschnappen nicht so drollig gewirkt hätte, wäre Samuel tatsächlich am Rand echten Mitgefühls vorbeigeschrammt.

»Diese Blättchen sind eklig, Samuel. Nicht nur, dass man sie falsch herum liest. Ich will mir nicht vorstellen, was ihr beiden euch wo reinschiebt. Und diese glatt rasierten, gezeichneten Ärsche kann ich auch nicht mehr sehen. Kein Haar! Nicht mal am Sack!«

Wo war die Willenskraft, wenn man sie brauchte? Samuel kämpfte mit einem Lachkrampf.

Ein paar Tage nach Laurens Outing war Miyu bei ihnen vorbeigekommen und hatte geschwärmt, wie heiß und romantisch sie Yaois fände. Samuels Vermutung, dass ausschließlich Frauen diese Dinger lasen, weil sie sich in den körperlich kleineren dafür aber

großäugigeren Männerpart hineinträumten, war an ihr abgeprallt. Auch der Hinweis, dass er in erster Linie auf Laurens' männlichen Eigenschaften wie Schwanzlänge und Dominanz in der Stoßtechnik stand und ihn permanentes
unschuldiges Augenaufreißen, während man durchgevögelt wurde, nicht wirklich anmachte, hatte sie nur für einen Moment irritiert.

»Du solltest diese Heftchen zurückgeben und ihre Existenz verdrängen.« Betont männlich schlug er Jarek auf die Schulter. »Dasselbe mache ich mit deinen Hustler-Heften ja auch, so ich sie beim Aufräumen in die Finger kriege.« In letzter Zeit ließ Jarek sie mit Vorliebe neben dem Klo liegen. Als Samuel beim Pinkeln daneben gezielt hatte, war Jarek ausgerastet.

»Hast du was von deinem ...« Jarek reichte ihm ein Bier.

Samuel nutzte die Gelegenheit, um sich auf einem unbequemen Küchenstuhl bequem hinzusetzen.

»... seltsamen Bruder gehört?«

Also meinte er Raven. Von Ian hörten sie ständig etwas. Seit ihm Raven den Mord an David gestanden hatte, verlor Ian mehr und mehr seine Mitte. Schlägereien, Ärger mit Türstehern und Dozenten und verhagelte Klausuren. Wenn er so weiter machte, würde er von der Uni fliegen.

Von Raven erfuhr Samuel nur das, was Finley sich häppchenweise aus der Nase ziehen ließ und das war nicht viel. Raven persönlich anzurufen, brachte er nicht über sich. Das Schweigen hatte zu lange gedauert. Aus irgendeinem Grund ließ es sich nicht überwinden. Immer, wenn er Ravens Nummer wählte, brach er wieder ab.

»Hast du kein Heimweh nach Schottland?« Jarek probte einen unschuldigen Augenaufschlag.

»Willst du mich los sein?«

»Ja.«

Das war das Gute an Laurens Mitbewohner. Er war absolut ehrlich.

»Du steckst deine Zahnbürste in mein Zahnputzglas. Du hängst deine Jacke über meine. Du schleuderst dir bereits im Flur die Schuhe von den Füßen und …«, Jarek holte tief Luft, inklusive vorschnellenden Zeigefingers, »du bist zu laut beim Sex!«

Oh bitte nicht schon wieder. Dieses Thema war Usus. Woche für Woche. Samuel übte sich im nachsichtigen Jarek-Lächeln. Er hatte es extra für ihn trainiert. »Das bin ich nicht allein.«

Jarek schnaubte. »Lass Laurens da raus. Der tut so was nicht.«

»Was? Nicht stöhnen? Nicht seine Lust hinausbrüllen? Doch, Jarek. Das tut er. Und zwar heftiger als ich. Deshalb liebe ich ihn.« Es gab Momente, da ging Laurens vor Ekstase die Wand hoch. Sofort erinnerte ihn sein Körper daran, dass er diesen Mann nicht nur von Herzen und ganzer Seele liebte.

Jarek schüttelte sich. Was musste er auch eine weitere Runde dieser albernen Machtspielchen einläuten? Ihr Kleinkrieg war albern, quälte in erster Linie Laurens, aber er würde Jarek keinen Fußbreit des hart erkämpften Bodens abtreten.

Samuel lehnte sich zurück. Was wohl passieren würde, wenn er seine Füße direkt neben Jareks Müslischale platzierte?

Eine Explosion.

»Füße runter!« Jarek schlug Samuels Beine vom Tisch. »In diesem schottischen Kaff kannst du dich benehmen, wie du willst. Hier nicht. Hast du überhaupt schon den Anteil deiner Miete bezahlt?«

»Gibt mir dieser Umstand das Recht, meine Füße auf den Tisch zu legen?«

»Nein. Was ist jetzt mit dem Geld?«

Er war fast pleite. Sonst wäre er längst mit Laurens ausgezogen. Die Band seines Bruders hatte sich wieder zusammengefunden. Der neue Sänger war schlechter als Darren, aber wenigstens lebendig. Außerdem mochte er Samuels Texte, bezahlte sie jedoch selten.

»Hast du einen Job?«, fragte Jarek misstrauisch. »Oder lässt du dich von Laurens aushalten?«

»Oh, er hält mich nicht aus.« Wenn er den erneuten Schlagabtausch wollte, sollte er ihn bekommen. »Er entlohnt mich großzügig für Sonderleistungen wie Blow...«

Jareks Faust knallte auf den Tisch.

»...jobs oder Rimm...«

»Schnauze!«

»...ing«

Jareks Gesicht lief kirschrot an. »Eure Schweinereien interessieren mich nicht.«

»Ich dachte, da du schon zuhörst, möchtest du auch den Grund für Laurens laute Lustäußerungen erfahren.«

Wenn sich Jareks Stirnader noch mehr aufblähte, würde sie platzen. Allerdings hatte er recht. Sie brauchten eine eigene Wohnung. Das bisschen, was er an Barem besaß, fraß Mhorags Manor. Da Finley nichts von Pfändung gesagt hatte, stopfte Raven sein Geld offenbar ebenfalls in das alte Gemäuer.

Endlich klappte die Eingangstür und Laurens kam. Als er sie zusammensitzen sah, bremste er ab.

»Ist mir was entgangen?« Er sah sich um, als suchte er die Ursache für die unerwartete Zweisamkeit. »Waffenstillstand?« Ein einsamer Hoffnungsfunke glomm in den grünblauen Augen, dann bemerkte Laurens, dass Jarek kurz vorm Super-GAU stand. »Okay. Was soll ich diesmal für euch sein?« Mit einem resignierten Seufzen setzte er sich neben ihn. »Vermittler, Richter oder Sanitäter?«

»Bestatter.« Jarek verschränkte die Arme vor der Brust. »Wenn ich ihn nicht erwürge, bring er mich mit seinem Geschwafel ins Grab.«

»Samuel schwafelt nicht.«

Schön zu sehen, wie Jarek vor Wut schnaubte. »Er nötigt mir Details eures Liebeslebens auf!«

Laurens zog die Stirn in Falten, Samuel schüttelte den Kopf. Von Details konnte keine Rede sein.

»Ich habe dich vermisst.« Es war fast zehn. Musste Laurens mit Miyu bis in die Nacht arbeiten? Ob Dragon Lords Vol. 02 eine Woche früher oder später blasshäutige Teenager vom realen Leben abhielt, spielte keine Rolle. Er legte die Hand in Laurens Nacken und zog ihn zu sich. Der Begrüßungskuss dauerte auch wegen Jareks Anwesenheit lang.

Jarek stand schweigend auf, schob seinen Stuhl zurück und ließ sie allein. Wahrscheinlich wähnte er Laurens tief in moralischem Morast und das aus Gründen, die sich nur ihm erschlossen.

Viel zu schnell löste sich Laurens aus ihrem Kuss. »Ich habe eine SMS von meiner Mutter bekommen. Sie hätte mir eine Mail geschrieben, die sehr wichtig sei.« Seine Tasche rutschte ihm von der Schulter und unterstrich den unmotivierten Eindruck. »Ich bringe es besser gleich hinter mich.« Mit Samuels Bier bewaffnet, schlich er in sein Zimmer.

Eine Nachricht von Claudia konnte nichts Gutes bedeuten. Als sie sich das letzte Mal bei Laurens gemeldet hatte, hatte Samuel ihn nebenbei verführt. Das nahm sie ihm sicher noch bis in alle Ewigkeit übel. Gerade als Samuel die Beine auf den Tisch gelegt hatte, um als Entschädigung Jareks Bier zu trinken, tauchte Laurens wieder auf.

»Samuel, kommst du mal?« Seine Nase war weiß und seine Augen zu groß.

Verdammt. »Was ist passiert?«

»Lies Claudias Mail. Dann weißt du es.« Er ging vor, blieb vor seinem Laptop stehen. »Sie hat sich nicht getraut, mir früher zu schreiben. Sie musste es erst selbst verdauen.«

»Was verdauen?«

»Hendriks Tod.« Laurens biss sich auf die Lippe. »Sie haben seine Leiche am Ufer von Loch Morar gefunden. Ganz in der Nähe des Anlegestegs, der zu Mhorags Manor gehört.«

Der See würde sie nicht loslassen. Er nahm Laurens in den Arm, wehrte die Erlebnisse des Sommers ab, so gut er konnte.

»Sie haben ihn anhand seines Personalausweises identifiziert«, sagte Laurens leise. »Plastik verrottet nicht. Fleisch schon.« Er schloss die Augen und schüttelte sich. »Wenigstens hat mir Claudia kein Foto gemailt.«

»Wissen sie, wie er gestorben ist?«

Laurens scrollte weiter hinunter. Kaum Wasser in der Lunge, die Polizei vermutete Tod durch Ersticken. Schloss Mord nicht aus.

»Ob es Davenport war?« Laurens Stimme zitterte. Würde sie das immer, wenn er den Namen seines Peinigers aussprach? Zur Hölle mit Davenport. Und genau dort war er auch.

»Weißt du, was mir am meisten zusetzt? Die Tatsache, dass ich nicht um Hendrik trauern kann. Er war mein Vater. Trotzdem war er bereit, deinen Tod für seine beschissene Forschung zu akzeptieren.« Laurens Hand suchte den Weg unter Samuels Shirt. Als sie die rauen Schuppen berührte, seufzte er. »Er wollte dich einfangen wie einen seltenen Falter. Und Davenport hätte kein Problem damit gehabt, dich für ihn mit einer Nadel aufzuspießen und unter Glas zu setzen.«

»Er hat es aber nicht getan.« Kopflos ließen sich keine Nadeln finden und stechen schon gar nicht. Samuel steckte seine Nase in die Flut blonder Haare. Wenn Laurens weiter über seine Brustschuppen strich, würde er seine Trauerarbeit verschieben müssen.

Laurens holte tief Luft. »Merkst du was? Das ist krank! Ich kann noch nicht einmal heulen. Ich fühle gar nichts!«

»Ich schon. Deine Berührung, deine Wärme.« Intensiv und vertraut. Wie hatte er es ohne Laurens nur all die Jahre aushalten können? »Ich würde dir gern sagen, dass mir Hendriks Tod leidtut, und dass du dir Zeit nehmen sollst, um dich von ihm zu verabschieden. Aber das wäre gelogen.« Seinetwegen konnte Johannson direkt hinter Davenport zum Teufel gehen. »Mich bedrückt nur, dass du

171

durch diese Nachricht an Dinge erinnert wirst, die du vergessen solltest.«

»Die kriege ich doch nie aus meinem Kopf.«

Schrammte Laurens absichtlich so fest mit den Nägeln über seine Brust? Samuel hielt die Luft an. Seine Nerven zitterten bis unter die Kopfhaut. Laurens ließ seine Finger hinab bis zur Jeans gleiten. Verdammt! Er kratze wieder, unter dem Nabel. Samuel fing seine Hand ein. »Mach weiter und mir ist egal, wer wie aus deiner Familie gestorben ist.«

»Dann sorge dafür, dass es mir auch egal wird. Wenigstens heute Nacht.« Laurens drängte ihn zum Bett, zog ihm das Shirt aus. »Ich werde nach Hamburg fliegen müssen. Zu meiner Familie. Aber ich will dich nicht allein lassen.« Er vergaß sämtliche Zärtlichkeit, ging gleich dazu über, ihn in die Schulter zu beißen.

Gott! Samuel presste die Lippen zusammen. Nach dem Küchengespräch mit Jarek konnte er unmöglich heiser aufschreien.

»Liebe mich.« Laurens Blick glühte durch seinen Kummer hindurch. »So lange, bis ich vor Erschöpfung einschlafe. Ich will nicht daran denken, dass ich dich morgen verlassen muss. Auch wenn es nur für kurze Zeit ist.«

Morgen schon. Er drückte Laurens an sich, so fest er konnte. Es war nur eine Beerdigung. Danach würde er wiederkommen. Bis auf ein paar Streitereien mit Jarek würde nichts Schlimmes geschehen.

~*~

Beim Einatmen zitterte die Strähne. Beim Ausatmen flatterte sie regelrecht. Raven pflückte sie vorsichtig von Seans Nasenspitze. Das Kitzeln sollte ihn nicht wecken. Er hatte sich seinen Schlaf verdient.

Ein einsamer Sonnenstrahl verirrte sich durchs Fenster, streichelte über Seans nackten Rücken, küsste seine vernarbte Schulter.

Raven saß bewegungslos neben dem Mann, der ihm die schönste Nacht seines Lebens bereitet hatte. Zerzauste Locken, der betörend schwere Duft nach Sex. Und Minze. Doch sie roch süßer als sonst.

Keine Schwellungen, keine roten Flecke auf der Haut. Auch glühte Sean nicht mehr. Er schlief friedlich, als hätte ihn kein Monster gebissen und verseucht.

*Ich wollte mich an dir rächen. Wollte dich ebenso willenlos machen, wie ich mich fühle.* Es war ganz anders gekommen. Sean hatte ihn in den Arm gezogen, kaum dass er begriffen hatte, was er von ihm wollte. Mit dankbarem Seufzen hatte er Ravens Gesicht an seinen Hals geführt. Er hatte den Biss ersehnt. Es war wundervoll gewesen. Ein Eintauchen in Geborgenheit und Wärme.

Sean hatte sich über ihn geschoben, ihn nicht nur unter seinem Körper, sondern auch unter seinen Küssen begraben. Träge Lust, schwere Nähe. Überall um ihn war sie gewesen. Raven hatte sich ihm hingegeben, oft. Mit jedem tiefen Kuss, mit jeder geteilten Erlösung war sein Zorn verraucht.

Oh ja. Sean beherrschte seinen Job perfekt. Jedes Mal aufs Neue war Raven der Illusion von Liebe und Hingabe erlegen.

Jemand klopfte an die Tür, rief: Runterkommen, du Freak! Sean schlief weiter. Er musste unglaublich erschöpft sein doch das war Raven auch.

Draußen stand Bruno. Er starrte an ihm hinab, seine Augen wurden kugelrund.

Raven hob die Arme an, drehte sich wie ein Tanzbär einmal um die eigene Achse. Nackt und mit sämtlichen Spuren der Liebe, die langsam aus seinem Körper floßen. »Schluck es oder lass es. Aber ich wette, meine Nacht war besser als deine.«

Die Badezimmertür schloss sich bereits hinter ihm, als Bruno würgte.

Heißes Wasser war nicht gut. Kaltes auch nicht. Raven biss sich auf die Lippen. Vor Bruno würde er nicht vor Schmerz stöhnen. Unter Sean hatte er es vor Lust getan.

Nie vorher hatte er sich jemals in einem Menschen geirrt.

Irgendwann war immer das erste Mal.

Bruno wich vor ihm zurück, als er aus dem Badezimmer kam. Fehlte noch, dass er sich bekreuzigte und dreimal ausspuckte.

»Ich zieh mich an.« Nackt ließ er sich auf keine Möbel schnallen.

Sean schlief nach wie vor. Nur als Ravens Gürtelschnalle klackerte, verzog er im Traum das Gesicht.

Warum zum Teufel sehnte sich sein Herz nach dem Iren? Weil er so gut vögeln konnte? Weil seine Blicke ihn dabei in Zärtlichkeit gebadet hatten? Es war eine Lüge.

*Hör auf, wehzutun.* Sein Herz gehorchte nicht.

Diesmal stieß ihn Bruno nicht in den Rücken. Er lief ein paar Schritte hinter ihm und kommandierte ihn einsilbig in die Küche.

Die Hexe saß bereits am Tisch. Die Kaffeetasse, das kalte Lächeln. Es war wie am Morgen zuvor.

Ein tiefer Atemzug gegen die Panik. Sie durften ihn nicht fesseln. Dann wäre es erträglicher. Sean war nicht da. Er würde diesmal kein Zeuge der Demütigung werden. Obwohl ... vielleicht gehörte auch das zu seinem Job.

»Hattest du eine gute Nacht?« Isabell betrachtete ihn wie etwas, das man sich gegönnt hatte und nun stolz auf seinen Besitz war. Als er schwieg, zuckte sie Schultern. »Wirst du dieses Mal stillhalten oder soll dich Bruno wieder fixieren?«

Es ging los. Seine Handflächen wurden feucht. Sein Herz donnerte, als ihn Henry auf einen Stuhl drückte.

Sun bespannte ein Glas mit Folie, zog sich Einmalhandschuhe über und lächelte ihn aufmunternd an. »Entspannen Sie sich. Dann ist die Ausbeute größer.«

Bruno zwängte ihm den Kiefer auseinander. Viel zu fest, viel zu weit.

Sun stemmte das Knie auf seinen Schoß. »Nicht zappeln, Mr. Mac Laman!«

Plastik im Mund.

Der Geschmack nach Latex. Und Brunos Visage dicht vor seiner.

»Ich mach dich fertig, Freak. Ich habe es dir versprochen.«

~*~

Mieses, widerliches Dreckspack! Und Erin musste es auch noch bekochen. War Mhorags Manor ein Hotel für Verbrecher? Finley schleuderte den Schlauch heftiger als nötig aus. Wenn er den Garten nicht hätte, um dieser Saubande entkommen zu können, würde er eingehen wie eine Primel.

Floh er und holte Hilfe, war Erin dran. Floh Erin, war er dran. Flohen sie beide, war Raven dran. Nun wäre doch der beste Zeitpunkt für den Jungen, seinem Blutdurst nach Herzenslust nachzugeben. Gute Idee! Nein. Bekloppte Idee. Starb einer ihrer Männer, wären wieder er oder Erin dran. Oder Samuel. Noch schlimmer. Zum Auswachen!

Bewusst langsam rollte er den Schlauch zusammen und hing ihn an die Hauswand.

Mit einem netten Strick um den Hals würde sich diese garstige Frau auch gut an dem Haken machen. Wie lange dauerte es, bis ein Mensch blau anlief? Kaum kürzer, bis er erstickte. Über diese Idee würde er vor dem Mittagschlaf brüten. Vielleicht bot sich eine Gelegenheit, Isabell in den Garten zu locken aber würde er sie hochhieven und aufhängen können? Er war nicht mehr der Stärkste.

Selbst wenn, dann wäre wieder Erin dran.

Scheiße.

Dass die Menschen nicht die Finger von den Zwillingen lassen konnten. Ständig fanden sie etwas, das sie von ihnen wollten. Haut, Gift oder Sex. Finley spuckte aus. Verkommene Welt! Als es noch funktioniert hatte, hatte er Erin gepoppt, ohne Katastrophen auszulösen. Einfach so. Im Kohlenkeller, auf der Werkbank und bei Mondschein unterm Rosenbogen, wenn sie sicher gewesen waren, dass Mias Söhne schliefen. Warum war das heute so kompliziert? Nur weil die Jungs eine Sagengestalt zum Vater hatten? Das zog offenbar das Drama an wie Scheiße die Fliegen.

Apropos. Er brauchte eine Klatsche. Ganz einfach. Ob sich Wilsons alte Jagdflinte dazu eignete? Mist, verdammter. Dann war er dran. Oder sie beide. Oder alle. Sein armes, altes Hirn, es dachte sich wund.

Finley trat sich die Stiefel ab, öffnete die Hintertür. Erst einmal einen heißen Tee. Danach konnte er immer noch ...

Raven! Er brüllte, als steckte er am Spieß. Ging das schon wieder los?

»Was ihr auch macht, hört sofort auf!« Der Lärm kam aus der Küche. Finley rannte, was seine alten Beine hergaben. »Weg von ihm! Elendes Saupack!«

»Bleib locker, Opa.« Dieser Luis kam ihm entgegen. Er würde ihn nicht davon abhalten, alles von Raven wegzuprügeln, was ihm in den Weg kam. Was lachte der Kerl so dreckig? Er war ein guter Boxer – gewesen. Immerhin.

»Fäuste runter, Alter. Du renkst dir noch die Schulter aus.«

Ein Stoß, ein Knacken, und sein Arm klebte auf dem Rücken. Verdammt war der Kerl schnell. »Schmort in der Hölle!«

»Kann passieren. Doch bis dahin gehst du brav mit mir ins Wäschezimmer, damit du Sun nicht bei der Arbeit stören kannst.«

Wie ein Verbrecher führte ihn der Kerl ab.

»Teufelspack! Kriminelles Gesocks! Abschaum! Wie könnt ihr es wagen, mich wie ein Balg einzusperren?« Das war der Gipfel der Frechheit.

Luis hob die Hand. »Du machst zu viel Ärger. Und dein Geschimpfe geht meiner Schwester auf die Nerven.« Er stieß ihn von der Tür weg, drehte sich um und blieb mit der Jacke am Bügelbrett hängen. Was er ausspie, mussten Flüche sein. Klangen aber nicht so. Er riss an der Jacke, das Bügelbrett kippte um und der Kerl knallte hinter sich die Tür zu.

Finley rannte ihm nach. Umsonst. Der Drecksack hatte ihn eingesperrt.

»Lasst mich hier raus! Ich bin ein freier Mann!«

Von der anderen Seite drang höhnisches Lachen.

Verflucht noch mal! Finley hämmerte mit den Fäusten gegen das Holz. Wehe, sie krümmten Raven ein Haar! Hilfe. Sie brauchten dringend Hilfe!

Das Fenster brachte nichts. Es war zu schmal, um sich durchzuquetschen. Bügeleisen, Waschmittelkartons, der Wäscheständer ... nichts, mit dem er die Tür hätte aufbrechen können.

Er stieß mit dem Fuß an etwas Kleines, Eckiges. Es schlitterte von ihm weg, verschwand unter einem der Wäscheregale. Ein Handy. Es war Luis aus der Tasche gefallen. Finley hatte sich noch nie so schnell nach etwas gebückt.

Samuel! Er musste ihnen helfen.

~*~

*Mein bitterer Weg hin zum köstlichen Tod. Rufe nur, Muse der Schattenwelt. Rufe schrill nach deinem verlorenen Kind und empfange es endlich mit knochigen Armen, den Pesthauch der Nacht noch auf deinen grün schimmernden Lippen.*

Wenn er diesen Mist noch ein einziges Mal lesen musste, würde er die gesamte Mail löschen. Samuel schob den Laptop von sich. Schwachsinn konnte nur aus großer Distanz ertragen werden. Wohl auch deshalb, weil die Schrift dann kaum noch zu entziffern war. Was dachte sich Maddock dabei, solche Texte zu verfassen? Als Bassist sollte er sich lieber auf sein Instrument konzentrieren.

Er fischte aus der Schreibtischschublade sein Notizbuch mit den Songtexten. *Grün schimmernde Lippen.* Nicht, solang er für die Poesie zuständig war.

Das Handydisplay leuchtete auf. Eine fremde Nummer? »Ja bitte?«

»Samuel! Gott sei Dank!«

»Finley? Von wo rufst du ...«

»Hier sind Leute mit Waffen. Sie bedrohen uns, wollen Ravens Gift.« Finley fluchte und zeterte, alles im Flüsterton.

War er betrunken? »Beruhige dich und sag Erin, sie soll den Whisky einschließen.«

»Tom ist hier. Er hat Raven an eine Frau verraten, die sein Gift verkaufen will. Das sind Drogenhändler, Samuel.«

Tom war in Morar? Er war untergetaucht. Die Polizei suchte nicht mehr nach ihm. Laurens hatte er nur aus einem einzigen Grund töten wollen: um Samuel Leid zuzufügen. Nun war er bei Raven. Eine Hand aus Eis griff nach seinem Herz.

»Du musst kommen, Samuel. Die führen was im Schilde. Wer weiß, wie lange sie ihn noch hierlassen. Sie quälen ihn, ich habe gehört, wie er schrie. Als ob er ...« Finley keuchte, etwas polterte und eine tiefe Männerstimme nannte ihn einen hirnlosen Trottel.

»Finley? Finley!« Ein Knacken, Stille.

Drogenhändler. Und Tom hatte Raven an sie verraten. Sie quälten ihn? Samuels Hirn gebar Szenen, an deren Ende sein Bruder zerrissen wie eine Puppe im Dunkeln lag.

Brust und Kehle, alles zog sich zusammen. Sein Herz schmerzte vor Angst.

Er wählte Ravens Nummer. Niemand ging ran. Er wählte die Nummer des Hausanschlusses. Nicht einmal ein Freizeichen erklang. Das Starren aufs Display machte nicht ungeschehen, was Finley gesagt hatte. Tom war in Morar. Damit war Raven in größter Gefahr.

Es hörte nicht auf. Warum hörte der Albtraum nicht endlich auf?

Wo waren die verdammten Autoschlüssel? Vorhin hatte er sie noch gehabt! Er musste zu seinem Bruder. Sofort. Tom hatte versucht Laurens zu vergiften, er würde vor Raven nicht haltmachen.

Sein Magen krampfte vor Angst. Hätte er sich nur früher bei ihm gemeldet.

Eine Notiz für Jarek, dass er mit seinem Leben dafür einstehen sollte, dass Laurens in Hamburg blieb. Dort war er sicher. Wenn er erfuhr, was geschehen war, würde er augenblicklich zurückkommen. Das durfte er auf keinen Fall.

Samuel rannte die Treppe hinunter, stürzte ins Auto. Warum geschahen die schrecklichsten Dinge immer dann, wenn er jemanden im Stich ließ?

Nein, er ließ Raven nicht allein.

Es gab genug geheime Gänge ins Gemäuer herein und wieder hinaus. Er würde es schaffen. Raven hatte ihm damals mit Davenport auch zur Seite gestanden. Zu zweit würde es gehen. Und wenn er nicht mehr in der Lage war, zu helfen? Samuel prügelte diesen Gedanken aufs Lenkrad. *Finger weg von meinem Bruder!* Er hatte bereits getötet. Für Laurens. Für Raven würde er es ebenfalls.

# ZU SPÄT

Hemmungsloser, fantastischer Sex. Überirdisch intensiv, bis zur Ohnmachtsgrenze berauschend. Und leider nur ein Traum.

Sean schlug die Decke weg und mutete seinem schlafwarmen Körper die kalte Morgenluft zu. Ein Duft wie aus seinen Träumen stieg von ihm auf. Schwer und süß. Er haftete am Laken, das zerknüllt unter ihm lag, am Kopfkissen, überall.

Sean drückte die Nase in den Stoff und atmete tief ein. So gnadenlos sinnlich hatte er noch nie geträumt. Er lachte ins Kissen. Jesus, was hatte er für geile Sachen angestellt.

Durch wie viele Träume hatte er sich geliebt? Mehr als genügend und immer mit demselben Mann. Raven.

Fuck! Raven! Er hatte von ihm geträumt, lag in seinem Bett, allein. Ob ihn Isabell schon am Kragen hatte? Verdammt! Warum hatte ihn niemand geweckt?

Hose? Vor dem Bett. Pullover? Darunter. Fuck! Dieses Herumgehopse, bis er in den Hosenbeinen steckte! Schuhe? Scheißegal.

Im Haus war es still. Dafür, dass mittlerweile so viele Personen hier wohnten, war das ungewöhnlich.

Luis und Henry saßen vor der Haustür und legten Karten. Der silberne Wagen war weg.

»Endlich wach?«, murmelte Henry, ohne von seinem Blatt aufzusehen. »Wurde auch Zeit. Dein Tamagotchi sitzt in der Küche und wartet auf dich.« Er kaute auf seiner Unterlippe, was ein völlig fremdes Bild war. »Der Boss ist in Fort William. Unseren Rückflug klarmachen.«

»Schon?« Wie sollte er sich von einem Land wie diesem wieder trennen können? Irland lag gespuckt über dem Meer. Irgendwo dort stand sein Cottage. Statt seine Sachen zu packen und hinzufahren, ließ er sich von Isabell nach Russland zurück gängeln. Sean ballte die Faust und kämpfte gegen das Bedürfnis an, vor Enttäuschung loszubrüllen. *Du bist Ire. Iren sind nicht gehorsam.* Ravens Stimme in seinem Kopf konnte ihm nicht helfen.

»Freu dich doch. In Kovalenko hast du Raven ganz für dich allein.«

Das aufmunternde Pseudolächeln hätte er Luis gerne aus dem Gesicht gedroschen. Raven für sich haben? Sofort. In Irland. Ohne Isabell, ohne Team.

Luis grinste ihn schon wieder an. Auf eine Weise, die Sean absolut nicht gefiel. »Siehst gut aus, Sean. Nette Nacht gehabt?«

Henrys Räuspern gehörte in die Kategorie *Verwarnung auf höchstem Niveau.* Sein Blick zu Luis verstärkte den Eindruck. Er legte Sean die Hand ins Genick und führte ihn etwas weiter von Luis weg. »Geht's dir gut?«

»Fragst du wegen meines Armes?« Seit ihn Raven gebissen hatte, war der Phantomschmerz wie weggeblasen.

Henry musterte ihn eindeutig besorgt. »Wenn du mit irgendetwas in deinem Job nicht klarkommst, sag mir Bescheid.«

Redete er von Raven?

»Versprich mir das.«

»Mach ich. Auch wenn es Schwachsinn ist. Ob ich klarkomme oder nicht, du wirst nichts ändern können.« Mit den Folter-Jobs kam Henry auch nicht klar und Isabell mutete sie ihm dennoch zu.

Völlig überraschend zog ihn Henry in den Arm und wuschelte ihm durchs Haar. »Du kriegst das schon hin. Bist ja hart im Nehmen.«

Hatte er etwas verpasst? Mit hängendem Kopf schlich Henry davon. Ihm musste wirklich etwas auf der Seele liegen.

Auf dem Weg zur Küche lief er Tom in den Arm. Dessen Blick ähnelte Luis' Grinsen.

»Wie geht's Sean? Gut geschlafen?« Er kam näher, musterte ihn von oben bis unten. »Bist ein bisschen blass. Das ist ja auch kein

Wunder, nicht wahr?« Er kicherte, fuhr sich durch die Haare und kicherte wieder. »Vielleicht hättest du dich von mir ficken lassen sollen. Dann hätte ich für dich beim Boss ein gutes Wort einlegen können.« Sein spitzes Kinn zeigte beinahe zur Decke. »Doch unter diesen Umständen habe ich keinerlei Veranlassung dazu.«

»Fresse, Tom.« Das Frettchen ging ihm auf den Geist.

Tom zog einen Flunsch und verdrückte sich.

Besser für ihn. Als ob Isabell auch nur den geringsten Dreck darauf geben würde, was Tom sagte oder nicht.

Raven war nicht allein in der Küche. Erin war bei ihm.

Sean nickte ihr zu, erntete aber nur einen hasserfüllten Blick.

Raven sah müde hoch.

War das Blut in seinen Mundwinkeln? Sean versuchte, nicht hinzusehen. Es ging nicht. »Es tut mir ...«

Raven winkte ab. »Ich will es nicht hören.«

Fuck! Sollte ihm Bruno über den Weg laufen, war er dran.

»Hast du gut geschlafen, Wärter?«

Leise und messerscharf. Weder gefiel ihm Ravens Stimme noch das Wort *Wärter.* »Du bist der Dritte, der mich nach meiner Nachtruhe fragt. Langsam nervt es.« Was war gestern Abend passiert? Sie hatten sich getrennt, er hatte sich auf Ravens Bett ausgestreckt. Und dann? Er musste eingeschlafen sein.

»Dein Boss führt ein hartes Regiment unter dem Einsatz strenger Regeln.« Ravens Lächeln war pure Resignation. »Mache ich ihr oder dir oder einem anderen von euch Mistsäcken den geringsten Ärger, lässt sie die Menschen, die ich liebe, dafür bluten.«

Klang eindeutig nach Isabells Lieblingsanweisungen, allerdings blutete nur Raven. Bruno hatte ihm tatsächlich die Mundwinkel eingerissen.

Komplett unpassend für diesen Moment knurrte Seans Magen. »Kannst du einen Augenblick warten, bevor du deine Laune an mir auslässt? Ich muss was frühstücken.«

183

Raven zog den Stuhl neben sich zurück. »Sei mein Gast.« Sein Blick signalisierte *halte dich von mir fern* und nicht *setze dich neben mich.*

Sean rückte den Stuhl weiter von ihm weg. Ein paar Sex-Träume hätten Raven auch gutgetan. Dann wäre ihm die Tortur unter Isabells Fuchtel leichter gefallen. »Warum hast du mich nicht geweckt? Ich hätte ...«

»... Händchen gehalten?«

Nur weil Ravens Lider auf Halbmast gingen, sahen seine Augen nicht weniger gruselig aus.

»Oder hättest du mir den Schweiß von der Stirn getupft?«

»Ich hätte Bruno eins in die Schnauze gegeben. Dir übrigens auch. Mir geht dein zynisches Gelaber auf den Geist.« Jesus! Für Brunos Sadismus trug er keine Verantwortung. Für Isabells Grausamkeit ebenfalls nicht.

Erin knallte eine Tasse mit Kaffee so hart auf den Tisch, dass sie überschwappte. Ein Teller mit belegten Brötchen folgte ebenso derb. »Sie haben ihn ...«

Raven hob träge die Hand. »Erin, lass gut sein.«

Auf Erins Wangen wuchsen rote Flecken. »Das kann ich nicht!«

»Dann stirb. Isabell hat ihre Bedingungen klar formuliert.«

Die Alte nickte mit zusammengepressten Lippen und rauschte aus der Küche.

Ravens Kopf sank auf die Hand, die den Tassenrand immer noch umfasste. »Du verfügst über ein gut eintrainiertes emotionales Repertoire. Zahlt dir Isabell einen Bonus für jede vorgetäuschte zwischenmenschliche Regung?«

Welches Repertoire?

»Wenigstens waren deine ...« er schluckte, holte tief Luft. »Vergiss es.«

Er wirkte durchgenommen, wie er da am Tisch hockte. Körperlich und moralisch. Die schwarzen Schatten unter den Augen, der resignierte Zug um den Mund. Als hätte er eine Nacht mit zu vielen

Freiern hinter sich. Brennender Arsch, leerer Kopf und den Eindruck, überall dreckig zu sein. Dagegen half auch stundenlanges Duschen nicht.

Sean hatte sich oft so gefühlt. Für Bob zu arbeiten, brachte das zwangsläufig mit sich. Weg mit diesen Erinnerungen. Bob war Geschichte und wunde Ärsche auch.

Allerdings schien Raven das Gemolkenwerden ähnlich zuzusetzen. Er umklammerte die Kaffeetasse, bis seine Knöchel weiß hervortraten.

Sean schob ihm den Teller hin. So wie er aussah, brauchte er dringend etwas zu essen.

»Was macht dein unsichtbarer Arm?« Ein Hauch Freundlichkeit lag in seiner Stimme. »Scheinst mein Gift gut vertragen zu haben.« Er pickte sich das einzige Marmeladenbrötchen. »Kopfschmerzen?« Mit der Fingerspitze wischte er sich einen Klecks aus dem Mundwinkel und zuckte dabei zusammen.

Zuerst den Finger ablecken, dann den wunden Mundwinkel küssen und im Anschluss Bruno die Knarre in den Arsch schieben. Dank Isabells beschissenen Regeln konnte er sich diese kleinen Liebesbeweise abschminken. Raven würde sie nur als weitere Demütigungen werten. Bis auf die Sache mit Brunos Arsch. Das gefiel ihm garantiert.

Raven schob einen Krümel auf dem Teller hin und her. »Mit den Nebenwirkungen ist das so eine Sache. Hin und wieder kommt es zu Erinnerungslücken. Mir ist aber auch schon mal einer nach ein paar Tagen verrottet. Ein anderer ...« er biss sich auf die Lippe, dann lächelte er auf eine Weise, die die Temperatur im Raum senkte, »... sah sich danach kaum noch ähnlich und von den restlichen Leichen sollte ich wohl lieber schweigen.«

Noch ein bisschen mehr und seine Pupillen würden phosphoreszieren.

Auf Seans Rücken blühte eine Gänsehaut. Pestkranke aus Mittelalterfilmen. Sie verreckten auf schmutzigen Pritschen oder wurden von Typen mit Rabenschnabelmasken auf Karren geschmissen. Wie der Mann, den sie am Straßenrand gefunden hatten. Beulenübersät. Eigenartig, dass er ausgerechnet in diesem Moment an ihn denken musste.

»Habe ich dir Angst gemacht, Ire?«

Mehr als ein Schulterzucken war nicht drin. Wehe, er würde auf seinem Körper nur die kleinste Beule finden.

»Chen Sun plaudert gern. Während mein Gift in sein Einmachglas getropft ist, hat er mir vorgeschwärmt, wie viel Geld ein einzelnes Fläschchen mit seinen Wundertropfen einbringt.«

Bitterer Hohn. Gespickt mit einer Portion Verzweiflung und geschwenkt in einer Pfanne mit siedender Resignation. Kein schmackhaftes Gericht. In Gedanken schüttete es Sean in den Mülleimer. Isabell würde Raven niemals freilassen. Wenn er Glück hatte, konnte er noch ein, zwei Tage länger in Mhorags Manor bleiben, doch dann würde sie ihn in Kovalenko deponieren, wo Sun jederzeit ungestraft mit ihm machen konnte, was er wollte.

»Was hat dein Boss mit mir vor?«

Sean hörte die versteckte Angst in der leisen Stimme. Sollte er von den Gurten erzählen? Von dem Raum mit schmalen Fenstern? Von dem Stahlzaun oder von den Typen mit den Uzis?

Raven nickte. Er ahnte, was ihm blühte. »Wann?«

Bald. Zu bald, um einen vernünftigen Fluchtplan zu schmieden. Verhandelte Isabell nicht bereits wegen des Rückflugs?

»Führst du mich aus?«, fragte Raven nach einer Weile und klang auf eine ätzende Art höhnisch. »Ich brauche frische Luft. Wenn ich könnte, würde ich mich dabei im See ersäufen doch dein Boss hat mir diesen Zahn ebenfalls gezogen.«

Ein Scherz? Ravens Miene verriet nur abgrundtiefe Frustration. War er wirklich so weit, sich das Leben zu nehmen? Seans eigenes

Schicksal war nicht rosig, aber Ravens schien ihn an Grenzen zu führen, die er auf keinen Fall übertreten durfte.

»Mach dir keine Sorgen.« Sein Lächeln versuchte erst gar nicht, fröhlich zu wirken. »Dein Boss hat mich moralisch dermaßen geknebelt, dass ich nicht einmal gedanklich einen Fluchtversuch wagen werde. Ich will mich nur von meinem Zuhause verabschieden.«

Das Essen klumpte in Seans Magen zusammen. Der letzte Bissen wollte sich nicht einmal mehr schlucken lassen, so eng war seine Kehle. »Auch wenn du es nicht hören willst. Es tut mir leid. Alles, was hier geschieht.«

»Alles?« Raven nickte. »Verstehe.«

»Nein. Tust du nicht.« Wie konnte er ihm nur begreiflich machen, was er ihm bedeutete? »Ich verdanke Isabell mein Leben. Sie hat mich bei sich aufgenommen, als ich bloß noch ein Klumpen wundes Fleisch war.«

»Sie geht mit deinem Leben nicht gut um.« Raven legte ihm sanft die Hand an die Wange. Sein Blick war traurig aber auf eine andere Weise als eben. »Sie bezahlt dich dafür, dass du früher oder später wieder nur wundes Fleisch sein wirst.«

Was meinte er? Sean wollte etwas sagen, aber Raven schüttelte den Kopf. »Du bist mein Wärter, also führe mich aus. Doch vorher gehst du duschen. Ich warte solange draußen.«

Sean schnupperte an seiner Achsel. Roch er so streng? Für Ravens empfindsame Nase offenbar schon.

Wie ein gerügter Schuljunge schlich er ins Bad. Er quälte sich aus der Jeans, drehte das Wasser an.

Er musste mit Raven reden. Beichten, was er für ihn empfand. Vielleicht gab es eine Lösung, die sie bisher übersehen hatten. Raven sollte sich nicht von ihm zurückziehen. Dazu war seine Nähe zu schön. An die Küsse und Berührungen durfte er nicht denken. An seine Träume erst recht nicht.

Das heiße Wasser plätscherte auf seinen Schwanz, der sich der Stimulation pochend entgegen reckte. Es lag nicht an dem Reiz des Wassers allein. Es lag an Raven und den Bildern, die in Seans Kopf steckten. Sollte er ihm von seinen Träumen erzählen? Dann glaubte er ihm eventuell, dass er ihn auch ohne Isabells Geld begehrte.

Wie jeden Morgen kämpfte er mit dem Handtuch, bis er sich leidlich abgetrocknet hatte.

Ein kühler Luftzug streifte seinen noch nassen Rücken. Sean schauderte.

»Wie gefällt dir dein Job?« Tom stand an die Türzarge gelehnt. Sein hämisches Grinsen übertraf selbst die Fratze von vorhin. »Isabell blättert dir eine Menge Scheine hin, dass du einem Monster für perverse Spielchen zur Verfügung stehst. Erzähl mal. Was treibt Raven alles mit dir?«

Hatte der kleine Schwanzlutscher heimlich was geraucht?

»Mach dir nichts draus. Wer vom Straßenstrich kommt, ist sicher einiges gewöhnt. Jetzt weiß ich wenigstens, warum ich dich nicht ficken durfte. Ich hätte dich vorher bezahlen sollen. Mein Fehler.«

Tom kannte seine Vergangenheit. Von wem? Henry? Niemals!

»Wie fühlt es sich an, wenn einem eine Missgeburt im Arsch steckt? Geilt dich das auf?«

Raven schoss wie eine Schlange aus dem Schatten, packte Tom an der Kehle und drückte ihn gegen die Wand. »Noch ein Wort aus deinem Lügenmaul und ich beiße dir die Zunge ab!«

»Das darfst du nicht«, keuchte Tom. »Oder soll Isabell Samuel anrufen?«

Sofort ließ ihn Raven los.

Tom rieb sich den Hals, im Blick reinen Triumph. »Die Zeiten, in denen du mir drohen konntest, sind vorbei. Sei froh, wenn ich Isabell nichts von diesem kleinen Ausrutscher erzähle.«

Scheiße, was lief hier?

Raven stand wie versteinert und starrte Tom mit einem Blick an, der selbst Seans Haare aufstellte. Konsequenterweise hätte Tom tot umfallen müssen. Stattdessen sah er amüsiert zwischen ihnen hin und her. »Sean weiß es nicht.« Ein einsames Lachen kam über seine Lippen. »Du hast ihm nicht gesagt, welche ...« Seine dürre Hand fächerte in der Luft nach den passenden Worten. »... Modifikationen Isabell an seinem Aufgabenbereich vorgenommen hat.«

Raven wurde weiß im Gesicht. »Raus!« Er fauchte und Tom riss erschrocken die Augen auf. Seitwärts ging er zur Tür, rannte aber nicht weg.

Sean an seiner Stelle hätte es getan.

»Ich sage die Wahrheit, Sean. Du bist Ravens Hure. Deshalb bezahlt dich der Boss so großzügig. Wir haben es alle gehört. Sie hat es Raven vor dem versammelten Team erzählt. Oh!« Sein Zeigefinger schoss in die Höhe. »Nicht vor dem gesamten Team. Du hast gefehlt.«

Ravens Hure?

Tom rannte.

Ravens Hure.

~*~

Raven verbiss sich einen Schrei. Die Wut auf Tom erstickte ihn. Blutleer und aufgedunsen auf der Wasseroberfläche treibend, das wäre ein akzeptables Schicksal für die kleine Ratte.

Sean hielt sich den Magen, als wäre er geschlagen worden. Um seine Lippen bildete sich ein weißer Rand. Kannte er seinen Boss so wenig? Ihre Bosheit stank widerlicher als ihr süßes Parfum.

Plötzlich straffte er die Schultern, hob seine Jeans auf und fischte ein Handy aus der Hosentasche. »Isabell? Kann ich dich kurz sprechen? Ich glaube, da ist ein Missverständnis aufgetreten.« Er schwieg, hörte zu und drückte das Gespräch schließlich weg. Das

Handy fiel ihm aus der Hand. Aus seinem Mund drangen Flüche, die niemals Lippen berühren durften, die so fantastisch küssten wie seine.

Sean sollte ein Profi sein? War er nicht. Er war erschüttert von Isabells Verrat. So sehr, dass er um jeden Atemzug kämpfen musste.

»Du hast es gewusst und mir nichts gesagt? Keine Warnung? Keinen Hinweis?« Sean ballte die Faust. Er zitterte vor Wut.

»Ich bin davon ausgegangen, dass du Bescheid weißt.«

»Bist du das, ja?« Sein kurzes Auflachen erstickte er selbst, indem er es sich vom Mund wischte. »Dann wollen wir alles nachholen, was du gestern versäumt hast.« Gefasst ging er zum Waschbecken und stützte sich am Beckenrand ab. »Isabell fickt meinen Rachen mit Geld, dafür, dass du meinen Arsch ficken darfst. Bediene dich.« Mit durchgebogenem Rücken streckte er ihm seinen Hintern entgegen. »Was ist? Kriegst du ihn nicht hoch? Soll ich dir vorher einen blasen? Ich bin recht gut darin.«

»Sean, hör auf. Es interessiert mich nicht, was Isabell gesagt hat. Ich werde dich nicht vögeln. Nicht jetzt und später auch nicht.«

Seans kalter Blick über die Schulter verbarg nur ansatzweise den brennenden Zorn. »Ich habe ganz andere dazu gebracht, mich zu besteigen. An dir werde ich nicht scheitern.« Sein Kopf sank auf die Brust. Er schloss die Augen, atmete laut ein. »Verdammte Scheiße! Ich wollte so etwas nie wieder tun müssen.«

Nackt und ausgeliefert. Nicht nur körperlich. Sean, der so viel breiter und stärker war als er, war hilflos wie ein Kind, das auf Schläge wartete.

Raven trat hinter ihn, legte seine Hände auf die bebenden Schultern. »Warum hast du mir nicht gesagt, dass du in Bangkok angeschafft hast? Dann hättest du Tom ins Gesicht lachen können, statt dich vor ihm zu schämen.«

Unter seinen Händen verkrampften sich Seans Muskeln.

»Ist nichts, womit man prahlen kann. Wieso sollte ich es jedem auf die Nase binden?«

»Ich bin nicht jeder.«

»Stimmt.« Sean drehte sich zu ihm. »Du bist ab jetzt mein Stammfreier.«

~*~

Wie hatte ihm Isabell das antun können? Für Raven wäre er weit über seinen Schatten gesprungen, freiwillig. Hätte es Raven gewollt, hätte er ihn vögeln dürfen. Doch nun machte es Isabell zu seiner Pflicht. Sean würgte an dem stickigen Gefühl, das Raven Scham genannt hatte.

»Du siehst in mir einen Freier?«

»Was sonst? Du hast Tom gehört. Ich bin deine Hure.« Jesus, war ihm schlecht.

Ravens Braue hob sich, langsam glitt sein Blick über Seans Körper, ließ keine Stelle aus. »Dann behandele mich auch so.«

Nein! Sean biss die Zähne zusammen. Raven ging es nichts an, wie sehr ihn diese Enttäuschung schmerzte.

»Auf was wartest du?« Mit theatralischer Geste verneigte sich Raven vor ihm und wies schließlich zur Tür. »Komm ins Bett, oder willst du dich auf den kalten Boden legen?«

Musste sein Herz wie eine Trommel schlagen? Aus Wut! Nur aus Wut! Die Aussicht, sich von Raven vögeln zu lassen, hatte nichts damit zu tun. Er war Profi. Mit dieser beschissenen Situation würde er klarkommen.

Zitternd vor Wut gehorchte er.

Kaum im Zimmer angekommen, schloss Raven hinter ihm die Tür und lehnte sich dagegen. »Was brauchst du für deinen Job?«

Oh Gott! »Kondome und Gleitgel wären fair.« Und danach einen stillen Ort zum Heulen.

Raven hatte ihn die ganze Zeit ficken wollen. Nun durfte er es, musste nicht einmal fragen oder sich um Verführung bemühen. Wären sie einander nicht schon so vertraut gewesen, wäre es weniger schlimm.

Er schritt geschmeidig auf ihn zu. Um seine Lippen zuckte ein Lächeln, das Sean nicht einordnen konnte. Hohn? Vorfreude?

»Keine Gummis, kein Gel.«

»Du willst mich bareback ficken?« Keiner, der nicht bereits im Schlamm kroch, machte das. Sean hatte nicht umsonst Bangkok überlebt. »Dann vergiss es und geh einkaufen.« Auf diese Weise würde er nicht sein Leben für einen Job riskieren.

»Ruf Sun an und lass dir von ihm erklären, warum ich nie in meinem Leben krank war. Jedenfalls nicht körperlich.« Sein verhaltenes Lächeln driftete ins Unheimliche ab. »Seelische und geistige Zerrüttungszustände sind mir dagegen vertraut.« Er legte seine Hände auf Seans Brust, drückte ihn hinunter aufs Bett. »Los. Ruf an. Wenn der Chinese wirklich Ahnung von mir hat, weiß er das.«

Sean wählte Suns Nummern.

Der Chinese meldete sich hoch motiviert. Sean machte sich nicht die Mühe, ihm die Situation zu beschreiben. Er fragte einfach, ob es für ihn ein Risiko wäre, sich von Mac Laman ohne Gummis ficken zu lassen. Nein, kam die prompte Antwort. Nur das Gift berge ein gewisses Gefahrenpotenzial, wenn auch ein berechenbares. Sun begründete seine Aussage umständlich mit diversen Versuchen zum Thema menschlicher Krankheitserreger wie Cholera, Pest, spanischer Grippe und Polio. Seine Vorfahren hatten demnach nichts ausgelassen. Von seinem Vater stammten die Versuche mit dem HIV-Virus. Für die Auswertung hatte er einen Virologen bestochen, den er im Anschluss an das Rudel verfüttert hatte. Zeugen waren unerwünscht bei den Suns.

»Im Zweifel lass dich einfach noch einmal von Mr. Mac Laman beißen.« Sun kicherte entnervend schrill. »Sein Gift wirkt, wenn es nicht tötet oder transformiert, immunisierend.«

Sean drückte das Gespräch weg. Er war der Ex-Stricher. Also war es Ravens Risiko.

Raven zog den Pullover aus. Langsam und mit fließenden Bewegungen.

Würde er sich mit derselben Geschmeidigkeit um ihn winden? Seans Herz schlug härter. Nur Wut. Keine Lust. Natürlich nicht.

»Gefalle ich dir?« Mit ausgebreiteten Armen stand Raven vor ihm, drehte sich in Zeitlupe um die eigene Achse.

Ja, er gefiel ihm. Äußerlich. Sein Charakter war wie der aller anderen. Mies.

»Dann beweise es.« Raven kam näher. Die Wärme seines Körpers strahlte von ihm ab, legte sich auf Seans Wangen und gaukelte Vertrautheit vor, wo nur eine geschäftliche Absprache herrschte. »Knöpf mir die Hose auf, Sean.«

Ein Blowjob vorweg? Gute Wahl. Seans Hand zitterte vor Wut. Seine Finger versagten an den Knöpfen. Er ballte eine Faust, doch es wurde nicht besser.

Raven nahm sie in seine Hände, hob sie sich an die Lippen. Ein zarter Kuss auf jeden Knöchel, zärtlich. Liebevoll? Was für ein Spiel spielte Raven mit ihm?

»Eben wolltest du dringend von mir gefickt werden. Was hält dich jetzt davon ab?«

Als es Isabell am Telefon gesagt hatte, hatte es widerlich geklungen. Aus Toms verräterischem kleinen Mund ordinär. Über Ravens Lippen kam es sanft und verheißungsvoll.

Die Wut war da. So sehr, dass sein Herz hämmerte. Aber da war noch etwas anderes. Es ging von Ravens Blick aus. Und von den warmen Händen, die seine Faust umschlossen.

Raven führte sie zu seinem Hosenbund, ließ sie auf seinem heißen Bauch liegen.

Die Knöpfe öffneten sich unter Seans Fingern fast von allein. Die Jeans war eng, Ravens Erektion beachtlich. Ein paar harte Herzschläge lang starrte er auf den wunderschönen Schwanz. Kein Haar. Kein verfluchtes Haar. Wie konnte ein Ständer nur so schön sein?

Raven kippte sein Becken weiter nach vorn. Der schwere Duft seiner Männlichkeit drang Sean in die Nase, strömte von dort aus direkt zwischen seine Beine. Er wollte nicht hart werden. Er wollte, dass Raven merkte, wie sehr ihm das hier zuwider war. Aber das war es nicht. Es war die pure Verführung und er würde ihr keine Sekunde länger standhalten können.

»Ich stehe nicht umsonst mit meinem Schwanz auf Mundhöhe zu dir.« Ravens Samtstimme klang eine Spur rauer. »Ich will, dass du dich in mich verliebst. Nicht, weil Isabell dich dafür bezahlt, sondern weil du mich begehrst. Ebenso wie ich dich.« Ravens Spitze berührte seine Lippen.

Sean wurde schwindelig von ihrem Duft. Wie Opium, nur besser.

»Probiere mich«, flüsterte Raven. »Wenn ich dir schmecke, nimm mich. Behalte mich dann aber auch.«

Behalten? Sie waren Feinde. Oder nicht? Und wenn schon. Sich in Ravens Duft auflösen, seine Arme um sich spüren. Er wollte diesen Mann. Kein Nachdenken war nötig. Nur riechen, schmecken, seine Nähe fühlen.

Sean schmiegte sein Gesicht an die duftenden Lenden.

Ravens leises Stöhnen klang nach Erleichterung und purer Hingabe.

Sean kratze mit Wangen und Kinn über die glatte Haut und der Duft verstärkte sich. Verdammte Isabell, er würde sich von ihr nicht diesen wundervollen Moment verderben lassen.

Ravens Erektion lag heiß an seiner Wange. Er leckte über den Ansatz, fuhr mit der Zunge die Länge entlang bis zur Spitze. Köstlich, berauschend.

Raven stöhnte lauter, legte den Kopf in den Nacken. Ein heftiges Zittern ging durch seinen schlanken Körper, während seine zarteste Haut Seans Zunge schmeichelte.

Ein Tropfen löste sich, er saugte. Erst vorsichtig, dann heftiger.

Raven keuchte erschrocken auf, zuckte mit dem Becken zurück.

Zu viel? In tiefen Zügen strömte die Luft in Ravens Lungen, ließ die Muskeln schwellen.

Was für ein Anblick. Sean strich mit der Hand fest über Ravens Bauch, hinauf zur Brust, bis er das hart schlagende Herz spürte. Er würde es gleich zum Rasen bringen. Nur noch einen Moment Gnade, dann würde er Ravens Erregung ansteigen lassen, bis sie ihm in den Mund floss.

~*~

Ausgeliefert. Einem Mann mit gierigen Lippen. Sie lockten Raven dicht an den Rand. Nur einen Schritt. Sean ließ ihn nicht zu. Raven krallte sich in rotblondes Haar, zwang sich dem grausamen Mund auf.

*Liebe mich! Auch wenn ich dich verraten habe.*

Er musste mit Sean reden. Musste ihm erklären, was in der Nacht geschehen war und ihn um Verzeigung bitten.

Das Gefühl, vor Samuels verschlossener Tür zu stehen und zu wissen, dass ihm sein Bruder nicht vergeben würde, legte sich schwer auf sein Herz. Was, wenn ihn Sean ebenfalls abwies?

Seans Zungenspitze führte ihn fort von trüben Gedanken. Hin zu einer Ekstase, die ihn immer stärker erfasste. Weiche Knie. Sein Taumeln nach vorn trieb ihn noch tiefer zwischen die drängenden Lippen.

195

Sean schloss die Augen, verharrte kurz, schluckte und verschlang ihn erneut. Kein Spielen mehr mit der Zungenspitze, kein zartes Knabbern. Nur feuchte, saugende Lust.

Raven stöhnte auf. Biss die Zähne zusammen, stöhnte dennoch. Wo waren seine Beine? Seine gesamte Kraft verlor sich in Seans Mund, wandelte sich in das elektrisierend, ziehende Gefühl, das seinen Körper bis unter die Kopfhaut ausfüllte.

Sean schlang den Arm um seine Hüfte, stützte ihn. Sein Blick zu ihm versprach das, was sich Raven schmerzhaft ersehnte. Den Rausch. Ohne Gift. Nur mit ihm.

Isabell? Tom? Sie drifteten fort, stürzten hinter dem Horizont in Vergessenheit.

Sean schloss die Lippen fester um den Schaft. Sanfte Stöße, tiefere Stöße. Wieder das Schlucken, wieder das Gefühl, in einen heißen Abgrund gezogen zu werden.

Schneller, tiefer. Es war so gut. »Halte mich aus!« Nur Keuchen. »Liebe mich.« Gestammelte Worte.

Sie trudelten aus seinem Geist, machten einem süßen Schmerz im Unterleib Platz. Er überrollte ihn.

~*~

Raven stieß immer schneller in ihn, zerrte ihm an den Haaren, keuchte auf eine Weise, die ihn alles aushalten ließ.

Der Genuss war unglaublich, forderte alles an Können, was er sich je in Bangkok angeeignet hatte. In dieser Tiefe und Heftigkeit hatte noch niemand seinen Mund genommen.

Raven stöhnte. Rau und satt vor Lust. Seine Miene verklärte sich, verlieh dem schmalen Gesicht eine durchscheinende Schönheit.

Dieser Mann gehörte ihm. Er probierte ihn in diesem Augenblick, schmeckte seine heiße Nässe. Er würde ihn behalten. Job oder nicht.

Raven hatte die Augen geschlossen. Seine Hände sanken auf Seans Schultern, blieben dort schwer liegen.

Sean wartete, bis das Zucken an seinen Lippen nachließ, leckte sanft und beruhigend die sich entspannende Härte. Noch ein Kuss auf die feucht schimmernde Spitze, ein letztes tiefes Einatmen des betörenden Duftes. Erst dann richtete er sich auf, strich mit der Nase über die Samthaut. Bauch, Brust, Hals. Der Kehlkopf, das Kinn. Endlich der Mund. Atemlose Küsse, träge und tief. Küssend legte er Raven aufs Bett, küssend zog Raven ihn auf sich. Eine Hand fasste in sein Haar, die andere streichelte zärtlich seinen Rücken.

Raven sah unendlich schön aus, wie er schwer atmend unter ihm lag, beinahe glücklich. Für einen Augenblick hatten sie alles verdrängt, aber die Katastrophen waren nicht verschwunden. Sie warteten auf eine Gelegenheit, hervorzukriechen. Doch bis dahin war noch Zeit.

Sean schnüffelte sich bis zu Ravens Ohrläppchen und knabberte daran. Samtweich. Wie fast alles an ihm.

Raven seufzte und kraulte ihm liebevoll den Nacken. »Wenn ich mich erholt habe, gehst du mit mir ein paar Schritte am See entlang?« Er klang wunderbar erschöpft. »Ich muss dir etwas sagen und draußen fällt es mir leichter.«

»Dass du Kontaktlinsen trägst, um cooler zu wirken und Sockenstricken zu deinen Lieblingshobbys zählt?« Das würde ihn auch nicht davon abhalten, ihm sein Herz hinterherzuschmeißen.

Raven lächelte zu traurig für einen im Prinzip guten Scherz. »Ich will, dass du mir nie wieder misstraust. Dazu musst du mich kennen. Ganz und gar.«

»Warum kümmerst du dich nicht erst um den Freund zwischen meinen Beinen, der wirklich ausgesprochen bedürftig nach Zuwendung ist.« Zeuge und Ursache von Ravens Lust zu sein und sich nicht selbst zu berühren, war pure Beherrschung gewesen.

»Das werde ich.« Raven kroch unter ihm weg und zog sich an. »Wenn du es dann noch willst.« Er verschwand und kam wenige Minuten später mit Seans Anziehsachen zurück. Wortlos half er ihm in die Jeans und stülpte ihm einen Rollkragenpullover über den Kopf.

»Gibt es für mich einen Grund, nervös zu werden?« Was sollte diese Heimlichtuerei? Wollte ihm Raven die Leichen in seinem Keller beichten? Mieser Witz. Den Gedanken an den Käfig verdrängte er schnell wieder.

»Nein.« Fahrig strich er sich über den Kopf. »Ich bin der Einzige, dem die Nervosität die Luft abschnürt.« Sein Lächeln wirkte scheu wie sein Blick. »Ich weiß jetzt, was ich verlieren könnte.«

~*~

Grün! Nicht ein bisschen, nein. Richtig grün. Und sie starrten ihn an, seine Augen. So hatten sie nie ausgesehen. Das war er nicht. Niemals.

Guido sank auf den Badewannenrand. Wasser, natürlich. Jeden Tag war er in die Wanne gestiegen. Deshalb war seine Haut trocken, deshalb pellte sie sich. Er badete zu oft.

Und seine Augen? Einbildung! Knie, Ellbogen und neuerdings auch auf der Brust. Hässliche Verhornungen. Grob, wund. Sie verdrängten die Haut, wuchsen von innen nach außen. Oder wurde seine Haut zu den Hornplatten? Waren das an seinen Schienbeinen die ersten Schlangenschuppen?

Geschwürige Mäusekörper, zuckend vor Schmerz. Stinkend und dann? Tot! Tot! Nur eine verdammte Handvoll hatte diese Tortur überlebt. Wozu?

Kleine Monster mit Schlangenaugen und Giftzähnen, die über andere herfielen, um sie zu beißen. Ihnen ihr Gift aufzudrängen, sie verwandelten.

Wurde das sein Schicksal? Menschen anzufallen?

Er wühlte in seinem Mund. Da! Zwei Zähne in der oberen Reihe. Sie wackelten. Wie bei den Mäusen. Zuerst fielen die alten aus, um den neuen Platz zu schaffen.

Er war verloren. Guido raufte sich die Haare. Was war das? Büschelweise hielt er sie in der Hand.

Linsensuppe, anverdaut, sauer. Sie klatschte auf die Fliesen.

Niemand konnte ihm helfen. Kein Arzt, kein Wissenschaftler. Und Klaus? Scheiß auf Klaus. Aber er besaß Unterlagen. Er steckte mit der Leclerc unter einer Decke. Irgendwo gab es Hinweise, wo sich der Hybride versteckte.

Der nächste Schwall schwappte aus seinem Mund. Zitternd erreichte Guido das Waschbecken. Wasser auf der Haut tat gut, wusch Dreck und Gestank weg.

Als blutgieriges Monster würde er nicht enden.

Vivienne ins Labor locken, die Informationen, die er brauchte, aus ihr herauspressen und dann nach Schottland fliegen. Dort gab es etwas, das mehr wusste als er. Das ihm helfen musste.

Was hatte er nur getan? Die Versuche würde er sofort abbrechen. Alles vernichten, alle Unterlagen zerstören. Niemand sollte seine Forschung fortsetzen können.

Sie würden es tun. Jeder Konzern, der erfuhr, wie die Droge wirkte, würde weiterforschen. Kriegsministerien, Pharmaindustrie. Jeder für seine Zwecke. Orks erschaffen oder Krebs heilen. Zwei Seiten einer Medaille. Und er war schuld. Guido Peters.

~*~

Sean legte sich zig Begründungen zurecht, warum es notwendig war, mit Raven unbeobachtete spazieren zu gehen. Weder wollte er Bruno in der Nähe noch sonst jemandem aus dem Team.

Luis schob Wache. Er lehnte an der Hauswand und starrte miss-
mutig in den Nebel. Als er sie bemerkte, wechselte er lediglich einen
Blick mit Raven und nickte schließlich.

Wenn er keine Angst hatte, dass Isabells Versuchskaninchen fliehen könnte, hing Raven an einer verdammt kurzen Leine.

»Deine Waffe?« Luis trat näher zu Sean. »Ohne gehst du mit Mac
Laman keinen Schritt vors Haus.«

Okay, anscheinend war die Leine doch nicht zu kurz. »Habe ich
oben liegen lassen.« Er würde sie ohnehin nicht brauchen.

Luis reichte ihm seine. »Bleibt nicht zu lang weg, Isabell ist auf
dem Heimweg. Kann gut sein, dass sie uns danach zu einem Briefing zusammentrommelt.«

Abreise? Luis wusste etwas. Seine ausdruckslose Miene gefiel Sean
ganz und gar nicht.

»Du hast Isabells Anweisungen noch im Ohr?«, fragte er Raven.
»Vergiss sie nicht. Meine Schwester scherzt nicht.«

»Keine Angst.« Ravens schlanke Finger schlossen sich um Seans
Handgelenk. »Solange er bei euch ist, werde ich es auch sein.«

Luis hob die Brauen. Sein Nachdenken war fast hörbar. »Dann
genießt diese graue Suppe und geht nicht in ihr verloren. Ansonsten
verabschiedet sich dein Diener von seinem Leben. Der Rest folgt.
Ihr habt zwei Stunden bis zum ersten Schuss.«

Idiot! Sean zog Raven mit sich in den Nebel.

Raven ließ ihn los, klappte seinen Jackenkragen hoch und ging voran. Sein Kopf war gesenkt, seine Schritte ausladend, als flüchte er
vor allem, was hinter ihm lag.

Ein Mann wie er hatte Geheimnisse. Der Käfig war nur eines davon. In Seans Magen breitete sich ein flaues Gefühl aus. Was wollte
ihm Raven gestehen?

Sie folgten einem Schotterweg, der vom Grundstück hinunter
zum See führte. Ob Isabell das Argument *im Nebel verschollen* gelten
ließ? Eher weniger. Sie würde Erin und Finley schon aus Wut

massakrieren. Dann besser eine Flucht auf dem Weg nach Inverness? Klang nach Schuss in den Rücken für ihn und Schuss ins Knie für Raven. Einarmig konnte Sean keinen Weg freischießen, der von Profi-Schützen versperrt wurde. Vielleicht gab es in Kovalenko eine Chance, mit Raven ihm Kofferraum an der Security vorbeizufahren. Nein, die kontrollierten gewiss jeden Wagen. Verdammt! Es musste einen Weg geben, Isabell zu entkommen. Er war da, brauchte bloß gefunden werden. Genau das würde er tun. Ihn finden und entlangrennen und dabei vergessen, dass Isabell jeden Verräter früher oder später aufspüren würde. Fuck!

Vom See war kaum etwas zu sehen. Dicke Schwaden hingen über der Wasseroberfläche. Schweigend gingen sie am Ufer entlang, bis die Felsen von Büschen abgelöst wurden.

»Dahinten ist eine Ruine.« Ravens Stimme klang einsam im Nebel. »Sie ist der richtige Ort für eine Beichte.«

Also doch eine Beichte. Was es auch war, Sean würde ihm verzeihen. Schlimmer als sein eigenes Leben konnte Ravens nicht sein.

Zwischen den Sträuchern wurde ein Trampelpfad sichtbar.

Raven ging voran, hob die Arme über den Kopf, um nicht an den dornigen Ranken hängen zu bleiben.

Ab und zu flog ein Vogel erschrocken davon und im Gebüsch raschelte es. Jedes Geräusch wurde vom dichten Nebel gedämpft.

Raven schritt geschmeidig vor ihm her. Wie ein Tänzer. Seine Beine sahen in den Stiefeln wahnsinnig sexy und endlos lang aus. Rechts und links um Seans Hüfte geschlungen, wären sie noch verführerischer.

Stopp. Der Gedanke war unpassend in einem Moment wie diesem. Sie brauchte einen funktionierenden Fluchtplan. Ob sich der Pilot zwingen ließ, in der Luft umzukehren? Er vielleicht schon, aber sicher nicht Isabell.

Seine Gedanken rannten im Kreis, blieben ständig an Ravens Rückansicht hängen, die immer mehr von weißen Schwaden verschluckt wurde.

Direkt vor seinen Augen tauchte ein dorniger Zweig auf. Sean bückte sich unter ihm weg. Wenn er sich nicht gleich zusammenriss, wurde das mit dem Fluchtplan heute nichts mehr. Vor allem musste er seinen Blick von Raven loseisen.

Ob er noch höherer Stiefel besaß? Welche, die knapp unters Knie reichten? Stopp. Unproduktiv.

Er konzentrierte sich auf das Wenige an Umgebung, das er erkennen konnte. Büsche, Moss und Steine, alles sah schimmlig aus. Äste ragten aus den Schemen hervor, um gleich danach im Dunst zu verschwinden.

Neben ihm raschelte es. Aus dem dornigen Wirrwarr von Ranken und Zweigen blickte ihn etwas an.

Mit Ravens Augen.

Sean stolperte über seine eigenen Füße. Jesus, jagte sein Herz. Kein Wunder, dass seine Fantasie mit ihm durchging. Bei dem Druck? Zwischen Todesangst und Liebeswahn hin und hergerissen zu sein, musste einen verrückt machen.

Die Augen waren verschwunden, dafür knackte und raschelte es umso lauter. War anscheinend ein Tier gewesen. Ein ziemlich großes.

»Wir sind da.« Raven setzte sich breitbeinig auf einen Steinhaufen. Er klopfte neben sich und wartete, bis Sean Platz genommen hatte. Sein Starren in den Nebel machte Sean nervös.

»Raus mit der Sprache. So schlimm kann es nicht sein.« Auch wenn Ravens verkrampfte Kiefermuskeln etwas anderes behaupteten.

»Sag mir erst, ob ich dir geschmeckt habe.« Ravens Lächeln beschränkte sich bloß auf einen Mundwinkel.

»Du willst wissen, ob ich dich nach deiner Beichte behalte?«

Raven schluckte. »So in etwa.«

»Laut meines nur mündlich angepassten Arbeitsvertrags bist du es, der mich besitzt. Also mach dir keine Gedanken und rede endlich.« Isabell hatte sie beide an den Eiern. Sie war die Einzige, der irgendetwas gehörte.

Raven kaute auf seiner Unterlippe. Statt mit der Sprache herauszurücken, starrte er Löcher ins Weiß. »Du hast geschlafen«, begann er endlich. »Ich kam von deinem Boss und wusste nicht wohin mit meiner Wut. Kennst du das Gefühl, dass du aus dem einen Albtraum erwachst, nur um in den anderen hineinzufallen? Es hat mich gestern Abend beinahe erstickt.«

»Das Gefühl habe ich erfunden. Komm zum Punkt.« Ravens Zögern machte ihn immer nervöser.

»Ich habe dich noch einmal gebissen. Sehr unbeherrscht ohne jede Rücksicht.«

Scheiße.

»Es war meine Rache, dass du Isabell gehörst und nicht mir.«

Daher seine Frage nach Erinnerungslücken und Kopfschmerzen. Er hatte ihn gebissen. Ohne sein Einverständnis?

»Dein Boss hat mir gesagt: Fick ihn. Genau das wollte ich tun. Aber du hast mir die Initiative aus der Hand genommen, hast mir unendlich gutgetan.« Ravens Worte kitzelten über Seans Kinn bis zu seiner Kehle. »Du hast mich nicht bitten lassen, hast mir einfach gegeben. Immer wieder. Die Illusion, dass du mich liebst, begehrst, war sehr real für mich.«

Der Satz *es war keine Illusion, ich begehre dich seit dem ersten Augenblick*, lag abschussbereit auf seiner Zunge. Dort blieb er. Raven hatte ihn verraten. Wie Isabell zuvor. Ihn benutzt, weil sieh ihm die Erlaubnis dazu erteilt hatte.

Sean wurde schlecht.

Eine Szene nach der anderen ratterte über seine geistige Leinwand. Wie zum Hohn stürzten sie auf ihn ein. Erinnerungslücken? Sie verschwanden im Sekundentakt.

Mann, sie hatten wirklich nichts ausgelassen.

Gänsehaut. Über den ganzen Körper. Nur wegen der Erinnerung an etwas, das er bis eben noch für einen Traum gehalten hatte. Dennoch, nach benutzt werden fühlte es sich nicht an. Eher nach etwas, das er unbedingt wiederholen wollte.

»Du hast deine Zunge in mir versenkt«, flüsterte Raven in die Schwaden. »Hast mich vor Lust wimmern lassen.« Sein Blick entzündete die Luft, ob sie nun mit Wassertröpfchen übersättigt war oder nicht. »Du hast mich drei Mal hintereinander geliebt und mich dabei geküsst, als ob ich das Elixier deines Lebens wäre.« Er neigte sich zu ihm, vertrieb mit seiner Wärme die Kälte von Seans Wangen.

Ein Kuss auf den Hals, heiß, brennend. Dann ein Biss ins Ohr. Nur zart.

Jesus, war das gut.

Ganz langsam streifte ihm Raven die Jacke von den Schultern, zog ihm Pullover und Shirt über den Kopf. »Hier bist du sehr sensibel.« Er berührte sacht die einsame Schulter. »Ich habe dich dort geküsst, über die Narben geleckt. Du hast gestöhnt und mich gebeten, es wieder zu tun, wenn der Schmerz kommt.«

»Warum hast du das getan? Sie ist hässlich.« Er selbst vermied es, sich dort anzufassen. »Hast du keine hübscheren Stellen an mir gefunden?«

»Nichts an dir ist hässlich, mein bildhübscher Ire.« Behutsam streichelte Raven über die Narben, bedeckte sie mit zarten Küssen. Das Ziehen im Arm hörte auf, wurde zu einem angenehmen Prickeln.

Wenn er jetzt atmen würde, verschwand der Moment zurück ins Traumreich, woraus er zweifelsfrei stammte.

Ravens Hand auf seiner Haut, kühl und zärtlich. Dazwischen die Berührung seiner Lippen. Seans Herz galoppierte, ihm wurde schwindelig. Also doch atmen. Der Moment blieb.

»Du hast mir Dinge ins Ohr gekeucht.« Ravens Blick ertrank in Sehnsucht. »So verdorben, so gut. Sie haben mich ebenso hart gevögelt wie dein Schwanz.«

Worte wie gierige Bisse. Sean fing sie mit einem Kuss ein.

Raven seufzte, als sich ihre Münder gegeneinander schmiegten. »Ich will, dass du es wieder tust. Ohne Gift. Jetzt.«

Herzholpern, Flatterseele und der dringende Wunsch, erbarmungslos über ihn herzufallen.

Nur Lust? Liebe. Sie stieg hoch bis in seinen Hals. Wollte ihn zu romantischem Gewisper drängen. Sean räusperte über den Druck hinweg und schaffte es, ihn zu verteilen. »Heiz mich noch ein bisschen ein, und du kannst für die nächsten Tage nicht mehr sitzen.« Flacher Scherz. Entsprach aber der Wahrheit und rettete ihn vor zu viel Sentimentalität.

Raven lächelte auf eine Weise, die Seans Kehle trocken werden ließ. »Ich habe heute Morgen beim Frühstück gesessen. Und in diesem Moment sitze ich auch. Das nennt man Disziplin.«

Sean musste ihn küssen, vögeln. Alles mit ihm machen, was er wollte.

Ravens Augen wurden dunkel, so sehr weiteten sich seine Pupillen. Er sprang von der Mauer und wurde zu einer dunklen Silhouette inmitten weißer Watte. »Liebe mich.« Seine Stimme klang gedämpft.

Sean sprang ins Nichts.

Raven fing ihn auf. »Vergiss deinen Boss, vergiss Bangkok. Sei einfach nur bei mir und füttere mich mit diesem viel zu großen Gefühl, nach dem du mich letzte Nacht süchtig gemacht hast.« Er schmiegte das Gesicht an Seans Hals, küsste ihm zärtlich den Kehlkopf.

Wenn ihm Raven jetzt den Oberschenkel zwischen die Beine schieben würde, um ihn damit zu reiben, würde sich Sean keine Sekunde mehr zurückhalten können.

Raven tat es. Langsam, doch mit Druck. Seine Hände wanderten Seans Rücken hinab, legten sich auf seinen Hintern und begannen, seine Muskeln zu massieren.

Seufzend ließ sich Sean in die aufflammende Erregung fallen. Dieser Mann machte ihn wahnsinnig. Und er roch so gut, fühlte sich so gut an, schmeckte so gut. Vor allem die zarte Haut am Hals.

Sean biss hinein.

Raven stöhnte heiser auf, warf den Kopf in den Nacken.

Gekeuchte Lust. Mehr davon. Sean biss ein zweites Mal, noch sanft aber nur, weil er sich zusammenriss. Ravens angebotene Kehle weckte völlig unbekannte Instinkte in ihm.

Ravens Jacke musste weg. Der Pullover, alles. Doch dafür müsste er die geschmeidige Hüfte loslassen, die sich immer aufreizender an ihm bewegte, und das wollte er auf keinen Fall.

»Warte, ich mach das.« Raven riss sich die Kleider vom Leib. Nackt und schön stand er in nasser Kälte vor ihm.

Sean breitete seine Jacke auf dem Boden aus. Raven sollte es wenigstens ein bisschen bequem haben.

Raven schenkte ihm einen Blick voll Dankbarkeit und Wärme.

»Zieh mich aus. Wenn du mir hilfst, geht es schneller.« Und das musste es.

Raven kniete sich vor ihn und begann Seans Jeans aufzuknöpfen. Langsam, genüsslich. »Minze.« Sehnsüchtig küsste er die befreite Haut. »Ich bin verrückt nach deinem Duft.« Feste Küsse auf Seans tropfende Erektion, ein Blick zu ihm hoch, der jeden Gedanken verbrannte und nur noch Gefühl übrig ließ. »Aber deine Pistole solltest du weglegen.«

Pistole? Richtig. Die Sauer rutschte ihm gerade in die Shorts. Sean warf sie neben sich.

~*~

Zu köstlich, um aufzuhören. Zu nah, um nicht noch näher zu wollen. Seans nach Lust duftende, winzige Locken kitzelten Ravens Nasenspitze. Er drückte sich dagegen, inhalierte so tief er konnte. Sich in diesem Duft auflösen und alles hinter sich lassen. Der Wunsch flutete ihn.

Als er sich über den festen Hintern zu der verlockenden Enge vortastete, stöhnte Sean verzweifelt auf.

»Übertreib es nicht.« Keuchend krümmte er sich zusammen, presste seinen wundervoll prallen Schwanz noch stärker gegen Ravens Gesicht. Nur ein zärtlicher Biss ...

Sean schnappte hilflos nach Luft. »Langsam!« Er kniete sich zu ihm, verbiss sich in die Lippen, die nach ihm selbst schmeckten.

So viel Leidenschaft, ohne Gift. Nur Sean. Pur.

Sean drückte ihn nach unten, rollte sich selbst hinter ihn. Sanfte Bisse ins Genick, Wärme, an seinem Rücken. Raven streckte sich ihr entgegen. Seans nasse Finger verwöhnten ihn, dehnten, schmerzten.

Raven legte den Kopf weit in den Nacken, bis er die kratzige Wange berührte. Der Duft nach Minze hüllte ihn ein.

Das Drängen wurde stärker.

Raven atmete tief ein und aus, ließ locker.

Sean in ihm. Wundervoll heiß, erschreckend groß.

Lust, die anstieß, bis er stöhnte. Keine Notwendigkeit, den Schrei zu ersticken.

Freiheit! Für einen Augenblick.

~*~

Eiseskälte an seinem Rücken. Gefror sein Schweiß? Vor ihm war Hitze, drängte sich wild an ihn.

Raven berührte sich nicht. Klammerte sich nur an Seans Schenkel fest, und mit der anderen Hand griff er rückwärts in sein Haar.

Sean hielt ihn umschlungen. Ein Arm genügte für den Mann, der sich ihm willig entgegenstreckte. Er biss ihn in den Nacken. Schwere, Feuchte. Ein Duft, der sein Hirn vernebelte.

Raven rief seinen Namen. Wieder und wieder. Nie hatte *Sean* so schön geklungen.

Ekstase, die überfloss. Ravens Keuchen, seine heiseren Lustlaute …

Das Ziehen in Seans Lenden explodierte, strömte heiß in die Enge dieses Mannes, der vor Lust und Schmerz aufschrie. Raven zog sich zusammen, mitten im Rausch, zwang ihn zu haltlosem Stöhnen, um die Gefühle ertragen zu können.

Keuchend lagen sie ineinander verschlungen. Raven zitterte wie er, aber nicht nur wegen der Kälte. Himmel, was musste ihm der Hintern brennen. Vorsichtig zog sich Sean aus ihm zurück. »Geht's?«

»Nein!« Raven stöhnte lauter, als während des Rausches. Sein Gesicht zuckte vor Schmerz, doch auf seinem Bauch glitzerten die Schlieren seiner Ekstase. Hart erkaufte Lust, so wie er die Zähne zusammenbiss.

»Es tut weh! Verdammt!« Er schloss die Augen, atmete schwer. »Bisher bestand mein Alltag nicht daraus, durchgevögelt werden. Nicht, dass ich es mir nicht gewünscht hätte. Aber ich muss mich erst daran gewöhnen.«

Armer Kerl. Sean küsste den verkrampften Mund. »Sicher hat deine Erin irgendwo eine Salbe gegen wunde Ärsche.« Wahrscheinlich was selbst Gebrautes, das entsetzlich nach Wollfett stank.

»So lange kann ich nicht warten.« Er sprang auf die Beine, verzog erneut sein Gesicht. »Nur einen Moment. Ich muss ins Wasser. Hör weg, wenn ich jammere oder fluche.« Schon eilte er den Weg hinunter zum Ufer. Splitterfasernackt.

Was für ein Spinner. Sean kämpfte mit seiner Kleidung und steckte die Sauer wieder ein. Dann würde er Ravens Anziehsachen eben hinterher tragen. Nackt konnte er schlecht zurück nach Mhorags Manor.

Unglaublich, wie gut er sich fühlte. Schwer, wie Blei und trotzdem völlig entspannt. Allerdings gleich tiefgefroren. Ob Ravens süßer Arsch im kalten Wasser zischte?

Vor ihm wurden Ravens Umrisse von kalten Schwaden verschlungen. War vielleicht ganz gut so. Ein sexy Glatzkopf mit pendelndem Schwanz gehörte wahrscheinlich nicht zu den Sehenswürdigkeiten, auf die Morars Bürger stolz wären.

Sean trat aus dem Nebel wie aus einer Wolke. Zwar war die Sicht auf den See nach wie vor diesig, doch längst nicht mehr undurchdringlich.

Ravens Silhouette blieb verschwunden. Wo steckte er?

Sollte er ...?

Nein! Er würde nicht zu fliehen versuchen. Nicht bei dem, was Isabell ihm angedroht hatte. »Raven!«

Stille.

Verdammt! Sean rannte den Weg hinab bis zu einer Biegung. Links unter ihm musste der See liegen. Kein Raven. Nicht mal ein Schatten von ihm. War er die Felsen hinuntergesprungen, um die Strecke abzukürzen? Sean trat an den Rand. Jesus, war das tief. Er reckte sich vor, um den Uferabschnitt einsehen zu können.

Raven. Ihm fiel ein Stein vom Herz. Er hatte die halsbrecherische Abkürzung tatsächlich genommen. Wenn er es fertigbrachte, in dem eisigen Wasser unterzutauchen, war er ein Held. Sean setzte sich auf die Felskante, pfiff auf den Fingern.

Raven drehte sich um, winkte. »Komm runter! Den Sprung schaffst du!«

»Du kannst mich mal!« Jeden Knochen würde er sich brechen.

»Ich fang dich auf!«

»Kühl deinen Arsch! Ich brauche den noch! Und zwar heute Abend!« Oh Mann, was für eine fiese Drohung.

Raven zeigte ihm einen Vogel. »Vergiss es, ich werde ...« er erstarrte.

Was war los? Ein Kälteschock? Anscheinend nicht, denn er ging rückwärts zum Wasser.

Etwas kroch auf ihn zu.

Was war das? Ein Mensch? Auf keinen Fall. Was dunkelgrün war, konnte kein Mensch sein. Oder war es braun? Oder grau? Da waren Zacken auf dem Rücken.

Spezies S78! Fuck! Hatte Tom nicht gesagt, das Vieh sei tot?

Es duckte sich, sprang auf Raven zu, riss ihn von den Beinen.

Nein! So nicht! Raven gehörte ihm und er würde ihn beschützen. Die Sauer lag gut in der Hand. Ruhe! Der erste Schuss musste treffen. Das Biest. Nicht Raven.

Wenn die Kugel durch beide Körper schlug? Würde sie nicht. Es war wie bei Isabell. Ein Schuss, und der Kerl war wie ein gefällter Baum auf das Pflaster geklatscht. Genau so. Aber damals war er dichter dran gewesen bei viel besserer Sicht.

Egal. Er schaffte es. Sonst würde dieses Ding Raven umbringen, schon wälzte es sich auf ihn.

Fuck!

Zielen, atmen. Ganz ruhig.

Raven wehrte sich, versuchte unter dem massigen Körper hervorzukriechen. Das Tier fauchte, packte ihn an der Kehle. Er verstummte sofort.

Verdammt, keine Panik! Er würde treffen. Er musste es. Scheiß auf sein rasendes Herz, das seine Hand auf und ab wackeln ließ.

Fuck!

~*~

210

Eine Pranke in seinem Genick. Finger, die sich in seine Muskeln bohrten, ihn nach hinten rissen. Raven stürzte, wurde hochgerissen, stürzte erneut. Schläge in seinen Magen. Keine Luft mehr. David beugte sich über ihn. Speichel tropfte ihm von den Lefzen, aus seiner Kehle grollten dumpfe Laute. Immer wieder stierte er zwischen Ravens Beine.

Er wollte ihn.

Nein. Niemals.

Flackern vor den Augen. Eisiger Schweiß. David presste seinen massigen Körper auf ihn, rieb sich an ihm.

Raven schmetterte die Faust in das vor Gier verzerrte Gesicht, traf die Nase.

David fuhr hoch, jaulte.

Mit Wucht trat ihm Raven in den Bauch.

David fauchte, taumelte zurück. Sein hasserfüllter Blick fokussierte ihn. Er duckte sich, sprang.

Die Wucht des Aufpralls riss Raven von den Beinen, er schlug auf, David über ihm. Sein Gesicht kam näher, seine Zähne stachen weiß vor der Schwärze seines Rachens.

Raven wurde schwarz vor Augen.

*Nein, nicht so. Nicht unter David.*

~*~

Das Vieh brach zusammen, bevor der Schuss verhallte.

Sean wurde schwindelig. Scheiß Adrenalin.

Was war mit Raven? Bewegte er sich noch? »Raven!«

Nichts.

»Verdammt, Raven!«

Gott!

Der Weg? Zu weit. Sean nahm Anlauf, sprang.

*Bitte, lass ihn leben!*

211

Er schlug auf, rollte sich ab. Der Schmerz in Knien und Hüfte interessierte nicht.

Raven lag keuchend unter dem Koloss. Starrte Sean an, als würde er seinen Augen nicht trauen.

»Warte, ich helfe dir.« Der schwere Körper musste von ihm herunter. Er drückte ihm die Luft ab. »Gleich kannst du wieder atmen.«

Raven röchelte, schloss die Lider.

Verdammt!

Sean zerrte an dem mit Hornplatten übersäten Arm. Scheiße! Das Vieh wog Tonnen! Entsetzlich langsam rutschte es von Raven, blieb schlaff neben ihm liegen.

Raven holte zitternd Luft.

Blut. Überall auf seiner Brust. Die Kugel war durchgeschlagen.

Sean stockte der Atem. Deshalb keuchte Raven.

Seine Lunge? Sein Herz?

*Gott, nein!*

»Bleib ruhig liegen. Ich hole Hilfe.« Wo war das Handy? In welcher Tasche? Wenn er doch sehen könnte! Alles verschwamm vor seinen Augen. Er musste die Blutung stoppen. Wie? Und wo war die Wunde? Nur Blut. Überall.

»Sean.« Raven nahm seine Hand. »Ich brauche keine Hilfe.«

Der Schock! Sicher, Raven stand unter Schock und brabbelte.

Beine hochlegen. Die Atmung kontrollieren. Und wo zum Henker steckte das verfluchte Handy?

Raven setzte sich auf. »Das ist Davids Blut. Ich bin okay.«

»Sicher?« Sean strich über die nasse Brust. Kein Einschussloch. Es hatte funktioniert. Der Winkel hatte gestimmt. Er schlang den Arm um Ravens Nacken, zog ihn an sich.

Raven zitterte ebenso wie er, vergrub die Nase in seinen Haaren.

Er lebte. Blutverschmiert aber scheiß drauf. Es war nicht sein Blut. Er hatte es gesagt. Es stammte von ...

»Wer ist David?« Schuppendinger durften keine Namen tragen.

»Später.« Er löste sich von ihm, stand wackelig auf und taumelte zum Wasser. Er ließ sich einfach hineinfallen, tauchte unter, trieb eine Weile, kroch endlich wieder ans Ufer.

Sean half ihm auf die Beine. »Du spinnst doch.« Wollte er sich im Nachhinein den Tod holen?

Blau gefroren und bebend vor Kälte hielt sich Raven an ihm fest. Sean zerrte seine Jacke von sich, half ihm beim Anziehen.

»Danke.« Eisige Hände legten sich an seine Wangen. Kalte Lippen pressten sich auf seinen Mund. So fest, dass es schmerzte.

Überstandene Angst, verblassende Wut. Und ein Übermaß an Liebe. Seltsam, nach was ein Kuss schmecken konnte.

Irgendwann zitterte Raven so sehr, dass sich ihre Lippen von allein lösten. »Ich muss ins Warme. Und ich muss von David weg.«

»Wir verscharren ihn und verschweigen Sun, dass ich das vielleicht letzte Exemplar von Spezies S78 erschossen habe.« Sun würde ihn fertigmachen.

Gemeinsam zerrten sie den Kadaver bis zu den ersten Felsen. Mit bloßen Händen war die Arbeit mühsam. Auch wenn es nur Sand war.

Nach einer gefühlten Ewigkeit standen sie keuchend und mit wunden Händen vor einem flachen Hügel, der als Monstergrab herhalten musste.

Wenigstens klapperten Ravens Zähne nicht mehr.

»Zur Hölle mit ihm.« Er wandte sich ab, zog die Schultern bis zu den Ohren.

Sean schmiegte sich an den nackten Rücken. »Er ist tot.« Sollten ihn die Würmer fressen. »Erzählst du mir irgendwann, was es mit ihm auf sich hatte?« Das Vieh war drauf und dran gewesen, Raven zu töten.

Raven wandte sich zu ihm, schüttelte den Kopf. »Es ist besser, du erfährst es nicht. Glaub mir.«

Ein wenig Enttäuschung machte sich breit. Sean verdrängte sie. Es war Ravens gutes Recht, zu schweigen. »Ich habe deine Klamotten da oben.« Er wies zu der Stelle, an der er hinabgesprungen war. »Ist besser, du ziehst dir was an.« Über Normales zu reden tat gut.

Arm in Arm schleppten sie sich den Weg hinauf zur Felskante. Raven warf sich in Windeseile in die Kleidung. Die Arme um seinen Körper geschlungen stand er vornübergebeugt da und versuchte, wieder warm zu werden. »Wie viel Zeit haben wir noch?«

Fuck! »Keine mehr! Los, renn!« Würde Luis wegen zehn Minuten seine Drohung wahr machen? Oder hatte er ohnehin bloß geblufft? Sean rief ihn an. Luis ging nicht ans Handy. Verdammt!

Isabell war zurück. Vor dem Haus parkte ihr Wagen. Tom räumte Reisetaschen in den Kofferraum. »Sie kommen!«, rief er, als er sie bemerkte.

Aus dem Haus erklang Erins Wutschrei.

Raven wurde blass. Er rannte vor, verschwand in der Dunkelheit des Türbogens.

Sean hetzte hinter ihm her. Bevor etwas Schlimmes geschah, musste er mit Isabell reden.

Raven stand mitten in der Eingangshalle. Er starrte zu Bruno, der Finley vor sich hielt und ihm die Pistole an die Schläfe presste.

Erin steckte in Henrys Klammergriff. Sie schluchzte herzzerreißend, sah zu Finley und schlotterte am ganzen Körper.

Isabell lehnte an der Kommode und betrachtete die Szene mit widerlicher Gelassenheit.

»Was soll das, Isabell?« Raven sprach ruhig. Viel zu ruhig. »Ich bin hier. Also lass sie frei.«

»Ich denke nicht daran.« Ihre Absätze klackten auf der Diele, als sie dicht vor ihn trat.

»Raven hat nichts gegen deine Anweisungen getan. Ich war die ganze Zeit bei ihm.« Konnte Bruno nicht wenigstens die Waffe runternehmen?

»Das kann ich mir denken.« Bruno spuckte aus und sah ihm dabei in die Augen. »Er hält für dich den Arsch hin. Ich habe es heute Morgen aus ihm rauslaufen sehen. Wie fühlt es sich an, in Scheiße zu ...«

»Bruno!«, knurrte Henry. »Halt dein dreckiges Maul und wage nie wieder Sean auch nur schief anzusehen.« Er scherzte nicht. Bruno wurde das ebenfalls klar. Er verkniff den Mund und sah weg.

Isabell lachte.

Sean stellten sich die Härchen auf. Das hier lief schlecht. Furchtbar schlecht. Vor allem für Finley. Isabell wusste etwas, sonst würde sie dieses Machtspiel nicht inszenieren.

»Finley und Erin sind dein Personal. Richtig?«, fragte sie mit geheuchelter Freundlichkeit. »Demnach bist du für sie verantwortlich.«

Raven nickte. Er hatte sich halb zu Isabell gewandt, doch sein Blick blieb an Finley hängen.

»Dann wirst du ihre Strafe auf dich nehmen.«

»Schwachsinn!«, keifte Finley. »Ich bin mein eigener Herr! Raven ist für gar nichts verantwortlich, was ganz allein auf meinem Mist gewachsen ist!«

»Sei still!«, zischte Raven. »Natürlich bin ich für dich verantwortlich.«

»Brav.« Isabell lächelte schmal. »Aber leider brauche ich dich dringender, als einen alten Mann.« Sie nickte an Raven vorbei zu Bruno.

Der drückte ab.

Erin schrie.

Finley sackte in Brunos Arm zusammen, der ihn einfach fallen ließ.

Raven rannte zu ihm, fing ihn auf. Unter Finleys Gewicht fiel er auf die Knie, presste den leblosen Körper an sich.

»Bring die Frau weg.«

Wie konnte Isabell so ruhig reden?

»Sperr sie in ihr Zimmer ein. Ich werde mich später um sie kümmern.«

Henrys Blick zu Isabell war ausdruckslos. Er hob Erin behutsam auf seinen Arm. Sie gab keinen Laut mehr von sich, als er sie forttrug.

Raven kauerte am Boden. Finleys Blut tränkte seine Kleidung.

Warum konnte er nicht zu ihm gehen? Ihn schütteln und sagen, dass alles nur ein böser Traum war?

»Lass den Kerl los!« Bruno baute sich vor Raven auf, trat ihn in die Seite.

»Verschwinde!« Sean stieß ihn weg. »Wage es und fasse ihn noch einmal an!« Vor seinen Augen tanzten rote Flecke. Im Mittelpunkt stand Bruno und bettelte um Schläge.

»Raven, lass ihn los.« Widerlich freundlich schaute Isabell auf den Mann herab, dessen Leben sie zerbrach.

Raven drückte Finley fester an sich. Sein Blick war ins Leere gerichtet, doch seine Pupillen glühten.

Spürte sie denn Hass nicht? Er ließ sich anfassen, so massiv war er.

»Luis, würdest du bitte Mr. Mac Laman davon überzeugen, dass es weise ist, mir zu gehorchen?«

Niemals! Sean baute sich vor Raven auf. »Lass ihn in Ruhe! Ich mache das. Es ist mein Job. Du hast ihn mir selbst aufgetragen.«

»Richtig. Dann sieh zu, dass er in einer Stunde abfahrbereit im Wagen sitzt.«

So, wie Raven Finley an sich drückte, würde er niemals woanders sitzen als in diesem dämmrigen Flur.

Sean berührte ihn an der Schulter. »Du kannst nichts mehr für ihn tun. Lass ihn los.«

Raven rührte sich nicht.

»Für Sentimentalität haben wir keine Zeit.« Isabell zählte eine Nummer auf.

Raven keuchte, drehte sich langsam zu ihr.

»Ich sehe, du kennst sie.« Sie hielt ein Handy hoch. »Finley hat deinen Bruder angerufen. Ich bin sicher, er ist längst auf dem Weg hierher.« Mit dem Zeigefinger strich sie ihm übers Kinn. »Wir werden aufbrechen müssen, bevor dein Zwilling eintrifft. Sonst könnte ich der Versuchung erliegen, ihn ebenfalls mitzunehmen.«

Raven lies Finley sanft auf den Boden gleiten, erhob sich mühsam. Als er schwankte, schlang Sean den Arm um ihn. Er starrte Isabell an, zuckte mit keiner Wimper. Dass sein Herz wie eine Trommel schlug, spürte Sean nur, weil er ihn an sich gedrückt hielt.

»Fein, dann steht unserer Abreise ja nichts mehr im Weg. Bis auf eines.«

Wie konnte ein Lächeln derart grausam sein? Lag es an Isabells Narben, dass sie auf einmal wie ein Dämon aussah? Sie schrieb in aller Ruhe eine SMS, während Finleys Blut in die Ritzen des Dielenbodens sickerte. »Henry wird sich um Erin kümmern. Wir brauchen in Kovalenko keine griesgrämige Köchin.«

»Isabell«, flehte Raven. »Du musst dass nicht ...«

Ein Schuss. Kein Schrei.

Raven brüllte, stürzte sich auf sie.

Wieder ein Schuss. Er traf Raven mitten im Sprung. Keuchend schlug er auf, umklammerte sein Bein. Blut quoll zwischen seinen Fingern hervor.

Seans Sauer war verschwunden. Sie lag bei Leiche Nummer eins dieses Tages. Sie hätte für Leiche Nummer zwei sorgen sollen. Bruno war tot. Dass er noch atmete, war bloß vorübergehend.

»Gut gemacht, Bruno. Sun soll Mac Lamans Bein versorgen, bevor ihn die Blutung zu sehr schwächt. Abfahrttermin bleibt. Also packt!« Sie wartete, bis Bruno mit Luis gegangen war. Dann winkte sie Sean zu sich. »Du kennst deinen Job. Kümmere dich um Mac Laman, sonst übertrage ich die Aufgabe Bruno. Und komme auf keine dummen Ideen. Bisher habe ich jeden gefunden, der mich verraten hat.« Sie tätschelte seine Wange und ging die Treppe zu ihrem Zimmer hinauf, als ob nichts geschehen wäre.

Raven holte tief und zitternd Luft, ballte eine Faust, schlug sie sich vor die Stirn. Wieder und wieder.

Sean kniete sich zu ihm und hielt seine Hand fest. »Hör mir zu. Ich bin für dich verantwortlich. Nur ich. Ich werde bei dir sein. Immer. Wenn sie dich melken und wenn wir fliehen. Überall. Nur tu, was ich dir sage. Ich will nicht, dass sie dich wegen deines Ungehorsams leiden lässt.«

»Das ist ein sehr weiser Rat, Sean.« Sun hockte sich mit einer Arzttasche neben sie und begann, Ravens Hosenbein aufzuschneiden. Hatte er den Part mit der Flucht ebenfalls gehört? Den hätte er sicher nicht als weise bezeichnet.

»Und noch ein guter Ratschlag, Mr. Mac Laman.« Sein sanftes Lächeln sträubte Seans Nackenhaare. »Für den Fall, dass Ihnen Ihr Dasein nichts wert ist, überdenken Sie voreilige Taten gut. Denn Sean hängt an seinem Leben. Und er ist, wie erwähnt, für Sie verantwortlich. Wen würde Isabell demnach bestrafen, wenn Sie unartig sind?«

Raven starrte Sun an. Dann drückte er Seans Hand so fest, dass es knackte. »Sag der Hexe, ich werde mich fügen.«

»Das dachte ich mir.« Sun streichelte Ravens Wange. »Und nun wollen wir Sie verbinden. Die Reise wird beschwerlich und lang.« Er wickelte ein Mulltuch um den verletzten Unterschenkel. »Was für eine glückliche Fügung, dass Bruno ein schlechterer Schütze ist als Sean. Er hätte Ihr Knie treffen sollen.«

Sein Kichern höhnte der Grabesstille um sie her. »Während ich Sie verarzte, kann Sean sie säubern. An Ihrer Kleidung klebt Blut.«

In Sean wuchs der Wunsch, den Chinesen zu schlagen, bis er wimmerte.

Er fasste Raven unter, zog ihn auf die Beine. Der Weg zum Badezimmer war weit. Als er Raven vorsichtig auf dem Toilettendeckel absetzte, stand ihnen beiden der Schweiß auf der Stirn.

Sun kniete sich vor ihn, machte irgendetwas mit Ravens Bein, was Sean nicht sehen wollte.

»Sei sorgfältig. Er braucht es noch.« *Zur Flucht.*

»Nein, Sean.« Sun lächelte erneut. »Mr. Mac Laman benötigt nicht zwingend sein Bein. Das Bett in Kovalenko ist sehr bequem. Dennoch werde ich natürlich mein Bestes geben.«

Der Blickwechsel mit Raven war kurz und intensiv. »Ich bin da.« Sean sprach leise. Vielleicht hörte es Sun nicht. »Ich kümmere mich um dich.«

Raven nickte, doch etwas in seinem Blick sagte, dass ihm das Bein egal war.

Sun arbeitete schnell und behutsam. Zwischendurch schob er Raven eine kleine Kugel in den Mund. »Zum Entspannen«, sagte er nebenbei und widmete sich wieder der Wunde.

Um sich von Ravens verkrampften Kiefermuskeln abzulenken, wusch ihm Sean das Blut ab.

Nur nicht aufgeben. Da war ein Ausgang. Er musste ihn nur finden.

»Isabell will dich sprechen.«

Seans Nerven flirrten. Henry hatte ihm gerade noch gefehlt.

Raven fauchte und versuchte, sich auf ihn zu stürzen.

Sun drückte ihn zurück. »Denken Sie daran was ich Ihnen gesagt habe, Mr. Mac Laman. Sean tut Ihnen gut. Wir wollen beide, dass er das noch sehr lange kann.«

»Geh nicht.« Raven griff nach Seans Arm. »Bleib hier. Geh nie wieder in die Nähe dieser Hexe.«

»Er arbeitet für sie.« Henry packte Sean an der Schulter. »Da wird er ihr kaum aus dem Weg gehen können.«

Das wollte Sean auch nicht. Eine kleine Revolution? Genau die würde sie bekommen – und nicht überleben. Doch bis es so weit war, würde er sich ruhig verhalten.

Nur zögernd ließ ihn Raven los. Als er ging, folgte er ihm mit seinem Blick.

~*~

Sie mussten weg! Mac Lamans Bruder konnte jeden Moment auftauchen.

»Alles sauber.« Tom wischte sich über die Stirn. »Soll ich den Putzeimer stehen lassen oder lieber in die Wäschekammer stellen?«

Kannte seine Naivität keine Grenzen? »Du wirst den verdammten Eimer nicht nur wegstellen, du wirst ihn auch ausleeren!« Der Blutgeruch würde Mac Lamans Zwilling sofort misstrauisch werden lassen. Obwohl es im Grunde gleichgültig war. Bis er kam, waren sie längst über alle Berge.

»Wie du wünschst, Isabell.« Tom trollte sich mit vor Ekel verzogenem Mund.

Auf den ersten Blick wies nichts mehr auf ihren Besuch hin. Die Leiche des Alten hatte Bruno in den Keller geschafft. Dasselbe konnte Henry mit dem Iren tun. Am besten auch mit der Frau. Weg war weg.

Der dritte Todeskandidat des Tages kam in Henrys Begleitung die Treppe herunter. Was für eine Verschwendung. Sean hätte es im Team weit bringen können, doch Illoyalität gehörte nicht nur bestraft, sie gehörte ausgerottet.

Für Liebe war kein Platz in diesem Job. Und Sean liebte. Bis in die Tiefen seiner aufsässigen Seele. Seine Blicke verrieten es, seine Handlungen ebenso.

»Ich habe ein Problem, Sean und leider keine Zeit, es dir konkret zu erläutern.« Dass er als Fickfleisch für eine Missgeburt gedacht war und seinen Job mit kindischer Liebelei versaut hatte, würde er ohnehin nicht verstehen.

»Tom hat schon aufgewischt?« Henrys Brauen hoben sich und sein zweifelnder Blick stellte die Frage, ob sie zum zweiten Mal eine Sauerei wünschte.

»Gut mitgedacht, Henry. Schlag ihn nur k.o.«

Sean schnappte nach Luft, wandte sich zu Henry, doch der hieb ihm den Pistolenknauf an die Schläfe. Sean brach sofort zusammen.

»Ich mache es im Keller. Da unten kann er bluten, wie er will.« Henry hievte sich den Iren auf die Schulter. »Schmeiß den Motor an, ich gehe nur noch einmal durchs Haus, ob jemand was liegen gelassen hat.«

»Danke Henry.« Gute Mitarbeiter waren unbezahlbar.

»Wird's bald?«, rief Luis vom Eingang her. »Wo bleibt Mac Laman?«

Der würde ewig mit seinem verletzten Bein brauchen. »Bruno soll sich um ihn kümmern. Er ist noch mit Sun im Badzimmer.« Bei der Gelegenheit konnte er ihn auch gleich darüber informieren, dass ab heute Tom für seine sexuellen Grundbedürfnisse zuständig war. Wenn ihn die Narben ablenkten, sollte er ihm ein Handtuch übers Gesicht legen.«

~*~

»Verdammt!« Der Wagen brach aus. Samuel riss das Steuer herum, schlitterte zur anderen Seite. Sein Puls schrammte an ungesunden Grenzen. Zuviel Adrenalin, zu viel Sorgen.

Raven hatte auf keinen Anruf reagiert und das Festnetztelefon schien tot zu sein. Wenigstens löste sich der Nebel auf. Die letzten Stunden hatte er fast im Blindflug verbracht.

Vor ihm tauchte Loch Morar auf und endlich die Schotterstraße zum Grundstück. Mit ausgeschalteten Scheinwerfern rollte er an der Zufahrt vorbei.

Zwei Kombis standen vorm Haus. Im Schatten neben der Haustür bewegte sich etwas. Ein Mann. Er trat aus der Dunkelheit auf den Vorplatz, ging auf und ab.

Samuel fuhr langsam weiter. Hoffentlich hörte der Kerl den Motor nicht. Wenn Mhorags Manor bewacht wurde, war der See die einzige Möglichkeit, zu Raven zu gelangen. Außer Finley hatte den Kellerschacht mit Gerümpel zugestellt.

Er lenkte den Wagen bis zu der Stelle, wo der Weg immer schmaler wurde und schließlich nur noch ein Pfad weiterführte. Vom Gebäude aus konnte man den Bentley nicht mehr sehen.

Schnell. Ausziehen, rennen.

Das Wasser schwappte eisig über seine Zehen. Seine menschliche Seite verkrampfte sich allein bei dem Gedanken, darin einzutauchen. Als seine Hände und Füße gefühllos wurden, füllte er seine Lunge bis zum Bersten mit Luft und tauchte unter. Am liebsten hätte er gegen die Kälte angebrüllt, die ihn umfing. Die Nerven auf seiner Kopfhaut zogen sich zusammen, stachen wie Nadeln.

Samuel tauchte mit kräftigen Zügen zu dem Felsen, auf dem Mhorags Manor aufragte. Um ihn wurde es dunkler. Seine Augen brauchten Zeit, sich umzugewöhnen, doch schließlich erkannte er Schemen, die mit jedem Schwimmstoß deutlicher wurden.

Ein Fischernetz hing vor dem Tunneleingang. Zwischen den ausgefransten Maschen steckte eine Hand und winkte ihm zu. Ein Taucher, der sich verfangen hatte?

Zu den kraftlosen Fingern gehörte ein Arm, der in einer Felsspalte feststeckte. Wie der Rest des Körpers.

Kein Taucher. Der Mann trug eine gesteppte Weste und Cargohosen. Sogar die Schuhe hatte er noch an.

Samuel zog ihn aus dem Spalt. Wie war er nur hineingeraten? Samt Netz? Die schmalen Augen starrten ihn an. Das Gesicht war gequollen, der Hals übersät mit Bissspuren.

Raven. Hatte er den Mann angefallen? Dann stand es schlimm um ihn, auch ohne Drogenhändler und Entführer.

Für den grausigen Fund kam jede Hilfe zu spät. Samuel klemmte ihn zurück in die Spalte. Die Polizei hatte genug herumgeschnüffelt. Eine zweite Wasserleiche in unmittelbarer Nähe von Mhorags Manor durften sie auf keinen Fall finden.

Nach ein paar Schwimmstößen weitete sich der Tunnel. Samuel stieß durch die Wasseroberfläche und atmete Luft, die nach Tang und Fisch roch. Bis zum Schacht war es nicht mehr weit. *Wehe dir, Finley, und du hast ein Whiskyfass darüber gerollt.*

Über ihm klaffte das dunkle Loch im Felsen. Die in den Stein gehauenen Kerben waren glitschig.

Stück für Stück. Absolute Dunkelheit. Den geheimen Zugang zum Haus hatte er ewig nicht mehr benutzt. Nur nicht den Halt verlieren. Irgendwo da oben wartete Raven auf Hilfe.

Aus den behauenen Felsen wurden Steine. Das Mauerwerk des Kellers begann. Noch ein wenig höher, dann hatte er es geschafft.

Er wand sich aus dem Schacht.

Es blieb finster. Kein Mondlicht wie im See, das seinen Augen vollkommen genügte.

Der Lichtschalter befand sich neben der Tür, doch dahin musste er erst einmal kommen. Er tastete sich bis zu einer Wand, ging an ihr entlang, bis er splitteriges Holz unter den Fingern fühlte. Die Tür. Ein Stück weiter war der Schalter. Licht glühte auf, stach in seinen Augen.

Samuel schlug die Hände vors Gesicht, die Helligkeit sickerte durch seine Finger. Er blinzelte die Tränen weg, versuchte etwas zu erkennen.

Stangen. Ein Käfig? Das verdammte Ding, indem Davenport Laurens gefangen gehalten hatte. Sein Herzschlag dröhnte ihm in den Ohren. Warum stand es hier herum?

Daneben lag ein Bündel. So lang wie ein Mensch.

Es waren nur ein paar Schritte. Er konnte sie kaum gehen.

Ein Laken bedeckte es. Blut sickerte in den Stoff.

*Nicht mein Bruder. Nein, Raven liegt nicht darunter.*

Er sah seiner Hand dabei zu, wie sie einen Zipfel hochhob.

Ein blutüberströmtes Gesicht, die buschigen Brauen nass und rot. Ebenso wie die Haare.

Finley!

~\*~

Brennspiritus. Wie simpel. Er stand im Vorratsraum neben den braunen Ethanol Flaschen. Die gingen auch.

Guido schloss leise die Tür hinter sich. Links die Kanister, rechts die Flaschen. Was brannte besser? Beides funktionierte. Zumindest für seine Zwecke.

*Ene mene Miste, es rappelt in der Kiste, ene mene Meck und du bist weg!*

Spiritus. Er nahm gleich zwei Kanister. Viel half viel. Auf dem Flur lief ihm die Putzfrau über den Weg. Sie sah ihn erstaunt an, was an der Sonnenbrille lag. Den Wulst auf dem Rücken bemerkte sie nicht. Er war noch sehr flach. Ein paar Hornschichten das Rückgrat entlang. Mehr nicht.

Das würde sich ändern. Einige der mutierten Mäuse besaßen einen Rückenwulst von knapp einem halben Zentimeter. Wie hoch seiner wohl werden würde? Gleichgültig.

Er erlebte es nicht mehr. Sein Herz raste bei diesem Gedanken. Es fürchtete sich abgrundtief vor dem, was er tun musste.

Labor vier. Guido zog die Chipkarte durch den Schlitz. Als die Tür hinter ihm zufiel, klang es nach Endgültigkeit. Die Kanister zerrten an seinen Gelenken. Seine Hände wollten zittern, das Gewicht hinderte sie daran.

Im ersten Glaskasten tummelten sich die Mäuse, die infiziert waren, doch bisher keinerlei Anzeichen aufwiesen. Im zweiten befanden sich die vollständig mutierten Mäuse.

Kasten drei. Hier zuckten die armen Kreaturen, die sich durch die Transformationsphase quälten. Wie er. Vor Schmerzmitteln konnte er kaum geradeaus denken. Injektionen wären es gewesen. Er lachte und ein paar der Mäuse quiekten erschrocken.

Keine Schmerzen, keine Angst. Aber auch keine Chance auf einen einzigen vernünftigen Gedanken. Den brauchte er – noch.

Er stellte die Kanister ab, zog die kleine Glasflasche mit den K.-o.-Tropfen aus der Hosentasche. Er hatte sie nicht einmal selbst zusammenrühren müssen. Ein Klick im Internet, und sie waren ihm diskret innerhalb von zwölf Stunden zugeschickt worden.

Ein Klick, ein Tod. Einfach.

Ob er den gesamten Inhalt der kleinen Flasche benötigte? Warum nicht? Er kippte seinen persönlichen Weg zum Nirwana in eine der benutzten Kaffeetassen und füllte mit Wasser auf. Ihm blieben maximal zehn Minuten. Wahrscheinlicher waren fünf.

Runter mit dem Zeug.

Die Unterlagen von Wegener stapelten sich auf dem Labortisch. Bevor er zum Feuerzeug griff, würde er sie mit Spiritus tränken. Es war leicht gewesen, Wegeners Büroschreibtisch aufzubrechen. Was er dort gefunden hatte, hatte ihm jegliche Hoffnung genommen.

Die Notizen von Johannson, das Bild der Leiche. Ein Monster. Dazu würde er werden. Wie die Mäuse. Wie das Wesen, das auf dem Felsen lag. Johannson hatte sein Leben damit verbracht, es aufzuspüren. Nun war er tot. Hatte ihn der Schuppenmann angefallen?

Auch nach ihm würden sie jagen. Guido Peters, das menschliche Urzeitmonster. Sie würden ihn wegsperren, untersuchen, bis er unter ihren Skalpellen starb. Oder doch ein Käfig im Zoo?

Seine Gedanken fraßen sich gegenseitig. Keine Aussicht auf Rettung. Nur der Drang, die winzigen spitzen Zähne, die sich durch seinen Oberkiefer schoben, in fremdes Fleisch zu schlagen.

Feuertüren, Rauchmelder ...

Den anderen Mitarbeitern würde nichts geschehen. Vorher kam die Feuerwehr, um seine Reste zu finden.

Noch acht Minuten. Oder drei. Wieder raste sein Herz. Zu spät. Er schüttete den Spiritus um sich. Die Mäuse quiekten schrill auf, es stank entsetzlich. Wo war sein Feuerzeug? Ohne Flamme, kein Inferno. Hauptsache, er bekam es nicht mehr mit. Er würde erst die Gasflamme entzünden, wenn ihm die Sinne schwanden.

Scheiße, hatte er eine Angst. Der beißende Gestank kroch in seine Lunge. Hustend klammerte er sich an den Tisch, von dem ihm ein totes Schuppenwesen von seiner nicht mehr stattfindenden Zukunft erzählte.

Zehn, neun, acht ... den eigenen Countdown zu zählen war pervers. Auch das machte nichts mehr. Konnten die Viecher nicht mit Quieken aufhören? Bei dem Lärm würden sie den Sicherheitsdienst herlocken.

Watte vor den Augen, in den Ohren. Und im Herz einen Vorschlaghammer, der ihm den Brustkorb zertrümmerte.

War das Klacken immer so leise gewesen? Guido starrte auf die Flamme.

Jetzt.

~*~

Da war etwas auf seinem Mund. Drückte zu. Noch ein bisschen, und seine Zähne würden herausbrechen.

In unregelmäßigen Abständen tropfte Wasser auf sein Gesicht. Folter? Die war nicht nötig, sein Hirn explodierte auch so.

»Schrei und du bist tot. Im selben Augenblick.«

Ein wutverzerrtes Gesicht umrahmt von nassen, schwarzen Haaren. Daher die Tropfen. Der Kerl war nackt. Nein, doch nicht. Eine klitschnasse Jeans klebte ihm an den Beinen. Warum war seine linke Körperhälfte dunkler als die rechte?

Schlangenhaut? Samuel!

»Wo ist mein Bruder?«

*Nimm die Hand von meinem Mund, und ich sag's dir.*

»Was habt ihr mit ihm gemacht?«

*Noch mal: Hand weg!*

Endlich begriff er. Langsam lösten sich die Finger, dafür stemmte er sein Knie auf Seans Brust.

»Stehen die Autos noch vor dem Haus?« keuchte Sean trotz des Druckes auf seiner Lunge.

»Nein. Aber vorhin ...«

»Dann sind sie auf dem Weg nach Inverness zum Flugplatz. Und jetzt weg mit deinem Knie!«

Samuel gab ihn zögernd frei. Ein wenig stärker, und er hätte ihm die Rippen gebrochen.

»Warum bist du nicht bei den anderen?«

»Gib mir eine Sekunde.« In seinem Kopf wirbelte alles durcheinander. Henry hatte ihn niedergeschlagen. Der Gedanke schmerzte heftiger als die Beule an seiner Schläfe.

Finley in Ravens Arm. Ein Schuss, noch ein Schuss.

Bruno hatte Raven angeschossen. Sean wurde schlecht.

»Sag mir, was geschehen ist. Schnell.« Samuel packte ihn am Kragen.

Karamellbraune Augen? Nein, eher Milchkaffee-Braun. Hatten sämtliche Mac Lamans den Hang zu exotischen Iriden?

»Ich werde sie einholen und ...«

»... dich erschießen lassen? Sei nicht dumm. Isabell hat, was sie will. Deinen Bruder. Den gibt sie nicht mehr her.«

Samuel brüllte auf, schleuderte ihn an die Wand.

Scheiße, hatte der eine Kraft. Sean sank zusammen wie ein nasses Handtuch.

»Sag mir, wo sie ihn hinbringen! Oder du bist so tot wie der alte Mann im Keller!«

»Finley. Ich weiß. Es tut mir leid. Bruno hat ...«

»Wen interessiert, was dir leidtut? Du bist einer von ihnen!« Seine Augen sprühten Feuer.

Verständlich. Geiler Körper, trotz allem. Sean rappelte sich auf, hielt beschwichtigend die Hand hoch. Noch ein Klatscher, und sein Kopf würde explodieren. »Sie bringen ihn nach Moskau. Dort gibt es ein verlassenes Institut, Kovalenko. Isabell plant, mit seinem Gift eine Droge zu produzieren. Wenn du deinen Bruder retten willst, musst du mit mir dorthin.«

Samuel starrte ihn entgeistert an. »Bildest du dir ein, dass wir zusammenarbeiten werden?«

»Allerdings. Ich will Raven dringender zurückhaben als du.« Er durfte nicht an dieses beschissene Bett gebunden werden und an die Decke starren, während er auf seine tägliche Folter wartete. Er hatte genug hinter sich.

»Mächtige Beule.« Samuel strich vorsichtig über Seans Schläfe. Die winzigen Schuppen auf seiner Hand fühlten sich seltsam an. »Wenn sie dich nicht am Denken hindert, würde ich gern erfahren, was genau du mit meinem Bruder zu tun hast.«

»Ich sollte Raven bewachen, mich um ihn kümmern. Immerhin ist er für meinen Boss ein wertvoller Gefangener. Aber kaum habe ich ihn gesehen ...«

Samuel streckte ihm die Hand hin und zog ihn hoch. »Lass mich raten: Mein Bruder hat dich gebissen und du hast dich danach haltlos in ihn verliebt.« Sein Blick suchte vergeblich Seans Arm. Statt einer mitleidvollen Miene erntete Sean lediglich eine zuckende Schulter. »Ich will die ganze Geschichte. Dann reiße ich dir den Kopf eventuell nicht ab.«

Sean rattert alles herunter. Ungefiltert. Zum Abwägen war ihm zu schlecht. Zwischendurch würgte ihn die Sorge um Raven und er musste sich zusammenreißen, nicht sofort aufzuspringen und Samuel zu seinem hoffentlich schnellen Fahrzeug zu prügeln. Doch Isabell in Inverness abfangen zu wollen, war sinnlos. Ein Linienflug nach Moskau musste reichen. Bis dahin hatten sie einen Plan. Oder auch nicht. Der einzige Trost war, dass Isabell Raven am Leben lassen würde.

Samuel hörte schweigend zu. Nur bei der Stelle mit diesem David entglitten ihm sämtliche Gesichtszüge.

»Daher der Käfig«, murmelte er. »Und er hat mir nichts erzählt. Die ganze Zeit hat er diese Bürde schweigend getragen.«

»Raven ist kein Frodo.« Gütiger, hatte der Kerl eine Schmerzensmiene drauf. Sie kam zu spät. Er hätte früher daran denken können, dass man einen Mann wie Raven nicht allein lassen konnte. Und was hatte der Käfig mit diesem schuppigen Monster zu tun?

Sämtliche Härchen stellten sich auf. Besser, er fragte nicht danach.

Als er von Finleys Tod erzählte und Ravens Bereitschaft, ihn zu schützen, kämpfte nicht nur er mit den Tränen. Auch Samuel schluckte. Nur die Frage, wo Erin abgeblieben war, wusste er nicht zu beantworten. Dass sie nicht neben Finley lag, war immerhin ein gutes Zeichen.

»Ich werde ihn begraben.« Samuel blinzelte, aber statt zur Tür zu gehen, zog er sich die nasse Jeans aus.

Was zum Henker dachte er sich dabei? Sean verdrängte seltsame Gefühle. Es war fast dunkel im Zimmer. Doch die Schuppenhaut schillerte im Mondlicht wie etwas Verwunschenes. Sie spannte sich über die gesamte linke Körperhälfte. Und über den nicht zu verachtenden Schwanz.

Chen Sun war kein Irrer. Er war ein Weiser, dass er sich von so einem hatte vögeln lassen.

»Genug gestarrt?« Kopfschüttelnd ging Samuel zum Schrank und zog sich trockene Kleidung an. »Du packst für Moskau, ich kümmere mich um Finley.«

»Woher soll ich wissen, was ein Typ mit Schlangenhaut so alles braucht?« Er war nicht Samuels Diener.

Samuel schlug die Stirn an die Schranktür. »Pack einfach ein paar Sachen für dich und mich ein und dann treffen wir uns unten.«

Seans Tasche stand am Fußende des Bettes. Auf dem Weg dorthin wurde ihm schwindelig. Warum hatte ihn Henry überhaupt niedergeschlagen?

Auf der Tasche lag ein Zettel.

*Du bist tot. Vergiss das nicht. Halte die Füße still und beschaffe dir einen neuen Namen. Gruß Henry*

Wenigstens wusste er, wem er sein Leben als Leiche verdankte. Isabell musste Henry befohlen haben, ihn umzubringen. Dabei wusste sie, dass Henry und er Freunde waren.

Raven hatte recht. Sie war eine Hexe.

Sean stopfte wahllos ein paar Kleidungsstücke für Samuel in sein Reisegepäck und ging hinunter in die Eingangshalle.

Ein leichter Blutgeruch lag noch in der Luft. Ihm wurde wieder übel.

Bis Ravens Bruder zurückkam, verging über eine Stunde. An seinem Pullover hing ein vertrockneter Lavendelzweig. Hatte er Finley im Garten beerdigt? Ein schöner Ort für den Tod.

Samuel holte Wasser aus der Küche und warf ihm eine Packung Kekse zu.

Seans Geisterarm zuckte, erinnerte sich im letzten Moment daran, dass er nicht mehr existierte. Sean fing die Packung mit links. Gerade noch so.

Samuel beobachtete es mit hochgezogenen Brauen. »Gut, dass ich mit dir nicht durch den Schacht zurück muss. Du würdest da unten ertrinken.«

»Na da habe ich ja Glück gehabt.«

Samuel baute sich vor ihm auf. »Du hast mich vorhin nicht angelogen?«

»Mit was?« Hatte er überhaupt gelogen?

»Dass du meinen Bruder liebst.«

»Keine Lüge. Und im Gegensatz zu dir hat er gleich festgestellt, dass ich bloß einen Arm habe. Er hat mich deswegen getröstet und mir keine beschissenen Kekse zugeworfen.«

Mit ein wenig Fantasie konnte man Samuels Lippenzucken für ein Lächeln durchgehen lassen. »Gut. Hintergehst du mich ...«

»... bin ich tot. Ich weiß Bescheid.« Irgendwann musste dieses Macht-Ding um ihn herum aufhören, oder er würde sich laut brüllend von der nächsten Klippe stürzen.


Samuel hatte seinen Wagen offenbar am Arsch der Welt geparkt. Sean keuchte aus dem letzten Loch. Die hinter ihm liegenden Stunden waren verdammt anstrengend gewesen.

Samuel nahm ihm die Tasche ab. »Wird dieses Weib meinem Bruder etwas antun?«

»Ich hoffe nicht.« Außer, Isabell beauftragte Bruno, sich um ihn zu kümmern. »Sun kennt sich mit euch aus. Er wird sie von allem abhalten, was die Giftproduktion beeinflussen könnte.«

Samuel nickte. »Raven ist sehr speziell. Ich kann verstehen, dass du für ihn schwärmst, doch das ist nicht ungefährlich.«

»Ist mir klar.« In einer Kurzversion präsentierte er Samuel, was er von Sun über S78 gelernt hatte.

Samuel blieb stehen, sah ihn fassungslos an. »Es gibt mehr von uns?«

»David?« Wer war dieser Kerl gewesen?

»Der zählt nicht.« Seine Miene wirkte plötzlich wie in Stein gemeißelt.

»Da war noch das Schmuserudel von Sun.«

Samuel klappte der Unterkiefer hinunter.

»Doch das ist einem mit Dynamit fischenden Idioten zum Opfer gefallen. Deshalb ist Isabell so scharf auf Raven. Er ist für sie die letzte Chance, steinreich zu werden.« Apropos. »Bei der nächsten Bank, an der wir vorbeikommen, hältst du an!« Hoffentlich saß Luis hinterm Steuer, dann konnte er nebenbei keinen Hotspot einrichten, um Seans Konto zu sperren. »Hast du im Notfall genug Bares, um die Tickets für uns zu kaufen?« Bis sie einen sicheren Weg durch den Stahlzaun gefunden hatten, würde Zeit vergehen.

»Tut mir leid.« Samuel seufzte. »Mein Geld reicht höchstens für ein Sandwich plus Kaffee am Flughafen.«

Im Mondlicht tauchte ein alter Bentley auf. Schmutzig und verbeult. »Dein Wagen?«

Samuel nickte, verstaute die Tasche im Kofferraum und hielt Sean die Tür auf.

»Wieso lässt du diesen Oldtimer verkommen? Der hat Sammlerwert.«

»Weil ich ihn hasse.«

»Warum?« Das Auto war ein Traum. Eine echte Alternative zu der Idee mit dem Geländewagen.

Eine schauerlich düstere Melodie riss Sean aus den Gedanken. *See You in hell!* Wie passend.

Samuel tastete hektisch nach seinem Handy, das im Ablagefach verschollen war. »Auch das noch. Keinen Mucks, Ire!«

»Ich heiße Sean!« Langsam nervte es, nur über den Dialekt definiert zu werden.

»Leise, Sean!« Samuel holte tief Luft und nahm das Gespräch an. Mit honigsüßer Stimme schwafelte er für geschlagene zehn Minuten Mist. Alle möglichen Kosenamen fielen dabei, wobei *Sonnenschein* bei Weitem überwog. Sein Süßer wusste nichts von diesem Ausflug. Er wähnte Samuel in London, sich mit einem Jarek abwechselnd bis aufs Messer zankend oder zu Tode langweilend. Heiße Liebesschwüre, peinliche Versicherungen, dass er ihn vermisste.

Es nahm kein Ende.

Als Samuel endlich auflegte, sandte Sean ein knappes Dankgebet nach oben.

»Ehrlichkeit ist kein großer Posten in eurer Beziehung, hm?«

»Nein. Irgendwie nicht.« Samuel sah ihn zerknirscht an. »Ich hasse das.«

»Wenigstens bist mir gegenüber ehrlich.« Das war ein Anfang.


Der Geldautomat in Fort Williams spuckte nur einen Bruchteil dessen aus, was Sean wollte. Aber immerhin spuckte er überhaupt etwas aus und für die Tickets würde es reichen.

Samuel fuhr direkt zum Flughafen.

Eine Billigfluglinie bot eine Verbindung über Frankfurt und Amsterdam an, allerdings erst am kommenden Nachmittag.

Samuel schlug mit der Faust auf den Tresen, dass die Frau in blauem Käppi erschrocken zusammenzuckte. »Erst morgen. In dieser Zeit kann so viel geschehen.«

»Wird es aber nicht.« Raven war sicher, solange er auch nur ansatzweise kooperierte.

~*~


Telefonterror! So nannte man das, was dieser irre Guido Peters mit ihr anstellte. Stalking! Doch dieser Mist hörte jetzt auf. Sie würde ihm klipp und klar sagen, dass sie nie wieder von ihm belästigt werden wollte. War es ihr Problem, dass er mehr von dem Zeug brauchte? Dass er tausend Fragen stellte, die sie ihm nie beantworten würde? Nein! Sie hatte ihren Job erledigt, den Rest musste Peters allein hinbekommen. Weder würde sie Samuel noch Raven ein zweites Mal in Gefahr bringen.

Vivienne bremste vor einer roten Ampel, tippte nervös mit den Fingern auf dem Schalthebel. Einfach rein ins Institut, ihm die Meinung geigen und raus. Und wehe ihm, seine Nummer würde noch ein einziges Mal auf ihrem Anrufbeantworter erscheinen.

Was war denn da vorne los? Auf dem Institutsparkplatz standen Feuerwehr- und Rettungswagen. Sirenen jaulten und die Polizei sperrte die Zufahrt aufs Grundstück.

Vivienne sprang aus dem Wagen und rannte bis zur Absperrung.

Es brannte. Aus den Fenstern links unten quoll dicker Rauch.

Das Labor von Peters. Großer Gott!

Zwei Sanitäter mit einer Trage verließen das Gebäude.

Da lag einer drauf! Abgedeckt! Peters? Deshalb sein verzweifelter Anruf. Aber der war doch Tage her?

Sie bückte sich unter dem Absperrungsband hindurch. Wenn sie schnell genug war, griff der Polizist ins Leere.

»Hey, bleiben Sie stehen!«

Sicher nicht. »Ich kenne diesen Mann! Ich bin mit ihm verabredet. Es ist Guido Peters!« Auch wenn es nicht stimmte, sie musste sehen, wer sich unter dem Tuch verbarg.

»Ich kann mich ausweisen. Ich arbeite zusammen mit ihm an einem Projekt für Professor Klaus Wegener.« Die Sanitäter wussten garantiert nicht, wovon sie sprach. Doch es klang bedeutend und professionell.

Einer der Männer hob das Tuch an. »Nur kurz. Er ist schwer verletzt.« Ruß, Blut, verbrannte Haut. Ihr Magen schnurrte zusammen. Nur keine Schwäche. Das hier war wichtig. Es hatte etwas mit Morar zu tun. Nie war sie sich so sicher gewesen.

»Und? Ist das Herr Peters?«

Die übrig gebliebenen Gesichtszüge kamen ihr bekannt vor. »Ja, das ist der Mann. Was ist passiert?«

Der Sanitäter zuckte die Schulter und nickte hinter sie. »Fragen Sie dazu besser die Polizei.«

»Ich muss Sie bitten, sofort wieder hinter die Absperrung zu treten.«

Mist! Der Polizist hatte sie eingeholt. Sie ließ sich von ihm abführen, als wäre sie für den Brand verantwortlich. Aber das war sie nicht. Nein. Auch wenn lauter furchtbare Dinge geschahen, seit sie Samuel Mac Lamam an diesem grässlichen See gefilmt hatte.

Vivienne schaffte es nur mit Mühe zu ihrem Wagen. Der Beamte fragte sie nach ihrem Ausweis, ob sie zu einer Aussage ins Revier kommen könnte.

Sie nickte alles ab, verstand nur die Hälfte. Sie hatte etwas losgetreten. Etwas Grauenvolles. Sie allein. Wäre sie nur nie nach Morar gefahren.

Ein Fluch. Ja, genau das war es. Ein entsetzlicher, unabwendbarer Fluch.

Der Gedanke verbiss sich wie eine Zecke in ihrem Hirn.

Scheiße verdammte! Das hier war real. Es gab keine Flüche. Es gab Schwelbrände in Laboratorien, es gab Unfälle an Seen, es gab perverse Schweine, die Männer fickten, die in einer Schlangenhaut steckten. Ach ja? Vivienne schlug sich mit aller Kraft ins Gesicht. Ihre Wange brannte höllisch. *Klar denken, Mädchen! Du bist Wissenschaftlerin.*

Zuerst musste sie Wegener anrufen. Es war sein Labor und sein verkohlter Laborant. Danach konnte sie immer noch hysterisch herumkreischen.

# MOSKAU

Das Hotel neben dem Moskauer Flughafen hatte Sean ausgesucht. Er bezahlte das Doppelzimmer im Voraus und der Portier zuckte nur mit der Braue.

Samuel störte es nicht, dass der Ire die Organisation übernommen hatte. Er schien zu wissen, was er tat.

»Machs dir schon mal gemütlich. Ich besorge uns etwas zu essen und einen Geldautomaten muss ich ebenfalls plündern.« Sean verstaute den Hotelschlüssel in der Hosentasche und verzog den Mund. »Ich gebe erst Ruhe, wenn mein Konto leer geräumt ist. Und zwar von mir.«

»Scheinst deinem Ex-Team nicht zu vertrauen.« Seans Antwort hörte er schon nicht mehr. Er brauchte Wasser. Auch wenn das Zimmer außerordentlich schlicht ausgestattet war, im Bad befand sich eine Wanne statt einer Dusche. Perfekt.

Samuel ließ sie bis zum Rand volllaufen, bevor er sich langsam hineinlegte. Wie hatte es David all die Zeit in einem Käfig ausgehalten? Hatte ihn Raven zwischendurch mit dem Schlauch abgespritzt?

Raven. Wäre er bloß bei ihm geblieben. Das schlechte Gewissen durchdrang ihn ebenso wie die Wärme des Wassers. Für Reue war es zu spät. Wenigstens konnte er ihm jetzt helfen, zusammen mit Sean. Der Ire wirkte nicht wie ein Verbrecher. Sein Blick war zu offen, verriet zu viel von seinen Gefühlen. Er liebte Raven und sorgte sich ebenso um ihn wie er selbst.

»Für den Fall, dass du kein Schaumbad nimmst, schnapp dir ein Handtuch, ich komme rein.« Schon öffnete sich die Tür.

Samuel hatte keine Chance auch nur nach einem Handtuch zu greifen.

Sean stellte eine Tüte auf den Badewannenrand, aus der es verdächtig nach fettem Fisch roch. »Bade ruhig weiter aber überlege dabei, wie wir deinen Bruder retten können.« Er zog sich den Hocker heran, wischte Samuels Kleidung hinunter und setzte sich. »Hier.«

Vom untern Rand der Pappschachtel kroch eine Ölspur nach oben.

»Du hast nicht wirklich Fish 'n' Chips gekauft?« In Moskau?

»Ich mag so was.« Sean leckte sich die Lippen und kämpfte mit der Verpackung. »Beim letzten Mal habe ich die mit Raven zusammen gegessen. Bei euch auf der Gartenmauer.«

»Ich dachte, du liebst ihn?« Wie konnte er ihm dann so einen Fraß antun?

Sean nuschelte *arroganter Bastard* und begann, sich triefende Fischklümpchen in den Mund zu stopfen. Nebenbei glitt sein Blick über Samuels linke Seite, wurde verträumt.

»Hat dir Raven von mir erzählt?«

Sean schreckte aus seinem Versunkensein. Er räusperte sich, zuckte die armlose Schulter. »Eigentlich nicht. Ich weiß nur, dass er dich liebt.«

Das Stück gebackener Kartoffel rutschte nur mit Mühe Samuels Speiseröhre hinab. Sein Hals war plötzlich eng.

»Isabell hat ihn mit dir unter Druck gesetzt. Ich glaube, er hätte alles getan, um dich vor ihr zu schützen.«

»Ich liebe ihn auch.« Der Kloß in seinem Hals wuchs.

Sean stellte die Pappschachtel weg und wischte sich mit dem Ärmel über die vor Fett glänzenden Lippen. »Was ist passiert? So wie du klingst, gab es Streit.«

Vor einem einarmigen Iren mit krimineller Vergangenheit würde er keine intimen Familiengeheimnisse preisgeben.

»Ihr habt miteinander gevögelt«, plauderte Sean. »Lag es daran? Raven hat so was erwähnt.«

»Wie nah seid ihr euch gekommen?«

»Ganz nah.«

»Und du bist sicher, dass dich mein Bruder liebt?«

»Absolut sicher.« Seans ernster Blick hielt seinem stand.

»Dann frag ihn selbst danach, wenn wir ihn befreit haben.«

Sean legte lächelnd sein Kinn auf den Wannenrand. »Das muss ich nicht. Mir ist es egal, was er wie mit wem getrieben hat. Solange er meinen Namen keucht, wenn es aus ihm herausspritzt, ist für mich der Drops gelutscht.« Ein letztes Mal betrachtete er gelassen Samuels Mitte, lächelte breiter und ließ ihn mit einem Zwinkern und den Resten ihres Abendessens allein.

~*~

Scharfer Kerl. Und bestimmt einer, der gerne von oben nach unten liebte. Dieser Prachtschwanz musste eingesetzt werden, sonst wäre es eine Verschwendung.

Sean schnappte sich den Notizblock mit dem Hotellogo und schrieb alles auf, was ihm zu Kovalenko einfiel. Die Torsicherungen, die Kameras, die Entfernung des Zauns zum Nebengebäude.

Keine Frage, Raven hatte es übertrieben. Sich vom eigenen Bruder vögeln zu lassen, war eine Sauerei. Allerdings passte sie so gut zu ihm wie das Grün seiner Augen und der Opiumduft seiner Lenden. Wenn nur Bruno die Finger von ihm ließ. Je schneller sie ihn befreiten, desto besser. Nur überstürzen durften sie nichts.

Ob Luis im verwilderten Teil des Gartens ebenfalls Kameras installiert hatte? Sean schritt in Gedanken das gesamte Grundstück ab.

Das Team musste versorgt werden. Einer würde mit dem Lieferwagen regelmäßig den umzäunten Teil verlassen. Sie könnten sich an seine Fersen hängen, sich bei Gelegenheit im Auto verstecken und sich auf diese Weise einschmuggeln lassen. Blieb nur noch die Frage, was sie umringt von Securitys und einem schießwütigen Bruno ausrichten konnten.

Waffenbeschaffung schrieb er dick an den Rand. Ganz wichtig!

Waffen waren sinnlos, solange sie nicht aufs Grundstück kamen. Verdammt! Sean riss den Bogen ab und zerknüllte ihn.

Nur theoretisch: Angenommen es funktionierte. Was dann? Vor dem Nebengebäude stand mindestens eine Wache.

Kein Problem. Es durfte nur nicht Henry sein. Henry hinterrücks ermorden? Niemals. Sean strich ihn aus seiner Rechnung. Mit etwas Glück war Bruno dran. Und Sun? Der fanatische Drachenforscher würde direkt im Raum nebenan wohnen. Konnte er den Chinesen um die Ecke bringen? Schon eher.

So weit, so gut. Sie würden sich Raven schnappen und denselben Weg zurück nehmen. Ins Hotel, kurz und knapp ihr Wiedersehen feiern und dann ab nach ...

Wohin? Isabell würde Raven überall suchen und garantiert irgendwann finden. Ihn und auch Sean. In einer Mülltonne wollte er nicht enden. Vor seinem inneren Auge lief ein Film ab, in dem er mit Sonnenbrille und langem Staubmantel versehen bis unter die Zähne bewaffnet alles niederknallte, was sich ihm in den Weg stellte. Blöd nur, dass es so nicht ablaufen würde.

Noch einmal von vorn. Ein neues Blatt, diesmal mit einer Skizze. Ob der Container noch hinter dem Haus stand? Als Notfallversteck wäre er nicht schlecht.

Samuel kam aus dem Badezimmer. Hingebungsvoll streckte er sich und ließ sein Genick knacken. »Nichts gegen heiße Bäder aber natürliche Gewässer sind mir lieber.«

»Komm nicht auf die Idee, in die Moskwa zu springen.« Wie konnten sie Raven unbemerkt vom kameraüberwachten Gelände schleusen? Ob Sun ihn in dem Laborraum einsperrte? Oder genügte ihm die Sicherheit des Zaunes? Wenn Isabell nicht die Schlösser und Türen austauschen würde, wäre das kein Problem. Einfach dagegen treten und schon wären sie drin. Gesetzt den Fall, sie kämen an der Wache vorbei.

»Warum nicht?«

»Was nicht?«

»Warum soll ich nicht in der Moskwa schwimmen?«

»Ist das Thema Wasser so wichtig für dich?«

Samuel zuckte die Schultern. »Ja.«

»Chlor, Kadmium, Schwefelsäure, auch gern mal Fäkalien bis zum Brechreiz. Willst du da wirklich rein?«

»Moskau ist groß. Irgendwo muss es doch einen sauberen See oder wenigstens einen Bach geben.«

»Viel Glück beim Suchen.«

Stopp. Ein kleiner Zufluss, geleitet durch ein Rohrsystem, bevor er durch Kovalenkos ungemähte Wiesen sickerte. »Ich weiß, wie wir aufs Grundstück kommen.«

~*~

*Kovalenko Tag eins: Raven isst, nachdem ihm Isabell angedroht hat, dass sich sonst ein Spezialteam um seinen Bruder kümmern würde.*

*Kovalenko Tag zwei: Raven isst, trinkt, duscht ohne Hilfe, dafür aber mit Plastikfolie ums Bein, schweigt.*

*Kovalenko Tag drei: Raven isst, trinkt, duscht ohne Hilfe, dafür aber mit Plastikfolie ums Bein, schweigt.*

*Kovalenko Tag vier bis sechs: Siehe Tag zwei und drei.*

Randnotiz: *kein Tropfen Gift.*

Isabell starrte auf Suns Notizen. Pjotr würde sie vierteilen. Er wollte unbedingt das geheimnisvolle Wesen sehen, in dessen Projekt er massenweise Rubel gesteckt hatte. Das Mistvieh weigerte sich jedoch, zu kooperieren. Der Sekretfluss ließ sich nicht bewusst steuern, hatte ihr Sun erklärt und Raven damit vor einer Sanktion bewahrt, die ihr längst blutig und gefüllt mir Schmerzensschreien im Hirn herumspukte.

Wenn nicht bald ein Wunder geschah, war sie geliefert.

»Darf ich hereinkommen, Isabell?« Sun steckte seine Unglücksmiene durch den Türspalt. Er setzte sich neben sie und trank den Rest ihres Wodkas aus. Danach krakelte er hektisch etwas in sein Notizheft, riss das Blatt heraus und hielt es ihr hin. Eine Null, die die Papierränder streifte.

»Ausbeute von heute Morgen.« Seufzend goss er sich nach. »Ich weiß, warum Mr. Mac Laman trocken ist. Er trauert.«

»Um was?« Seine Freiheit hatte er vorher schon eingebüßt.

»Um Sean! Du hättest ihn nicht töten lassen sollen. Er war das perfekte Stimulans für den Hybriden. In der Nacht nach dem Biss habe ich Sean Blut abgenommen. Stell dir vor, Isabell. Er ist immun!«

Verdammt. Dann war eine Transformation von Beginn an ausgeschlossen gewesen. »Er hat vor ein paar Monaten Snaky Tears konsumiert. Als Schmerzmittel. Kann es daran liegen?«

»Eine Art Desensibilisierung?« Sun schob die Unterlippe vor. »Vielleicht. Ich werde diesbezüglich Nachforschungen anstellen.«

Hätte er das nicht früher erledigen können?

»Wie auch immer. Mr. Mac Laman schläft kaum, starrt nur teilnahmslos vor sich hin und wehrt sich nicht einmal mehr, wenn ich versuche, ihn zu melken.«

»Besser, als wenn er dich anfällt.« Bei Henry hatte er es getan. Direkt nach der Landung. Erst ein Schlag ins Genick hatte ihn davon abgehalten, Henry totzubeißen.

»Ich fürchte, dass er eingeht«, murmelte Sun unglücklich.

»Kraule ihm die Brust!«

»Er hat keine Schuppen.«

»Dann lass dich von ihm ...«

»Will er nicht. Habe ihn schon gefragt.« Sun ließ den Kopf hängen. »Ich schätze, er begehrt nur seinen Iren.«

»Sein Ire ist tot und fault längst. Was ist mit Tom?«

Mit lautem Stöhnen legte Sun den Kopf auf die Tischplatte. »Tom schlottert vor Angst, lässt sich durch nichts überreden. Er denkt, Mr. Mac Laman wollte ihn umbringen.«

»Unsinn! Schick ihn zu ihm.« War Pjotr im Spiel, war für Zierereien kein Platz.

»Vorläufig habe ich einen hübschen Jungen vom Wachschutz bestochen. Er ist gerade bei ihm. Vielleicht haben wir Glück.«

Wenigstens war Sun noch in der Lage, die Initiative zu ergreifen. Wenn es nicht bald aus Mac Lamans Zähnen tropfte, wie aus einem Wasserhahn, würde sie persönlich das Gift aus ihm herauswringen.

»Ich könnte es zusätzlich mit Musik versuchen?«, hauchte Sun auf die Glasplatte. »Das soll sich positiv auf die Seele auswirken.«

»Mach das. Meinetwegen massierst du ihm auch die Füße.«

Von Sun drang ein dumpfes Schluchzen zu ihr. »Es wird nicht funktionieren, Isabell. Mein Urgroßvater hat Untersuchungen zum Thema Trauerarbeit bezüglich Spezies S78 ...«

»Und das sagst du mir erst jetzt?« Sie schlug mit der Faust auf den Tisch und Sun Kopf ruckte hoch. Hätte sie das gewusst, hätte sie Sean natürlich am Leben gelassen.

»Ich habe es vorhin gelesen.« Sun fuhr sich über die Augen. »Ich dachte immer, das Heftchen aus handgeschöpftem Reispapier sei eine Gedichtsammlung.«

Als ob sie mit einem liebeskranken Wasserdrachen und einem sich in Tränen auflösenden Chinesen nicht genug Probleme hätte, gesellte sich Luis in ihre nette Runde.

»Wie gut sind deine Nerven, Schwesterherz?«

Nein. Keine schlechten Nachrichten mehr.

Luis knetete einen Moment zu lange an seiner Unterlippe, bevor er endlich Luft holte. »Ich habe eben mit Bruno zusammen den süßen Blonden aus Mac Lamans Behausung gezogen.«

Vor Isabells Augen begann die Luft zu flimmern.

»Henry verpackt ihn gerade in zwei Müllsäcke.«

»Kein Gift?« Ihre Stimme überschlug sich. »Und mit was hat Mac Laman ihn dann getötet?«

Sun kroch aus seiner Versenkung. Sein Zeigefinger reckte sich zitternd in die Luft. »Es muss ihm angesichts des massiven Reizes spontan eingeschossen sein.«

Isabell setzte die Wodkaflasche an. Erst als sie leer war, fügte sich ihr Herz und schlug langsamer. »Gurte ihn an. Ab jetzt wird Mac Laman um jeden Toilettengang betteln.«

Er wollte sein Zuckerbrot nicht? Dann musste ihm die Peitsche genügen.

~*~

Sean zog sich die Mütze tiefer ins Gesicht und stellte den Kragen seines Regenmantels hoch. Jeden Tag eine neue Verkleidung, damit die Typen hinter dem Zaun nicht auf die Idee kamen, jemand würde sie beobachten. Wahrscheinlich sahen sie ihn gar nicht inmitten der Haselnusssträucher.

Das Versteck war gut. Ein kleiner Hügel mit Wildwuchs, auf den sich kaum ein Spaziergänger verirrte. Die meisten zog es auf die birkenumsäumten Wege am vorderen Teil des Sees. In der Nähe zum Schloss-Café ließen sich die Enten bequemer füttern.

Keiner von ihnen ahnte, was sich nur ein paar Gehminuten von ihnen wirklich verbarg. Isabell hatte die Einfahrt mit einer Kette samt Schild absperren lassen. *Unbefugten ist das Betreten verboten.* Der uniformierte Wachschutz und die Kameras hielten Neugierige zusätzlich ab. Die Villa ging locker als Botschaftsgebäude durch.

Sean stellte den Feldstecher schärfer. Nur von hier oben war ein Teil des Tores zu sehen, ohne beim Beobachten selbst gesehen zu werden. Viel geschah nicht. Ab und an lief einer der Wachleute ins Bild oder ließ einen Lieferwagen passieren.

Isabell hatte die Security aufgestockt. Sechs Männer bewachten abwechselnd das Tor. Die Wachablösung erfolgte im Fünfstundentakt und nachts wurde wenigstens am Zaun auf Beleuchtung verzichtet. Die Kameras funktionierten jedoch auch im Dunkeln. Hoffentlich hatte Luis nicht das gesamte Grundstück mit ihnen gespickt.

Schon an ihrem ersten Tag war Samuel nachts in das Rohr getaucht. Keine Gitter. Weder am Eingang des Sees noch auf der anderen Seite. Luis hatte diese Sicherheitslücke tatsächlich übersehen oder er ignorierte die Möglichkeit, dass zwei Verrückte sich trotz eisigen Wassers durch diese verdammt enge Röhre zwängen könnten.

Samuel war einmal fast stecken geblieben. Sollte Raven diesen Rückweg nicht schaffen, griff Plan B, den sie noch nicht hatten. Langsam wurde die Zeit knapp.

Den Lieferwagen kurzschließen, die Köpfe einziehen und den Wachmann am Tor bedrohen, dass er sie passieren ließ?

Die Typen benutzten Uzis.

Gedanklich strich er Plan B.

Sean kämpfte gegen den Brechreiz. Er plante minutiös ihrer aller Tod. Drauf geschissen. Für Raven waren er und Samuel die einzigen Hoffnungsschimmer am pechschwarzen Horizont.

Samuel hatte im Hotelzimmer bereits die Auslegware dünn gelaufen und vorhin seinen Süßen durchs Telefon angeschrien. Augenscheinlich lagen seine Nerven blank. Seans auch. Und wie. Aber sie würden Raven nicht mit der Hexe alleinlassen und mit Bruno schon gar nicht.

Der Gang durch den Park beruhigte seine Flatternerven insofern, dass sie ihm nicht mehr um die Ohren schlackerten, sondern lediglich seine Hand zittern ließen.

Er winkte sich ein Taxi heran, erklärte dem Fahrer in schlechtem Russisch den Weg zum Hotel.

Sollte ihre Rettungsaktion gelingen, blieb ihnen hoffentlich noch Zeit genug, Raven aufzupäppeln, damit er ohne Aufsehen zu erregen in ein Flugzeug steigen konnte.

Glück. Sie brauchten Unmengen davon.

Aus einer Jackentasche brummte ihn sein Handy an. Seit er offiziell tot war, hatte er diesen Ton nicht mehr gehört.

Samuel?

Henry!

»Hey, Sean. Alles klar?«

Verdammt, tat es gut, die tiefe Stimme zu hören.

»Beule gut verheilt?«

»Ja.« Sean schluckte gegen den Kloß an, der sich in seiner Kehle bildete. »Wie geht es Raven?« *Gut! Sag verdammt noch mal, dass es ihm gut geht!*

»Schlecht.«

Scheiße! »Wie schlecht?«

»So schlecht, dass er für Isabell langsam uninteressant wird. Du weißt, was das heißt.«

Nein, so weit durfte er es nicht kommen lassen. »Henry, ich brauche dich.« Plan B! »Ich bin in Moskau. Sein Bruder ist bei mir. Du musst uns helfen, ihn zu befreien!«

Minutenlanges Fluchen. »Verstehst du das unter Füße stillhalten?«

»Bitte! Unser einziger Plan taugt nichts. Kannst du uns reinschmuggeln und dich um die Überwachungskameras kümmern?«

»Nein. Jeder Wagen wird kontrolliert und Luis lässt niemanden von uns ins System pfuschen.«

Fuck! »Dann sorge dafür, dass keiner am Wasserlauf herumlungert.«

Henry pfiff überrascht. »Das Rohr? Das ist voll bis obenhin.«

»Wir schaffen das.« Samuel würde ihn hindurchziehen.

Erneutes Dauerfluchen. »Besteht die Chance, dass ich dir das ausreden kann? Wenn ihr erwischt werdet, bin ich auch dran.«

»Nein. Wenn du uns nicht hilfst, musst du damit leben, dass du beim dritten Mal Arsch-Retten versagt hast.« Harter Tobak. Hoffentlich sprang Henry darauf an.

Schweigen. Sean kaute sich die Lippe blutig. Mit Henry schnallten ihre Überlebenschancen von knapp über null auf mindestens fünfzig Prozent.

»Wenn, dann heute Nacht. Mistige Aufgaben soll man schnell hinter sich bringen. Zwei Uhr. Ich bin da. Kein anderer.« Henry drückte das Gespräch weg.

»Danke.«

~*~

Tagelang keinen Moment Ruhe. Die Nächte wach, stets ein verkohltes Gesicht vor Augen. Wie lange war es her? Eine Woche? Nicht ganz. Irgendwann würde sie zusammenbrechen.

Vivienne warf sich die dritte Baldriankapsel ein. Scheiße, war sie fertig. Das hier ging nicht mit rechten Dingen zu. Es war etwas Großes, ungeheuer Bedrohliches, was sie losgetreten hatte. Es rollte auf sie zu und würde sie platt gewalzt zurücklassen.

Na prima. Sie hatte den letzten Fingernagel auch noch abgekaut.

Das Handy lag in heuchlerischer Unschuld neben ihr. Eben hatte Wegener angerufen. Die Polizei vermutete, dass Peters das Feuer selbst gelegt hatte. Vivienne schüttelte es. Wie hatte er sich zu einer solchen Tat hinreißen lassen können?

Die Versuchstiere waren Aschehäufchen, genauso wie sämtliche Notizen. Die Datenträger waren geschmolzen und vom Rest war auch nicht mehr viel übrig. Auf die Frage, warum Peters es getan haben könnte, hatte Wegener nur gefragt, ob sie noch ein Rest von dem Gift übrig hätte. Hatte sie nicht. Wozu auch?

Aber das Beste kam zum Schluss. Peters war aus dem Krankenhaus verschwunden. Wegener war es herausgerutscht. Anscheinend hatte er ihn besuchen wollen und völlig verwirrte Schwestern und Ärzte angetroffen, die etwas von Schweigepflicht gefaselt hatten.

Der mindestens tausendste Kälteschauer jagte über ihren Rücken. Hätte sie die Büchse der Pandora nur nie angerührt.

Welcher Ort lag von Morar am weitesten entfernt? Australien?

Vivienne schrieb ein paar Mails, in denen sie sich für das nächste Jahr verabschiedete. Down Under. Universitäten gab es auch dort. Und falls sie niemand wollte, konnte sie immer noch in einem Schnellrestaurant bedienen oder Teller waschen.

~*~

Sean verließ das Bad. Im Moment war es sein Lieblingsort. Die Nervosität schlug ihm auf den Magen.

Samuel stand komplett in Schwarz gekleidet vor dem Spiegel und schmierte sich eine Paste in passender Farbe ins Gesicht.

»Machst du einen auf Profi?« Er war das Ex-Mitglied eines kriminellen Teams. Nicht dieser Schlangenmann.

Samuel hielt ihm die Dose mit Theaterschminke hin. Wäre auf dem Etikett nicht ein Maskengesicht, hätte es Sean für Schuhcreme gehalten.

»Am Ende der Straße ist ein Laden, der verkauft ganz seltsames Zeug.«

Anscheinend. »Ich soll das benutzen?«

Samuel nickte. »Ist ziemlich wasserfest. Ich habe es ausprobiert.«

»Dann willst du mit Klamotten schwimmen? Oder hast du vor, deine rechte Körperhälfte komplett mit der Pampe vollkleistern?«

Der Wattebausch mit Schminke blieb kurz vor Samuels Nasenspitze in der Luft hängen. »Scheiße. Ich habe nicht daran gedacht.« Er schloss die Augen und schüttelte den Kopf. »Was ist, wenn wir versagen?«

Auch mit Henrys Hilfe stellte es die wahrscheinlichste Zukunfts-variante dar.

»Ich möchte nicht arrogant klingen, aber wenn mir etwas ge-schieht, mache ich Laurens todunglücklich. Und das meine ich wörtlich.«

»Du klingst arrogant.« Sein Sonnenschein würde irgendwann über den Verlust hinwegkommen und sich mit dem Restchen Lebens-glück, das ihm blieb, begnügen. Trauergedanken waren das Letzte, was sie gebrauchen konnten.

»Glaubst du an Bestimmung?«

Auch das noch. »Komm mir nicht mit Schicksal. Was wir brau-chen, ist Glück, und zwar tonnenweise.«

»Was ist mit Liebe auf den ersten Blick?«

Der Kerl gab nicht auf. »Gegenfrage: Glaubst du daran, dass Blut dicker fließt als Wasser? Er ist dein Bruder, Herrgott noch mal!«

Samuels Gesicht verschwand hinter seinen Händen. Die winzigen Schuppen der Finger schimmerten viel zu schön für seine Traurig-keit.

Sean packte ihn im Nacken und schüttelte ihn. »Kopf hoch. Es wird funktionieren.« Optimistische Lügen liefen unter der Kategorie *Notwendigkeiten* statt *Sünden*. »Ich kenne das Grundstück. Ich habe es selbst für deinen Bruder hergerichtet.« Alte Labors hatte er entrüm-pelt. Sehr viel weiter als bis zum Container war er nicht in den Gar-ten vorgedrungen.

»Wir kriegen ihn da raus und alles wird gut.« Ansonsten waren sie in einer Stunde tot.

Samuel nickte mit verkrampftem Kiefer.

»Außerdem bin ich ein passabler Schütze.« Zum Lachen war die Situation zu dramatisch. Die Pussi-Knarre war ein Witz und der Pfandleiher hatte ihn ausgelacht, als er nach einem Schalldämpfer dafür gefragt hatte. Eventuell hatte er sein schlechtes Russisch nicht verstanden. Aber das Kinderspielzeug war dennoch eine

Beleidigung. Vielleicht lieh ihm Henry seine Sauer. Das würde ihre Chancen noch ein wenig nach oben treiben.

Sie warteten, bis kurz nach eins. In dieser Zeit vertiefte Samuel schweigend die Laufrillen auf dem Teppich. Sean schickte währenddessen sämtliche Stoßgebete in den Himmel, die ihm spontan einfielen.

Endlich war es so weit.

Ein Blick genügte, und Samuel griff zum Autoschlüssel.

Sean steckte den Zipp-Beutel für den Pistolenscherz und eine Mini-LED-Leuchte ein.

»Trockene Wäsche für den Rückweg?« Samuel zog die Lippen nach innen, als wäre sein Vorschlag zu gewagt, um ausgesprochen zu werden. »Ich nehme was mit.« Entschieden rollte er für jeden von ihnen eine Jeans zusammen und stopfte zwei Fleecejacken in seinen Rucksack. »Wehe, wir brauchen sie nicht«, murmelte er auf dem Weg zum Auto.

Samuel lenkte den Leih-Lada durch das Moskauer Nachtleben, bis sie den Park von der Rückseite erreichten. Bis an den Zaun konnten sie nicht fahren, nur bis zu einem mit Brettern zugenagelten Kiosk, an einem der hinteren Parkeingänge. Die Zeit von hier bis zum östlichsten Seezipfel hatte Sean in den letzten Tagen oft gestoppt. Im Schnitt siebzehn Minuten bei schnellem Gang, ohne zu rennen, denn das würden sie nicht können. Je nachdem, in welcher Verfassung Raven war, mussten sie ihn tragen oder wenigstens stützen.

Absolut einsam, absolut dunkel.

Samuel rannte vor. Die Finsternis schien ihm nichts auszumachen. Sean blieb so dicht hinter ihm, wie er konnte. Immer am See entlang, bis sein Ausläufer unter überhängenden Weiden verschwand. Hier war es.

»Das Wasser ist eiskalt. Gewöhne dich erst dran, bevor du untertauchst.« Samuel zog sich aus, bis er nur noch in Jeans vor ihm stand.

Sean schälte sich ebenfalls aus Jacke und Pullover. Neoprenanzüge wären es gewesen. Beim nächsten Mal würden sie daran denken.

Sie versteckten ihre Kleidung unter einem Busch.

Sean stopfte die Taschenlampe mit der Mini-Pistole zuerst in den Zipp-Beutel, dann in seinen Hosenbund.

Ohne mit der Wimper zu zucken, watete Samuel ins eisige Nass. »Halte dich an meinem Fuß fest. Ich ziehe dich hinter mir her. Du musst nur genug Luft in deine Lungen pumpen.«

Eineinhalb Minuten durch eine stockfinstere, Wasser geflutete Röhre tauchen, in der er an mindestens einer Stelle mit den Schultern an den Wänden entlangschrammen würde. Sein Herzstolpern trieb ihm den Schweiß auf die Stirn.

In der Badewanne hatten sie geübt. Doch das hier war etwas absolut anderes.

»Sollte dein Zwerchfell zucken, ignoriere es und konzentriere dich auf etwas Schönes.« Samuel blinzelte ihm mit todernster Miene zu.

»Auf was? Da unten ist nichts Schönes, was mich beruhigen könnte.« Ein Panikanfall war vorprogrammiert.

Samuel berührte ihn sacht an der Wange. »Denk an meinen Bruder.«

Die Kälte löste sich auf. Das Ziehen in seiner Schulter verschwand. Raven war ein guter Gedanke.

Laut zischend holte Samuel Luft und tauchte ins Wasser. Sein Schuppenfuß streckte sich ihm entgegen.

Sean atmete tief ein, bis seine Lunge spannte, und griff zu. Scheißegal, dass er schlotterte. Es würde funktionieren.

Die Kälte stach in seinen Kopf, Schwindel. Nur den Fuß nicht loslassen. Etwas streifte sanft sein Gesicht, zog sich durch seine Haare.

Nicht vorstellen, was das sein könnte. Seine Kehle schnürte sich zu. Sein Magen verkrampfte sich.

Ganz ruhig. Samuel war bei ihm. Er schlängelte sich ruckweise durch das Rohr. Er hatte es schon einmal bis fast zum Ausgang geschafft. Er war sogar rückwärts wieder herausgekommen. Kein Problem. Samuel war ein Profi unter Wasser.

Das Zwerchfellzucken ignorieren? Ging nicht. Seine Lunge wollte Luft. Waren sie in der Mitte? Oder darüber hinaus? Wie lange noch? Neben dem Wasserrauschen hörte er bloß sein eigenes Herz. Es pochte langsam und stark. Anscheinend war es süchtig nach Raven, dass es das hier auf sich nahm.

~*~

»Wozu braucht ein Toter Geld?« Luis zwirbelte eine seiner Haarsträhnen um den Finger. »Für seine eigene Beerdigung?«

»Von was redest du?« Halb drei morgens war zu früh zum Rätselraten. Isabell räumte die Spielkarten zusammen. Die Patience wäre ohnehin nicht aufgegangen und von ihren Panikattacken lenkte sie dieses klägliche Spiel auch nicht ab.

Pjotr hatte ihr ein Ultimatum gestellt. Noch eine Woche. Dann wollte er mindestens zehn Fläschchen Snaky Tears. Selbst wenn Sun das Bisschen, was sie Mac Laman in Morar abgezapft hatten, verdünnte, käme er höchstens auf vier, maximal fünf. Sie war geliefert.

Sollte Sun Mac Laman nicht zum Sprudeln bringen, würde sie ihre Sachen packen und mit dem gesamten Team untertauchen. Geld besaß sie genug. Sun konnte bleiben, wo er wollte. Er hatte wie ein Stümper versagt.

»Fort William. Inverness, Frankfurt, Amsterdam, Moskau. Dort sogar direkt in Kuzminki.« Luis' Brauen zuckten nach oben. »Komisch, oder?«

»Timur?« Vielleicht wollte er zu Kreuze kriechen. Aber hatte Luis sein Konto nicht längst gesperrt?

»Sean.«

»Sean?« Der war tot.

»Oder ein anderer, der seine Pin kennt und im Besitz seiner Kontokarte ist.«

Warum lächelte Luis? Das war nicht witzig. Wenn der Ire noch lebte, hatte sie Henry verraten. »Wer hat Wache?«

»Vor dem Labor? Bruno.«

»Und wo ist Henry?«

»Im Bett, denke ich.«

Nicht mehr lange. Sie hatte ihn aus dem Knast freigekauft, er hatte für sie Stanislaw zerlegt. Henry war stets loyal gewesen. Sollte er den Iren ihr vorgezogen haben? Dann war er der Nächste, der kein Konto mehr brauchte. »Ich rede mit ihm.« Eine letzte Chance. Sie wählte seine Nummer, doch er ging nicht ran. Hurensohn!

Luis begleitete sie bis zu dem Zimmer, in dem Henry untergebracht war. »Soll ich klopfen?«

»Unsinn.« Sie drängte ihn zur Seite, öffnete die Tür.

Das Zimmer war leer. Das Regal ausgeräumt. »Zu Bruno. Schnell!«

~*~

Luft! Sean atmete so tief, wie noch nie zuvor in seinem Leben. Fast wäre seine Lunge in dem verdammten Rohr implodiert.

»Keuch nicht so laut«, flüsterte Samuel.

Guter Rat. Ließ sich im Moment nur nicht umsetzen.

»Ruhig und leise atmen. Dann wird es besser.« Beruhigend strich er ihm über den Rücken, bis sich Sean halbwegs gefangen hatte. »Wo ist der Kerl, der uns helfen soll?«

Henry war nicht da. Auch kein anderer. Hatte er sie hängen lassen? Für einen Rückzieher war es zu spät. »Ich gehe vor.«

Der Container war immer noch nicht abgeholt worden. Geduckt schlichen sie in seinen Schatten. Kein Wachmann, keiner vom Team.

Doch! Vor dem Nebengebäude ging Bruno auf und ab.

»Ist das der Kerl, der Raven angeschossen hat?«

Sean nickte.

Samuel nickte ebenfalls. Er verließ ihre Deckung und marschierte schnurstracks auf Bruno zu.

Fuck!

Bruno sah auf, keuchte, tastete nach seiner Waffe. Ein Sprung, und Samuel stieß ihn zu Boden. Er kniete sich auf Brunos Brust, riss ihm an den Haaren den Kopf hoch und drehte das Gesicht auf die andere Seite.

Jesus! Hatte es geknackt? Möglich. Jedenfalls blieb Bruno ohne zu mucken liegen.

Sean rannte geduckt zu ihm. »Hast du den Arsch offen?« Er stand kurz davor, Samuel die Faust aufs Kinn zu rammen. »Der hätte dich abknallen können!«

»Nein«, erwiderte Samuel erschreckend ruhig. »Was einmal klappt, klappt auch ein zweites Mal. Und du hast eine vernünftige Waffe.« Er hielt ihm Brunos Sauer hin. Der Schalldämpfer war aufgesteckt.

Wenn sie weiter so einen Lärm veranstalteten, würde er sie dringend brauchen.

Samuel fasste Bruno unter den Schultern und zog ihn um die Hausecke.

Die Tür zum Nebengebäude war unverschlossen. Im Flur war es dunkel, doch aus dem Raum neben Ravens Unterkunft drangen wimmernde Laute. Sun? Sean drückte die Klinke, öffnete die Tür nur einen winzigen Spalt.

Mit dem Kopf auf den Armen saß Sun am Schreibtisch. Neben ihm stand eine fast leere Wodkaflasche. Er lallte auf Chinesisch. Was es auch war, es klang verzweifelt.

Samuel zog ihn von der Tür weg und schloss sie lautlos. »Raven?«, formten seine Lippen. »Wo?«

Der Schlüssel steckte von außen. Isabell musste sich wirklich sehr sicher fühlen.

Alles funktionierte geräuschlos. Das Aufschließen, das Öffnen der Tür.

Nur nicht Samuel. Laut zischend holte er Luft, nur für einen derben Fluch.

Wieso? Im Raum war es finster wie in einem Grab.

Sean schaltete die Taschenlampe an. Wenn er den Strahl nach unten hielt, würde ihn von draußen hoffentlich niemand bemerken.

Das Bett stand hinten an der Wand. Sie hatten Raven tatsächlich daran festgeschnallt. Im Schein der Lampe wirkte sein Gesicht wie das eines Sterbenden. Über die Wangenknochen spannte sich die blasse Haut wie Papier. Die Schatten unter seinen Augen waren tiefschwarz.

Sean presste den Handrücken auf den Mund. Was hatte ihm Sun bloß angetan?

Samuel beugte sich über seinen Bruder, legte ihm behutsam die Hand an die Wange. Leise und tröstend flüsterte er Ravens Namen und bat ihn, aufzuwachen.

Raven seufzte, hielt aber die Lider geschlossen.

Er würde es wieder für einen schönen Traum halten, den er nicht verdient hatte. Sean schluckte an den Tränen.

»Ich trage ihn hier raus.« Samuel löste in Windeseile die Gurte. Als sie von Ravens Gelenken fielen, erstarrte er.

Bis auf die Knochen waren sie aufgerieben.

Sean wandte sich ab. Nicht schreien, nicht ins Nachbarzimmer stürmen, um Sun eine Kugel durchs gewissenlose Herz zu jagen.

Gott! Sean biss sich die Zunge blutig, um still sein zu können.

Samuel schlang den Arm um Ravens Nacken und zog ihn hoch.

Raven öffnete die Augen, sah seinen Bruder an, als wäre er eine Erscheinung. »Nein.« Nur ein Wispern. Es klang unendlich verzweifelt. Er schlug die Hände vors Gesicht, wippte hin und her, wie er es in Mhorags Manor getan hatte.

»Hilf ihm. Sag ihm, dass du real bist.« Raven verschwamm, wurde zu einem Schatten. Konnten Schatten leiden? Dieser hier tat es. Sean wischte sich über die Augen. Ganz ruhig. Sie hatten ihn gefesselt, er hatte sich gewehrt. Wie in Morar. Raven hatte es ihm gesagt. Zwangsentleert zu werden, bekam ihm nicht gut.

*Oh Raven, es tut mir so leid.*

Samuel musste mit ihm reden. Ihn trösten. Sean konnte es nicht.

Samuel setzte sich zu ihm, nahm Ravens Hände und legte sie sich an die Wangen. »Ich bin da. Kein Traum. Fühle mich.«

Raven starrte ihn an, holte Luft. Bevor er etwas sagen konnte, neigte sich Samuel zu ihm und küsste ihn. Behutsam und unendlich zärtlich.

Langsam kam Bewegung in den starren Körper. Raven erwiderte zögernd den Kuss, vergrub seine Finger in Samuels langen Haaren.

Als ob die Zeit verschwunden wäre und nur die beiden Brüder zurückgelassen hätte.

Sie hielten sich in den Armen, flüsterten sich Worte zu, die Sean nicht verstehen wollte. Sie waren nicht für ihn bestimmt. Alles hier war nicht für ihn.

Er schloss die Augen. War er selbst jemals von einem Menschen so geliebt worden? Die Sehnsucht danach schmerzte so sehr, dass es ihm immer schneller vom Kinn tropfte. Er musste raus. Warum konnte er seine verdammten Füße nicht einfach voreinander setzen und gehen?

Er blieb. Dabei war er überflüssig. Ein bohrendes Gefühl in seiner Brust kämpfte gegen den Wunsch an, Raven aus Samuels Umarmung zu reißen und an sich zu drücken.

»Sean?«

Kühle Hände auf seinen Schultern, die ihn langsam herumdrehten.

»Mach die Augen auf.« Ravens Stimme klang kratzig trotz des Flüsterns. »Ich habe so oft von ihnen geträumt. Ich will sie sehen und wissen, dass du wirklich da bist.«

Sinnlos, sich zu räuspern. Sean war kurz vorm Aufschluchzen.

Heiße Lippen auf seinem Mund, die sich einfach nur auf ihn pressten. Hände in seinen Haaren, die sich so fest hineinkrallten, dass es wehtat.

Herzrasen. Keine Luft. Doch diesmal war es gut.

»Zuckersüß!«

Isabell.

Raven wimmerte. Leise und so, dass es niemand außer Sean wahrnehmen konnte. Es klang entsetzlich trostlos.

Sean zog ihn an sich, umklammerte ihn so fest, dass sein Arm zitterte. Er würde ihn nicht loslassen. Gleichgültig, mit was Isabell auch drohen sollte.

Das Licht flackerte auf. Samuel fauchte und bedeckte seine Augen. Raven war in Seans Arm erstarrt. Verbarg das Gesicht an seinem Hals.

»Mir kommt eine gute Idee.« Mit der Waffe in der Hand schlenderte Isabell an Sean vorbei, streifte seinen Arm mit dem Lauf. Hinter ihr tauchten Luis und Tom auf, ebenfalls bewaffnet.

»Wenn sich Mac Laman nicht mehr einsam fühlt, ist sein seltsam mutierter Körper sicher bereit, endlich das zu erzeugen, weshalb ich die ganze Mühe auf mich genommen habe. Ihr beiden werdet ihm also Gesellschaft leisten. Das nennt man dann wohl artgerechte Haltung.«

Tom kicherte hysterisch. Als ihn Samuels Blick traf, verstummte er sofort.

»Andererseits ...« Isabell umrundete Samuel, der sich vom Bett nicht fortbewegt hatte. »Wenn du sein allerliebstes Brüderchen bist, wirst du ihm als Spielgefährte ausreichen. Der Platz hier ist begrenzt und mir ist danach, Sean zu erschießen. Er sollte längst tot sein.« Gelassen richtete sie die Sauer auf ihn. »Freu dich, Ire. Wer hat schon das Glück, in den Armen seines Liebsten sein Leben hinzugeben. Schade nur, dass dein Opfer nichts gebracht hat.«

An etwas Schönes denken. Dann verging die Angst. Auch die Wut, die sein Herz sprengte?

Isabell zielte darauf. Wenigstens würde es schnell gehen.

Raven festhalten. Die Hexe hatte recht. Es war ein Glück, in den Armen seines Liebsten zu sterben. Besser als allein in der Gosse, besser als allein in einem Seidenbett.

»Nein!« Raven brüllte, schleuderte ihn von sich, stand plötzlich zwischen ihm und dem Pistolenlauf.

Samuel hechtete auf seinen Bruder zu, sprang ihn an und riss ihn von den Beinen.

Der Schuss krachte.

Aber es kam kein Schmerz.

Isabell drehte sich langsam um.

Henry stand hinter ihr. Die Sauer noch in der Hand, die er in Luis Richtung schwenkte. »Tut mir leid Boss. Ich schieße niemandem gern in den Rücken. Selbst dir nicht. Wird nicht wieder vorkommen.«

Isabell wollte etwas sagen. Statt Worten kam Blut. Sie brach zusammen, als Sun plötzlich neben Henry auftauchte. Mit rot geäderten Augen stierte er auf seine auslaufende Chefin.

Luis schwieg. Henry zielte genau auf sein Herz. »Wenn du deiner Schwester im Tod nicht Gesellschaft leisten willst, gehst du jetzt besser.«

»Nein!« Tom kreischte. Er fuchtele mit der Waffe, hielt sie abwechselnd auf Raven und Samuel gerichtet. Dann fuhr er herum, zielte auf Sean, drückte ab.

Ein brennender Schmerz im linken Arm, aufgerissenes Fleisch, aber kein Loch. Das verdammte Ding steckte hinter ihm in der Wand. Es hatte ihn nur gestreift.

Tom schrie wie ein Wahnsinniger. Sein Gesicht war eine Fratze aus Hass. Er hechtete zu Samuel.

Raven fing ihn, wie eine Katze den Vogel aus der Luft, schlug ihm die Pistole aus der Hand. Fast zärtlich schloss er ihn in den Arm, zog ihm an den Haaren den Kopf weit in den Nacken. »Bereit?«, fragte er sanft. »Ich habe dir diesen Tod versprochen. Nimm ihn an. Etwas anderes kannst du nicht mehr tun.«

Der erste Abend in Mhorags Manor. Sean wurde kalt.

Vollkommen paralysiert gab sich Tom hin. Nicht die geringste Gegenwehr. Er starrte in Ravens Augen, die gespenstisch aufleuchteten. Als sich seine Zähne in den dünnen Hals versenkten, seufzte Tom nur. Es klang nicht ängstlich. Nur erstaunt und ... erregt?

Luis schnappte nach Luft, schlug sich die Hand vor den Mund.

In der Stille war jedes Schluckgeräusch zu hören. Auch das Reißen der Sehnen und Adern, als Raven ohne seine Zähne aus Toms Hals zu lösen, den Kopf nach hinten warf.

Seans Magen schnurrte wie ein Gummiband zusammen. An Wegsehen war nicht zu denken. Wie ein Magnet hielt ihn die grausige Szene gefangen.

Tom wurde schlaff. Sein Blut rann ungebremst an ihm hinab auf die Fliesen, die Sean noch vor gar nicht allzu langer Zeit gescheuert hatte.

Nach einer Ewigkeit glitt der leblose Körper aus Ravens Arm. Sein Mund war blutverschmiert, das Glühen der Pupillen unwirklich. Er hatte Tom in den Tod gebissen, ließ ihn nun ausbluten. Einfach so.

Seans Knie wurden weich, schlugen auf. Sein eigenes Blut floss über seinen Arm, tropfte vom Ellbogen. Würde er näher bei Tom knien, würden sich die roten Pfützen vermischen. Seine kleine mit Toms großer.

Wie in Zeitlupe kam Samuel auf ihn zu. Er fasste ihn unter die Achseln und zog ihn hoch. »Mein Bruder ist, was er ist. Liebe ihn oder lass es. Aber sieh ihn nicht auf diese Weise an.«

Nicht? Wie dann? Henry starrte genauso fassungslos zu ihm. Nur Sun machte sich panisch Notizen auf einem Schreibblock.

Konnte niemand diesen Irrsinn beenden? Raven hatte Tom aus dem Sprung gefangen. Lautlos, schnell. Wie ein Raubtier. Ebenso hatte er ihn getötet. Ohne Erbarmen. Ohne Grund?

Raven breitete die Arme aus, sah ihn dabei ununterbrochen an. Von der Glatze bis zu den Zehen, die nackt in Toms Blut standen, bot er sich an. Ihm. Sean. Dem Ex-Stricher, dem Kriminellen, dem Mörder. Er hatte sich ihm von Anfang an angeboten. Kompromisslos. Hatte ihm unmissverständlich klar gemacht, dass er ihn wollte.

Ravens Augen wurden dunkel. Angst? Oder waren es die Nachwehen des Mordes? Er wartete auf eine Reaktion.

Welche? Sean konnte sich nicht rühren. Und sprechen? Nein. Sein Mund war staubtrocken, seine Zunge lag sinnlos darin herum. Dafür hämmerte sein Herz umso lauter.

»Raven, lass uns gehen«, erklang von irgendwoher Samuels Stimme. »Hier ist nichts mehr zu tun.«

Seans Welt schrumpfte zusammen, bis sie nur noch aus dem Mann mit dem brennenden Blick bestand.

»Wenn du meinen Bruder aufhalten willst, wäre jetzt der passende Moment. Doch wage es nicht, ihn in den Rücken zu schießen. Verlässt er diesen Raum, ist er frei.« Samuel sprach offenbar mit Henry.

Sean musste sich an die Brust fassen, so sehr randalierte es darin. Alles in ihm kämpfte darum, die beiden Wesen zusammenzufügen, die Raven hießen und doch vollkommen unterschiedlich waren.

Wenn es ihm nicht gelang, würde er den Mann verlieren, für den er eben sein Leben riskiert hatte.

Wildes Flügelschlagen. Traf er die falsche Entscheidung, würde es für immer verschwinden und einen toten Ort in seiner Brust zurücklassen.

Samuel ging zu seinem Bruder, stellte sich vor ihn, umarmte ihn. Über seine Schulter sah ihn Raven weiter an. Sein Blick glitt zu Seans verletztem Arm, er flüsterte mit Samuel, doch der schüttelte nur den Kopf.

Fuck! Raven war ein Nachfahre eines uralten Wasserdrachengeschlechtes! Was erwartete er? Dass er seine Feinde in den Tod streichelte? Dass er ihnen verzieh? Dass er ihnen auf die Finger klopfte und der Polizei übergab? Tom war sein Feind gewesen. Das hatte er bereits am ersten Abend klargemacht.

Sean hatte einem Fremden das Hirn weggeschossen, nur weil er eine Hexe schützen wollte.

Noch einmal einatmen, zur Ruhe kommen.

Raven war ein Mann mit eigenen Regeln, der sich vor Sehnsucht nach Liebe verzehrte, der litt, wenn der eigene Bruder ihm die Zuneigung verwehrte. Der ebendiesen Bruder ohne Probleme küsste, liebte und weiß der Henker was mit ihm anstellte.

Raven war der Mann, der seinen Geisterarm gestreichelt, seine Schulter geküsst und ihm den Schmerz fortgeliebt hatte.

Scheiß auf das Blut und die Nummer mit dem Totbeißen.

»Dein Bruder und ich haben längst alles zwischen uns geklärt. Du kannst ihn loslassen.« Ein Mann wie Raven konnte allein stehen. Egal nach welchen Katastrophen.

Sean stieg über Toms Leiche, wartete, bis Samuel beiseitetrat.

Die Schmiererei an Ravens Lippen musste weg. Sean wischte ihm über den Mund, obwohl sein Arm jede Bewegung abstrafte. »Ich will nicht das Blut eines anderen Mannes an dir schmecken.« Streng genommen wollte er gar nichts an Raven schmecken, das nicht von ihm selbst stammte.

Raven nickte, setzte wieder zum Sprechen an, ließ es aber bleiben. Er zog sein Shirt aus, das völlig besudelt war, warf es weit von sich.

Sean schlang den Arm um ihn, strich über den kahlen, sexy Schädel. »Erzählst du mir irgendwann, warum Tom diesen Tod verdient hat?«

Raven versenkte das Gesicht in seinen Haaren. »Ändert das etwas zwischen uns?«

»Nein.«

Sein Seufzen erstickte in den Locken.

Das nächste küsste ihm Sean von den Lippen. Sie schmeckten immer noch nach fremdem Blut. Scheißegal.

Henry räusperte sich. Laut und deutlich. »Ich fahre euch zu eurem Wagen. Mit Mac Laman kommt ihr sonst nicht weit. Ist sein Adrenalin erst mal weg, bricht der euch zusammen. Aber vorher verbinde ich dich, Sean. Im Gegensatz zu dir ist mir dein letzter Arm nicht gleichgültig.«

Sean trennte sich nur ungern von Ravens Mund, der langsam wieder das schwere Opiumaroma annahm. »Danke, Henry. Nicht nur für das Geld, auch, dass du Isabell erledigt hast.« Er hatte sein Leben dreimal gerettet und bis auf Ärger nichts von ihm dafür bekommen.

Henry zuckte die Schulter. »Ich habe nicht viel getan, nur drei Security-Typen bestochen. Als ich zu euch wollte, bin ich über Bruno gestolpert. Ihr seid schneller gewesen, als ich angenommen hatte.« Sein anerkennender Blick blieb an Samuel hängen. »Die alte Frau lebt übrigens noch. Ich habe ihr gesagt, sie soll verschwinden, wenn es im Haus still ist. Dasselbe rate ich euch. Ich sage den Wachleuten Bescheid. Die können sich auch gleich um Luis kümmern.« Er telefonierte auf Russisch und steckte das Handy schließlich mit einem zufriedenen Brummen weg.

Sean fuhr sich durch die Haare, zog daran, um sicherzustellen, dass er nicht träumte.

Sie hatten es geschafft. Vielleicht begriff er es in ein paar Tagen oder Wochen. Vielleicht nie. Hauptsache, er musste diesen Ort nie wieder sehen.

Samuel legte sich Ravens Arm um die Schulter. Er sah an seinem Bruder vorbei zu ihm. »Danke.«

»Für was?« Dass er sich den Mann wiedergeholt hatte, der ihm längst gehörte?

~*~

Frei.

Raven schlang die Finger in Seans. Er musste ihn fühlen. Sonst fühlte er nichts. War sein Körper weg? Kein Schmerz, keine Angst aber auch keine Kraft.

Zu zweit halfen sie ihm zu einem Wagen. Samuel hielt ihm die Tür auf und beförderte ihn auf den Rücksitz. Sean rutschte neben ihn, lotste ihn zu seiner Schulter.

Minze. Viel zu bitter. Trotzdem tat der Duft gut.

Henry drängte sich mit einem Erste Hilfe Kasten zu Sean und versorgte den verletzten Arm. »Ist dieses Mal nicht so wild, Kleiner«, murmelte er, während er die Wunde einsprühte. »Brauchst nicht mal Sun an dich ranlassen, es sei denn, dich stören knubbelige Narben.«

Was Sean erwiderte, war nicht wichtig, doch seine Stimme zu hören, war schön. Er hatte sie so lange vermisst.

Das Zuklappen der Plastikbox, das Schließen der Autotür, das Ruckeln, als Henry sich vorne zu Samuel setzte, um ihn an einen Ort zu lotsen, der Raven gleichgültig war. Alles geschah seltsam weit weg von ihm.

Er schlief ein, erwachte erst, als ihn Samuel sanft an der Schulter rüttelte. »Wir müssen den Wagen wechseln. Wach auf.«

Wo war Sean? Schon draußen. Er verabschiedete sich von Henry und umarmte ihn dabei. Als er zu ihnen zurückkam, lächelte er. Es war gespielt, um ihm gutzutun. Sein blasses Gesicht verriet, dass er todmüde war.

Wieder mussten sie ihm auf die Rückbank helfen. Sein Körper gehorchte ihm kaum noch. Sean legte den Arm um ihn, fragte, ob er Schmerzen hätte.

Hatte er nicht. Er fühlte gar nichts. Alles war unendlich schwer. Die Lider schließen und atmen genügte.

Nein, nicht ganz.

Seans Stimme, die ihm beruhigende Dinge zuflüsterte. Ihn von den Träumen ablenkte, die ihn, seit ihn die Hexe verschleppt hatte, ständig überfielen.

Sean wäre tot. Isabell hatte es erwähnt, während sie den Motor anließ. Ab diesem Moment war die Dunkelheit aus ihm gekommen, nicht mehr aus der Hexe mit den kalten Augen.

Sie hatte ihn verschlungen.

»Hey, wach auf.« Sean streichelte ihm übers Gesicht. Seine Finger waren nass. »Wir sind da.«

Ein Hotel, ein Portier, ein Stapel Geldscheine, die Sean neben die Klingel legte und die den Mann lächeln ließen. Flackerndes Licht in einem Fahrstuhl, endlich ein Bett. Breit, ohne Stangen, ohne Gurte.

Samuel und Sean redeten leise miteinander. Ging es um ihn? Sie mussten sich keine Sorgen machen. Nur ein bisschen Schlaf, dann würde er die Augen wieder öffnen können.

Sie zogen ihn vorsichtig aus, wuschen ihn. Samuel hielt seinen Kopf hoch und flößte ihm Wasser ein. Er konnte sich nicht erinnern, jemals schlafend geschluckt zu haben.

Warmer Rauch mischte sich mit Seans Duft. Flüstern, leises Lachen. Sean legte sich zu ihm. Seine Wärme liebkoste seinen Rücken.

»Wenn ich im Schlaf angeschmust komme und es stört dich, hau mich weg. Oder soll ich lieber aufs Sofa?«

Das geblümte Ding war zu klein für ihn.

Raven fasste hinter sich, bis er Seans Hüfte fühlte. Ein guter Platz für seine Hand.

Sean rutschte näher, küsste ihn sanft in den Nacken. »Wenn du was brauchst, sag Bescheid.«

Brauchte er nicht. Alles, was er wollte, schmiegte sich an ihn.

# EPILOG

»Scheiße, verdammte!«

Sean fuhr hoch. Ging es Raven gut? Er saß neben ihm im Bett und presste die Handballen an seine Oberlippe. Seine Gelenke waren verbunden, dennoch war sein Gesicht schmerzverzerrt.

»Sein Gift schießt ein.« Samuel lümmelte am Fußende und nippte an einem Pappbecher. Dem Geruch nach war es Kaffee. »Wie geht es deinem Arm?«

»Welchem Arm?«

Samuel hob die Brauen und wies flüchtig auf den dicken Verband. Den Streifschuss hatte Sean beinahe vergessen.

Raven fauchte wütend, als Samuel ihm den Kaffeebecher anbot.

»Willst du deinem Bruder nicht helfen?« So wie Raven klang, ging es ihm ziemlich schlecht.

»Kann ich nicht«, sagte Samuel gelassen. »Und dir würde ich es auch nicht raten. Jetzt einen Biss von ihm und du bist tot.«

Raven stöhnte. »Wenn meine Giftdrüsen zu Murmelgröße angeschwollen sind, beiße ich freiwillig in Plastikfolie.«

»Du hast erst vor ein paar Stunden Tom vollgepumpt.« Sean schüttelte es bei dem Gedanken.

»Habe ich nicht.« Endlich nahm er die Hände vom Mund. »Bis auf eine Ausnahme war ich in Kovalenko leer.«

»Aber ...«

»Tom ist gestorben, weil ich ihm seine Kehle herausgerissen habe. Der Biss allein hätte nichts gebracht.«

Gut zu wissen. Sean wurde flau.

»Erspar deinem Iren die Details. Er ist auch so ganz blass.« Samuel reichte Sean den Becher. Das braune Zeug darin roch gallebitter.

267

»Ich muss aufs Klo. Entschuldigt mich.« Nie wieder wollte er Leichen in Blutlachen sehen, oder von herausgerissenen Kehlen hören müssen.

Nach einem Schwall kalten Wassers im Gesicht beruhigte sich sein Magen. Wenigstens ging es Raven besser. Dass mit dem Gift würde er schon hinbekommen. Vielleicht half Eis.

Aus dem Schlafzimmer drang dumpf Ravens Ächzen und Fluchen zu ihm. Anscheinend hatte er die Hände wieder auf den Mund gepresst.

Samuel kam. Hatte Sean sein Klopfen überhört?

Er durchnässte ein Handtuch und grinste ihn dabei durch den Spiegel an. »Dass mein Bruder leidet, ist deine Schuld.« Sein Grinsen wurde breiter. »Dein Minzgeruch ist mir bereits in Mhorags Manor aufgefallen. Raven ist geradezu süchtig danach. Kein Wunder, dass deine Nähe seine Giftdrüsen stimuliert.« Er wrang in aller Ruhe das Tuch aus. »Wenn du dich dann noch an ihn kuschelst, seinen Nacken beißt ...«

»Ich habe seinen Nacken geküsst.« Woher wusste das Samuel überhaupt? Hatte er sich nicht ein anderes Zimmer nehmen wollen?

»Du hast ihn gebissen.« In den Milchkaffee-Augen funkelte es. »Eigentlich wollte ich nur mein Handy holen, um Laurens anzurufen. Ich war ganz leise, ihr habt mich nicht bemerkt.«

Stück für Stück kroch die Hitze über Seans Hals, bis sie seine Wangen erreicht hatte. Ein bisschen küssen, ein bisschen streicheln. Was war noch gewesen?

»Mich wundert es jedenfalls nicht, dass sich Raven so schnell erholt hat.« Mit einem lässigen Schlenker warf Samuel das Handtuch auf Seans Schulter. »Mach du das. Ich rufe meinen Sonnenschein an. Ich vergehe vor Sehnsucht.« Ein Zwinkern, und Sean war wieder allein.

Raven war dazu übergegangen, ins Kissen zu beißen. Als er ihn sah, stöhnte er erleichtert. Sean kletterte zu ihm aufs Bett. »Willst du oder soll ich?«

Raven drückte kommentarlos sein ganzes Gesicht ins nasskalte Frottee.

»Hattest du das früher schon?« Sean streichelte den verspannten Nacken. »Muss ja furchtbar sein.«

»Noch nie«, nuschelte es von unten. Endlich tauchte er auf. »Aber ich war auch noch nie so ...«

»... unglücklich?«

»... leer.« Raven warf das Handtuch vom Bett, neigte sich zu ihm. Ganz sanft legten sich seine Lippen auf Seans Schläfe, strichen über den Wangenknochen bis zum Mund. Seine Zungenspitze schob sich dazwischen, umspielte Seans.

Sean schloss die Augen, gab sich den zarten Liebkosungen hin. Das sanfte Zupfen an seinen Lippen, die behutsamen Bisse in sein Kinn.

»Und wenn mir der Kiefer platzt, ich werde den restlichen Tag schnüffelnd an dir verbringen.« Tief einatmend ließ er seine Nasenspitze über Seans Hals bis zu dem Grübchen zwischen den Schlüsselbeinen wandern.

Die flüchtige Berührung kribbelte über Seans Haut, die mehr davon wollte.

»Du könntest mich ganz vorsichtig beißen.« Einen Rausch in Ravens engem Samthintern genießen und die letzten dunklen Tage vergessen. Das Kribbeln wanderte über seinen Bauch und sammelte sich in seinen Lenden.

Raven ging ihm mit den Fingerspitzen nach, verstärkte es um ein Vielfaches. »Keine Angst?« Seine Augen glühten.

»Vor dir? Nie.«

Beide Zähne lugten unter Ravens Oberlippe hervor. »Vorher will ich etwas anderes probieren.« Ein behagliches Knurren drang aus seiner Kehle. Er drückte Sean zurück, knabberte dabei an seinem Hals, leckte über die Brust. Weiter hinunter, noch weiter. Seine Zungenspitze tauchte in Seans Nabel, blieb dort aber nicht.

Zittern, direkt unter der Haut. Sean streckte sich unter Ravens Zärtlichkeiten. Von diesem Mann konnte er nicht genug bekommen.

Langsam knöpfte ihm Raven die Jeans auf. »Darf ich dich probieren?« Seine Augen funkelnden zwischen Seans Schenkeln. Sacht zupfte er mit den Lippen an den rotblonden Locken.

Sean hob ihm das Becken entgegen. Oh ja, er durfte ihn probieren.

Der Laut aus Ravens Kehle klang mehr nach Fauchen als nach einem Stöhnen. Er verschlang ihn.

Gott! Sean biss sich in die Faust. Anders war es nicht auszuhalten. Was machte Raven mit ihm? War das noch Saugen? Oder biss er ihn? Keine Gnade. Keine Zärtlichkeit. Er peitschte ihn zur Ekstase, rasend schnell. Seans Becken zuckte haltlos vor Lust.

Raven hielt ihn fest. Massierte, was nicht in seinem saugenden Mund verschwand, mutete seiner Enge drängende Finger zu.

Die Lust krallte sich immer hefiger in seinen Unterleib. Sean krümmte sich unter dem Rausch, der ihn gnadenlos mit sich riss.

Der Schmerz in seiner Hand? Ein Scherz gegen die quälende Lust, die aus ihm herausschoss, um sofort weggeschluckt zu werden.

Schwärze vor den Augen, Schwäche im Herz. Fühlte sich so sterben an? Dann her mit dem Tod.

Warme Schwere, glatt und feucht, schob sich auf ihn. Sie duftete nach Raven.

»Du schmeckst mir, Ire. Ich behalte dich.«

Ein tiefer Kuss mit samtiger Zunge, der seinen eigenen Geschmack in seinem Mund verteilte. Nicht schlecht. Minze? Ein wenig.

»Warum hast du mir das angetan?« Himmel, raste sein Herz. »Ich habe eine anstrengende Woche hinter mir. Du hättest sanfter sein können.« Ein paar Jahre weiter, und er würde nach so einer Behandlung einen Herzinfarkt bekommen.

Raven biss ihn zärtlich ins Kinn. »Samuel kommt gleich zurück. Er ist tolerant, doch auch er hat seine Grenzen, ganz im Gegensatz zu mir.«

Nein, er würde sich auf keinen Fall darüber Gedanken machen, wo Ravens Grenzen nicht lagen.

»Auch wenn du unglaublich lecker bist.« Wieder ein Knabbern am Kinn. »Beim nächsten Mal möchte ich dich vorher beißen. Richtig.«

»Vermisst du Schuppen an meinem Schwanz?«

Raven lachte. »Nein. Kein bisschen.«

»Dann solltest du das Beißen einschränken.« Suns Ausführungen zu S78 hatte er noch nicht vergessen.

»Muss ich nicht.« Ravens Grinsen kräuselte die zarte Haut in seinen Augenwinkeln. »Du bist immun. Ebenso wie Samuel und wahrscheinlich noch einige Menschen, die regelmäßig mit meinem Gift in Kontakt gekommen sind und es überlebt haben.« Er rollte von ihm hinunter, setzte sich und streckte vorsichtig sein verletztes Bein aus. »Sun hat dein Blut nach meinem ersten Biss untersucht. Du hast Antikörper entwickelt. Satter Rausch, keine Transformation. Zumindest dann, wenn ich es nicht übertreibe, aber langsam habe ich Übung im Dosieren.«

»Hast du nicht.« Samuel hielt drei coffee to go Becher vor sich. Unter seinem Arm klemmte eine Tüte.

»Hübscher Schwanz«, kommentierte er knapp die Tatsache, dass Sean noch nicht wieder eingepackt war. »Bisschen wundgenuckelt doch größentechnisch trifft er exakt den exklusiven Geschmack meines diesbezüglich maßlos verwöhnten Bruders.«

Raven rutschte hinter Sean, schlang die Arme um ihn. Während er Samuel aus halb geschlossenen Lidern musterte, legte er das Kinn auf Seans Schulter. »Du musst es ja wissen, Bruder.«

»Weiß ich auch.«

Sean schluckte seinen Unmut hinunter. Die Richtung, die das Gespräch nahm, gefiel ihm ganz und gar nicht.

Mit einem winzigen Zwinkern reichte ihm Samuel einen Kaffee und kippte den Inhalt der Tüte aufs Bett. Ein Berg Hörnchen. Ihr Duft ließ Sean das Wasser im Mund zusammenlaufen.

»Neuigkeiten.« Er riss einem der Hörnchen die Spitze ab und steckte sie in den Mund. »Laurens verzeiht mir ein letztes Mal unter der Bedingung, dass ich keinen Schritt mehr ohne ihn gehe. Das betrifft mein gesamtes zukünftiges Leben.« So munter, wie er klang, schien ihn das nicht weiter zu beunruhigen.

»Sein Vater wurde unter vielen geheuchelten Tränen beigesetzt und mein Sonnenschein ist bereits auf dem Weg nach London.« Mit einem riesigen Schluck Kaffee spülte er den Rest des Hörnchens hinunter. »Und jetzt zu etwas Ernstem. Erin hat mir eine SMS geschickt. Sie wird vorläufig in Glasgow bleiben, um näher bei Mia zu sein.« Seufzend drehte er den Becher zwischen den Händen. »Hoffentlich kommt sie irgendwann über Finleys Tod hinweg.«

Würde sie nicht. Von diesem Irrglauben war Sean geheilt.

Ravens Atem strich ihm sacht über die einsame Schulter. »Lust auf ein gesplittetes Leben zwischen Nebel geschwängerten Highlands und der schillernden Metropole London?« Raven schnappte nach Seans Ohrläppchen. »Während der Tage neben mir, während der Nächte über mir.« Sein raues Wispern streichelte Seans Hals. »Ab und zu einen wohldosierten Rausch und ein gemeinsames Bad im eiskalten See. Interessiert?«

»Streich das mit dem See.« Mit dem Rest konnte er sich mühelos anfreunden.

~*~

# EINEN HERZLICHEN DANK ...

... an alle Leser, die meine Geschichte von der ersten bis zur letzten Zeile mitverfolgt und sich auch während schwieriger Szenen darauf eingelassen haben. Mit *Seans Seele* endet die Trilogie, die mich lange begleitet hat und mittlerweile in der zweiten Auflage erschienen ist.

Ich hoffe, ihr habt sie ebenso gern gelesen, wie ich sie geschrieben habe.

Liebe Grüße,
S.B. Sasori